KB070874

제12회

삶의
향기 동서문학상

| 수상작품집 |

제12회

삶의 향기 동서문학상 | 수상작품집

매조도梅鳥圖를
두근거리다

| 대상수상작 | 최분임

동서식품

Contents

심사평

총평 천년이 흘러도 찬란한 향기 김홍신

심사평 시 부문   이근배, 정호승
       소설 부문   정종명, 장경렬
       수필 부문   이정림, 정목일
       아동문학 부문   이상교, 정용원

천년이 흘러도 찬란한 향기

김홍신

(소설가, 12회 삶의향기 동서문학상 운영위원장)

신이 만든 것 중에 가장 아름다운 것은 사람이고 사람이 만든 것 중에 가장 찬란한 것은 사랑입니다. 그런 사람과 사랑을 가장 신성하게 그려낸 것이 문학이라고 생각합니다. 문학은 하늘을 마시고 땅을 삼키고 사람을 끌어안는 단련과 정진과 포용의 숭엄한 정신사업니다.

우리의 혼이 깃든 한글은 하늘, 땅, 사람의 조합입니다. 우리글로 문학을 갈고닦는 것은 곧 하늘과 땅과 사람을 어울리게 하는 예술입니다.

불행하거나 고통이 없으면 위대한 예술가가 될 수 없다는 얘기까지 생겼습니다. 그래서 예술가는 영혼의 상처를 치료하는 존재가 되곤 했습니다. 아니, 문학은 스스로 영혼의 상처를 향기로 바꾸는 치유의 산물인지도 모릅니다.

가장 용한 점쟁이는 상대가 원하는 것을 말해주듯, 가장 탁월한 작가는 독자에게 삶의 지표를 제시해 주고 시대를 조명하는 존재입니다.

부상가(남신)가 야상가(여신)에게 청혼했더니 야상가가 "세상에서 가장 밝으며 가장 어두운 것을 찾아내면 결혼하겠다."라고 했습니다. 1만 년이 지나도 또 1만 년이 다 되어도 찾지 못하자 부상가의 지극한 정성을 갸륵하게 여긴 천신이 그 답을 알려주어 결혼했다고 합니다.

"세상에서 가장 밝으며 가장 어두운 것은 바로 사람의 마음"

그렇습니다. 문학은 가장 밝고 가장 어두운 것을 승화시키는 등불이자 지팡이입니다.

첨단 휴대폰은 출시한 지 일 년만 지나도 구닥다리인데 문학은 천 년이 흘러도 찬란한 향기를 그윽하게 풍겨 줍니다.

이번에도 삶의향기 동서문학상에 무려 1만 9천여 편을 응모해주신 향기로운 문학도들에게 두 손 모아 감사드립니다.

오직 여성에게만 응모 자격이 주어졌음에도 한국문학사에 가장 많은 분이 참여하는 것은 매우 드문 현상이지만, 그만큼 삶의 향기가 진동한다는 의미이기도 합니다. 어쩌면 머잖아 남성문학도들이 들고 일어날지도 모른다는 생각도 해보았습니다.

초심 16분, 예심 8분, 결심 8분의 심사위원 선생님들은 우리 문학사에서 그 이름이 지워질 수 없는 문학의 지표이자 상징이기에 삶의

향기 동서문학상의 의미가 더욱 빛날 수 있었습니다.

당선 작가들에게 문호를 활짝 열어 안아주고 문학의 나침반인 월간문학에 기량을 펼치게 해준 문인협회의 배려가 참 아름답습니다.

기업의 공익적 가치와 문명에 대한 넉넉한 혜안으로 문학의 텃밭에 고운 씨앗을 뿌려주는 동서식품의 베풂과 정성이 참 고맙습니다.

심사위원 이근배, 정호승

    삶의향기 동서문학상은 기성문인의 작품이 아니라 문학을 사랑하는 일반인의 작품을 대상으로 하는 문학상이다. 따라서 시문학에 대한 순수한 열정에 대한 기대가 컸고, 그 기대에 부응하는 작품이 많았다. 심사위원은 시를 통해 얼마만큼 자기 삶의 진실함을 나타내는가, 그 진실함이 시적 형성력을 어떻게 획득하는가 하는 데에 초점을 두고 심사에 임했다.

    그 결과 「매조도梅鳥圖를 두근거리다」를 대상으로 뽑았다. 시, 소설, 수필, 아동문학 네 분야에서 대상작을 1편 선정하는데 이 작품이 만장일치로 결정되었다. 그만큼 이 작품은 문학적 향기가 높은 작품이라고 할 수 있다. '매조도'는 다산 정약용이 유배 중에 시집간 딸을 위해 부인의 치마폭에 그린 그림과 시를 말한다. 다산 부인을 시적 화자로 삼아 남편 다산에 대한 절절한 그리움과 기다림의 정서를 시적으로 승화시키는 데에 부족함이 없어 보인다. '먼 강진이 깃털처럼 흩날려도'라든가, '뒤돌아보면 그리움은 그림자조차 거느리지 않고 피는 꽃 아니던가요' 등은 이 시의 완성도를 높이는 데에 결정적이다. 특히 그리움을 '뿌리도 모르고 향기도 없이 왈칵, 쏟아지는

허방 아니던가요'라고 한 부분은 이 시의 백미이다. 그리움을 '허방'이
라고 역설적으로 표현함으로써 애절한 그리움의 심사를 드러내는 데
에 성공을 하고 있다. 특히 이 시는 예전이나 지금이나 부부간의 사
랑이야말로 우리 삶의 가장 소중한 가치임을 확인시켜 주고 있다는
데에 가장 큰 장점이 있다.

　은상작 「그물을 깁다」는 '그물'의 은유성이 새롭고 긍정적이다. 한
내외의 고단한 인생을 그물에 비유하고 있으며, '번번이 줄이 끊어지
는' 인생의 그물에 '숭숭 구멍이 생긴 것'은 '품 안에 놀던 물고기'인 그
자식들이 그물을 빠져나갔기 때문이라고 표현함으로써 잔잔한 감동
을 선사한다.

　은상작 「이사한 후─앉은뱅이책상」은 일상의 작고 보잘것없는 사
물에서 삶의 큰 의미를 발견한 '시의 눈'을 지니고 있다. 이사한 후,
'새 책상을 들여놓고' 이제 어디 둘 데도 없는 앉은뱅이책상에 대한
연민이 공감대를 형성시키고 있는 작품이다. 어쩌면 우리는 삶이 깊
어갈수록 앉은뱅이책상 같은 존재일지도 모른다.

　동상 「개기월식」은 개기월식의 과정을 통해 한 여자의 고단한 일
생을 성찰해주는 작품이라는 점에서, 동상 「사내승진기(社內昇進記)」
는 한 회사원의 갈등, 즉 '승진'이라는 내면의 갈등을 숨김없이 드러
내었다는 점에서, 동상 「숲」은 남다른 시적 상상력을 지니고 있다는
점에서 각각 뜻깊은 작품이었다. 그 외 가작 작품들 또한 각각 개성
이 두드러진 작품들로 우리 삶을 이해하는 데에 기초를 둔 작품들
이라서 신뢰가 갔다.

이번 심사를 통해 심사위원은 새삼 '우리는 왜 시를 쓰는 것일까' 하는 점을 생각하게 되었다. 그것은 시가 우리의 삶을 성찰하게 하고, 그 성찰의 과정이나 결과를 통해 인간을 이해하게 해주기도 하고, 인간을 위안해주기 때문이 아닌가 하는 생각이 들었다. 당선자들에게 축하를 보낸다. 시를 통해 삶의 기쁨이 더욱 충만하기를 기원한다.

심사위원 정종명, 장경렬

문학에 대한 관심과 열정을 생생하게 감지케 하는 모두 26편의 작품이 본심에 올라왔다. 두 심사위원은 이들 작품에 대한 정독의 시간을 보낸 다음, 본심이 이루어지는 자리에서 만나 의견을 나눴다. 무엇보다 작품의 주제가 여성의 사회적, 가정적 갈등의 문제뿐만 아니라 성 소수자의 문제나 사회적 부조리나 노숙자의 문제에서 반려동물이나 치매의 문제에 이르기까지 다양하다는 점이 동서문학상의 미래를 밝게 한다는 데 두 심사위원은 의견을 함께했다. 이는 작가를 지망하는 여성들의 관심의 폭이 얼마나 넓은가를 반영하는 지표와도 같은 것이기 때문이다. 뿐만 아니라, 어떤 문제를 다루든 모든 응모자가 자신이 다루는 문제에 대해 작가에게 요구되는 응분의 적정한 거리를 유지하면서도 진지한 태도를 잃지 않고 있다는 점에 대해서도 심사위원들의 의견은 일치했다.

모든 응모작이 나름의 작가 정신을 발휘한 수작이라는 점에서, 우열을 가리기란 진실로 쉽지 않은 일이었다. 그리하여 가장 주목할 만한 작품을 각자 7-8편씩 골라 우선 이를 대상으로 하여 논의를 집중하기로 했다. 그 결과, 두 심사위원이 특히 주목할 만한 수작으로 꼽은 작품 가운데 일견의 일치를 본 6편을 우선적인 논의 대상으로 삼게 되었다.

오랜 시간 논의 끝에 두 심사위원은 「백야(白夜)」, 「그냥, 좀 아는 사람」, 「모닝콜」을 놓고 다시 집중적인 논의를 이어갔다. 「백야(白夜)」는 동화적 분위기의 이야기를 솜씨 있게 풀어나가고 있지만 현실감이 떨어진다는 점이, 「그냥, 좀 아는 사람」은 현실의 이야기를 재치 있게 다루고 있지만 이야기의 결말이 자연스럽지 못하고 문장이 깔끔하지 못한 곳이 더러 눈에 띈다는 점이, 「모닝콜」은 문체와 구성이 탁월하지만 이야기 전개가 작위적이라는 점이 두 심사위원 사이에 지적되었다. 이 세 편 가운데 어떤 작품을 금상으로 올린 것인가에 대해 오랜 논의 끝에 「백야(白夜)」를 금상으로 올리기로 결정했다. 인간의 내면 심리를 따뜻한 눈길로 천착했다는 점에서뿐만 아니라 이야기 전개가 지극히 자연스럽다는 점이 금상으로 올리게 된 이유였다. 「그냥, 좀 아는 사람」과 「모닝콜」은 앞으로 작가로서의 가능성과 잠재력을 높이 살 수 있음에도 불구하고 좀 더 깊이 있는 인간 심리에 대한 천착이 아쉽다는 이유에서 아쉽게도 은상으로 올리게 되었다.

그 외에 두 심사위원이 깊이 주목한 작품은 「스타니슬라프스키에게 메소드 연기를 배우다.」, 「유리산누에나방」, 「비보호 좌회전」이었다. 이들 세 작품은 모두 인간의 심리와 현실에 대해 깊이 있고 날카로운 관찰을 담고 있는 뛰어난 작품들이었다. 하지만 이야기를 작위적으로 꾸민 흔적이 앞서 논의한 세 작품에 비해 좀 더 심각하게 감지된다는 점에서 아쉽지만 동상으로 올리기로 했다.

일단 6편의 작품에 대한 논의를 마친 다음, 두 심사위원은 나머지 작품을 놓고 한 편 한 편이 지니는 장점과 결점에 대해 논의를 이어갔다. 그 결과 「밀물」, 「종점에서」, 「침묵」, 「엘리베이터」, 「손님」, 「다큐 사례 A」, 「리베라 탱고」, 「퇴행에 관한 보고서」를 가작으로, 「브라더 홍」, 「당신의 얼굴은 누구의 것입니까?」, 「만월에서 길을 잃다」, 「당신의 친한 친구」, 「바람이 분다.」, 「타인의 이방인」, 「사람들 사이에 섬이 있다. 그 섬에 가고 싶다」, 「빙하여인」, 「개 소리」, 「푸른 자유」를 입선작으로 올리기로 했다. 모든 작품이 나름의 작가적 진지함을 담고 있으나, 구성이 작위적이거나 이야기 자체가 피상적이거나 상투적이라는 점이 논의 과정에 지적되었다. 사실 가작과 입선작 사이의 차이는 결코 대단한 것이 아니었다. 하지만 작은 차이가 작품의 완성도를 결정하는 법이다. 바로 이 점을 감안하여 두 심사위원은 끝까지 고심에 고심을 거듭하여 가작과 입선작을 가름했다.

금상, 은상, 동상의 영광을 안은 분들에게 축하의 말을 전한다. 또한 가작과 입선작의 영예를 누리게 된 모든 분들에게도 격려의 말을 전한다. 모든 분들이 더욱 정진하여 우리 시대가 요구하는 탁월한 작가로 거듭나기를 당부하는 바다.

심사위원 이정림, 정목일

제12회 삶의향기 동서문학상 수필 부문에 응모된 작품 수준은 다른 공모전에 비해 높은 편이었다. 응모자가 여성이기에 소재원이 대체적으로 '가정'이란 점과 주제는 '가족애'를 다루고 있었다.

'가정'과 '가족'은 여성에게 본성적인 삶의 핵심이 아닐 수 없다. 작품 편편마다 가정과 가족 간의 체험에서 발견과 깨달음을 꽃피워내려는 자세를 보였다. 여성만의 섬세한 감성과 희생적인 가족애를 통한 삶의 미학을 피워내고 있다. 심사위원으로서 바라고자 하는 것은 소재의 제한성 때문에 다양하고 새로운 면모의 수필들을 볼 수 없었다는 점이다. 신변잡사에만 매몰되지 않고 개척적이고 남다른 삶의 체험을 통한 독자적인 세계를 보인 작품이 드물었다.

작품심사의 관점은 주제의 일관성, 소재의 참신성, 구성의 효율성, 개성적인 문장과 감동성에 두었다. 너무 문장에 치중하여 주제가 희석되거나 일관성을 잃은 작품들이 눈에 띄기도 했다. 완성도는 높았지만 너무 평이하여 감동성이 약한 작품들도 있었다.

심사위원들은 두 번씩 작품을 정독한 다음 토론을 거쳐서 순위를 정하는 방법을 택하였다. 「몽당연필」과 「다리」, 또 「포대기」를 놓고

심의한 결과 「몽당연필」을 금상으로 선정했다. 체험을 통한 인생적인 발견과 의미 부여가 있고, 다른 작품보다 감동성이 느껴졌기 때문이다.

이번 삶의향기 동서문학상 심사를 통해 확연히 느낀 점은 가정과 사회를 떠받치고 있는 밑받침이 여성의 헌신적인 노력과 사랑이라는 것이었다.

수필은 자신의 삶과 인생을 담는 그릇이다. 그러므로 인생 경지가 곧 수필의 경지일 수 있다. 수필이 삶의 토로와 고백이라 할 수 있지만, 체험을 통해 인생적인 의미 부여가 있어야 하고, 독자와의 소통을 위해 감동이 우러나야 한다는 점을 잊지 말았으면 한다.

이번 제12회 삶의향기 동서문학상 수필 부문 수상자 여러분의 노고에 치하 드리며 낙선자들에게 위로의 인사를 보낸다.

심사위원 이상교, 정용원

희망과 용기를 주는 동심의 문학 작품

　제12회 삶의향기 동서문학상 아동문학 부문을 심사하면서 다른 분야보다 더 큰 기쁨을 맛보았다. 아동문학 작품 중, 동시, 동화를 읽으면서 응모자들의 글 속에서 순수한 동심에 젖을 수 있었기 때문이다. 아동문학은 일반 문학과 다른 특수성이 있다. 동심에서 우러나오는 노래나 이야기가 아동문학이기 때문에 난해하지 않아서 쉽게 이해할 수 있고 재미 속에 빠져들 수 있기 때문이다.

　아동이란 용어 때문에 아동이 주인공이어야 한다거나 아동만 읽는 문학으로 착각하는 사람들이 있다. 심지어 아동이 쓴 작품도 아동문학 작품으로 확대 정의를 하는데 이는 잘못이다. 아동문학은 아동을 위한 문학, 아동의 심리와 세계를 주제로 삼는 문학 정신을 담았다. 아동이 쓴 시는 아동 시, 또는 어린이시라고 한다. 어린이가 쓴 작품은 예술성을 인정하는 아동문학 작품으로 취급하지 않는다.

　이번 응모자 모두가 여성이기 때문에 작품 대부분이 문장을 섬세하게 표현하였으며 모성애의 발로로 동심에 접목시키려고 노력한 것 같아서 감동적이고 흐뭇했다.

동시는 동심의 시이고 동화는 동심적인 이야기이다. 동심이 녹아 있지 않은 시와 산문은 동시 동화의 영역을 벗어나며 일반 시나 소설류에 포함된다.

이번에 최종심으로 올라온 26편의 작품 중에 동심이 가득 찬 동시, 동화가 많아서 안심이 되었다.

〈금상〉으로 뽑힌 「프레셔스, 넌 하이에나가 아니야」는 왕따를 당한 5학년 학생이 아프리카국립공원에서 동물의 세계를 관찰하고 난 뒤, 스스로 자신이 누구인지 알고 행복해질 수 있는 방법을 알게 되었다는 소년소설이다. 동물의 세계와 학교생활의 공통점을 발견하고 하이에나처럼 무리를 지어서 대장이 하는 대로 따라다니는 존재보다 표범 프레셔스처럼 스스로 살아갈 수 있는 자신감과 용기를 배웠다는 주인공의 체험을 통한 성찰과 각오를 높이 샀다.

동시 작품 8편 중, 「풍물놀이」는 소재가 어린이이거나 어린이가 등장하는 시가 아니지만 시 속에 동심이 녹아 있는 서정시로 어른도 흥겨운 감동을 받기에 충분하다. 꼭 어린이가 등장하거나 어린이다운 시, 어린이만 읽는 시만 동시가 아니다. 그래서 가창오리 떼들의 유영을 풍물놀이로 그럴 듯하게 비유한 걸 보고 어른도 어깨를 들썩거리게 하는 시다. 군더더기가 없는 적절한 시어 선택과 함축미가 돋보였다.

그러나 간혹 설명조이거나 말장난(언어 조합) 같은 작품이 눈에 띄어서 뒤로 밀려나기도 했다. 시를 설명조나 언어의 유희처럼 재주 부리면 감동을 자아내기 힘들다.

동화 「독서용 안경」은 소재가 특이하다. 다른 많은 사람들이 이미 알고 있거나 평범한 이야기는 흥미가 없다. 동화는 우선 재미가 있어야 독자들이 즐겨 찾게 된다. 독창적인 소재로 흥미 있게 이야기를 전개했으며, 독서의 기쁨을 독서용 안경을 통해서 글 속에 잘 녹여 내었다. 표현 기법에 비해 글 속에서 교훈성이 양념처럼 더 깊이 숨겨져 있었으면 하는 아쉬움이 남는다.

그 밖에 다른 작품들도 우열을 가리기 힘들 정도였다. 앞에 지적했듯 동시와 동화는 일반 문학작품과 다른 특수성, 즉 어린이도 어른도 재미있게 읽을 수 있는 독창적인 소재와 이야기 전개가 필요하다. 그리고 글 속에 천심이나 불심 같은 동심이 자연스레 녹아 있어야 한다. 그런 기준에 맞추어 골라내다 보니 순위를 매길 수밖에 없었다.

제12회
삶의 향기 동서문학상

시 부문

대상

매조도梅鳥圖를
두근거리다

최분임

　진화가 되려면 한참 멀었는데 벌써 퇴화가 시작된 건 아닐까, 하는 불안감이 들 때가 있다. 몸이, 생각이 둔해지자 금세 눈치를 챈 이 짐승 한 발자국도 앞으로 나아가려 하지 않았다. 달래고 어르다 주저앉을 때도 많았다. 돈도 되지 않는 고삐를 잡고 왜 시간을 허비 하느냐,는 주위의 힐난도 감수하며 詩를 붙들고 있다. 자신이 한심할 때도 있었지만 다른 길은 보이지 않았다. 여전히 어느 한 모퉁이조차 돌지 못하고 머뭇거리지만 이 짐승의 고삐가 마치 스스로의 목줄인 양 놓지 못하고 있다. 아니 놓고 싶지 않다는 게 더 정확할 것이다. 이 지루한 길 위에서의 보이지 않는 신경전이 사실은 즐겁다.

　여름의 한가운데서 동서식품이 깔아준 멍석 '멘토링클래스' 게시판을 들락거리며 불안한 증상이 다시 시작됐다. 놀이판이 마냥 행복하면서도 초라한 글을 내보이는 자신이 부끄러웠다.

그럼에도 한 걸음이라도 앞으로 나아가고 싶어 고삐를 바투 잡고 욕심을 부렸다. 칭찬과 격려의 회초리를 내리쳐 준 신용목, 박성우, 문태준, 박성준 선생님들께 감사드린다. 힘드셨을 것이다. 그렇지만 내겐 잊지 못할 두 달이었다. 가슴 속 스승으로 기억될 것이다.

몸도 마음도 지친 어느 날 다산 정약용 선생의 매조도에 얽힌 사연을 접하게 됐다. 그 그림을 오래 들여다보다 부인 홍씨에 빙의되듯 글이 가슴에서 터져 나왔다. 본부인에게서 난 딸과 소실에게서 난 딸에게 남긴 매조도는 한 달 간격으로 그려진 것이었음에도 그림의 분위기와 詩는 사뭇 달랐다. 생각이 많아졌다. 가슴이 먹먹했다. 아직 가보지 못한 다산초당을 조만간 다녀올 생각이다. 저 세월 안쪽 그분들에게 죄송함과 감사함이 겹친다.

여전히 갈 길이 멀지만 부족한 시를 뽑아주신 심사위원 선생님들께 감사드립니다. 아무데나 슬쩍 발을 넣어 보는 짐승을 엄살 부리지 말고 끌고 가라는 채찍질임을 압니다. 서로에게 덤덤하지만 사랑하는 가족들, 서로 고삐를 놓치지 않게 늘 한 끝을 잡아주는 소래문학회 식구들, 자매처럼 살뜰히 챙겨주는 대구의 백년회 멤버들, 일일이 이름 거론하지 않아도 알아차릴 친구들, 시흥문협 회원들, 천북초등학교 43회 동기들에게도 고맙다는 말 전합니다.

매조도梅鳥圖[*]를 두근거리다

최 분 임

치맛자락에 달라붙는 연둣빛을 털어내고 들어왔습니다.

세월의 말간 걸음걸이 당신의 기별인 듯 이곳은 염두에 두지 말라고 한바탕 퍼붓고 돌아섰습니다. 녹슨 쟁기, 가슴에 고랑을 만드는 기척을 다 북돋워 주지 못했습니다. 땅이 속눈썹을 떨며 일어서는 악착, 봄이라 불러주지 못했습니다.

봄빛 우북한 매조도가 우물물 한 바가지에 꽃잎 몇 띄워 건네는 그 품을 헤아립니다. 한기 끝에 매달린 꽃을 고쳐 눈물 내려놓으라는 당부로 읽습니다. 뒤돌아보는 새 한 마리, 꽃 대신 당신에게 낯선 얼굴이었을 때 분홍에 가까웠던 시간을 묻습니다. 위리안치圍籬安置된 매화나무, 여백의 방향을 결정짓지 않고 가장 먼저 도착합니다.

처마 밑 둥지를 튼 슬픔이 툭 하면 날개를 펴는 통에 매조도 속 나뭇가지, 비어있기 일쑤입니다. 털썩 주저앉은 툇마루를 물고 날아가는 새 두 마리, 먼 강진이 깃털처럼 흩날려도 다홍치마 화폭 당신은 끄떡도 않습니다.

뒤돌아보면, 그리움은 그림자조차 거느리지 않고 피는 꽃 아니던 가요. 뿌리도 모르고 향기도 없이 왈칵, 쏟아지는 허방 아니던가요.

※ 유배 중이던 다산 정약용이 시집간 딸을 위해 부인의 치마폭에 그림과 시를 그린 것

시 부문 은상

그물을 깁다

안현숙

시를 쓰다 보면 덤불 속에 갇힌 나를 발견합니다.

아무리 버둥거려도 도무지 가닥을 잡을 수 없는 길. 덤불과 뒤엉긴 나의 새벽은 점점 불면의 구덩이로 빠져듭니다.

길동무 중 누구는 덤불을 헤치고 나와 푸른 길을 따라갔다 하고 또 누구는 발길을 되돌렸다는 이야기도 들렸습니다.

영영 길을 찾지 못하고 주저앉을까 두려웠습니다.

내가 낸 길 하나가 누군가에게 작은 위로가 될지도 모른다는 생각, 그렇게 시작한 글쓰기는 어쩌면 제 주제를 망각한 착각이요, 오만일지도 모르겠습니다.

되지 않는 시를 왜 놓아주지 못하는지 물음에 물음이 꼬리를

물었습니다.

　써야 한다는 강박증,

　저는 이제 치유할 수 없는 병에 걸린 것 같습니다.

　되돌리기엔 이미 너무 깊이 빠졌다는 사실과 남이 아닌, 詩
는 방향을 잃은 내 삶의 지표가 되어준다는 것을 깨닫게 되었
습니다.

　숨이 턱까지 차오를 무렵 찾아든 당선소식은 마치 동아줄을
잡는 일 같았습니다.

　장을 마련해주신 동서문학상과 거친 제 시를 잡아주신 심사
위원님들께 감사합니다.

　늘 격려를 아끼지 않는 하나님과 나의 가족 그리고 기꺼이 어
깨를 내 준 문우님들, 사랑합니다.

　함께한 순간순간이 제게 자양분이었음을 고백합니다.

그물을 깁다

안현숙

번번이 줄이 끊어졌다
빠질 것 다 빠뜨려야 먹고 사는 그물질
파도는 늘 마름모꼴로 흘러들었다
좁은 틈을 가진 사람은 곧 넓은 틈을 가진 사람
가둘 수 없는 지느러미는 그물의 동경 같은 것

부두의 헐렁한 풍경에 겨울이 달라붙는 아침
그물 더미는 알이 꽉 찬 물고기를 닮았다
드럼통 안의 불길은 촘촘한 연탄구멍을 빠져나오고
남자는 지난밤의 파고波高를 손질하고 있다
좁은 틈이 만든 온도로 몸이 녹을 무렵
반짝이는 비늘은 서서히 비린내가 되어간다

품 안에 놀던 물고기
하나둘 객지로 빠져나갈 때마다
가슴에 숭숭 구멍이 생겼을 것이다

모처럼 달려오는 소식에 잠시 그 자리 메워지지만
연락선 끊긴 포구처럼
다시 구멍이 보일 것이다
가끔 벌어진 틈으로 들어오던 치어들
끝내 그 어미는 연락 두절이다

때로는 잡어처럼 살았을 몇 평의 시절을 지나
북적거리던 소리를 깁고 있다
겨우 건져 올린 것이라곤
달랑 두 마리,
적막한 저녁상 같은 내외內外

시 부문 은상

이사한 후
- 앉은뱅이책상

김효숙

어느 날부터 시에 이끌렸습니다.

살아온 날을 뒤적여보니 삶의 마디마디에 그렇게 뭔가에 이끌렸던 자국이 남아 있었습니다.

지금 시 앞에서 시의 얼굴을, 아니 시의 몸을 바라봅니다.

아직 어린 그 몸이 참으로 애잔합니다.

두 팔에 힘을 모아 따뜻하게 안아주려 합니다.

삶의 주름과 그늘을 아직 읽어내지 못하는 내 어린 시에게 3천 년 전에 살았던 사포의 시를 다시 읽어 주고 싶습니다. 시간이 시간을 덮어쓰면서 기억은 쇠락해 가지만, 그녀의 시는 아직도 생동한다고 말해 주고 싶습니다.

시란 그런 것입니다.

사라졌으나 사라지지 않은 별과도 같은 존재입니다.

별이 우리에게 오는 밤은, 그 별이 사라진 후 오랜 시간이 흐른 뒤의 어느 날입니다.

시의 언어를 처음으로 열어주신 스승 이승하 교수님. 언어에 앞서는 감수성에 대해 말씀하실 때마다 눈물부터 났습니다. 앞으로 더 눈물을 뿌리며, 눈물 안에서 춤추는 시의 언어로 보답하겠습니다.

밤잠을 물리며 깨어 있는 이유를 가족들에게 말할 수 있어서 이제는 면목이 좀 생겼습니다.

홀로 있을 때 더욱 숨죽여 준 고요와, 가슴이 두근거리도록 약간의 항진증을 선물해 준 커피도 고맙습니다.

남들이 걸어간 길 위에 발자국을 더한들 새로운 길이 생기지는 않습니다.

다만 그 길 위에서 시가 기다리고 있기를…… 그 시를 품어 안고 또박또박 발걸음을 뗴 놓을 수 있기를…….

이사한 후
- 앉은뱅이책상

김효숙

깊은 밤마다 너를 마주보았다
벌거벗은 짐승처럼 내달리고 싶을 때도
가시덤불 속 콩새처럼 웅크리면
나보다 더 작아지지 않는
네가 나를 껴안았다

내 관절에서 계단 내려가는 소리가 난다
말 없던 무릎이 고통을 말하기 시작했다
너를 일으켜 세우면 내 뼈도 아프지 않을 텐데
너는 아랫도리 사리고 앉아 끝내 일어나지 못했다
한 자세로 굳어 골병이 다 들었다

손님맞이 밥상이 북쪽 방으로 물러나 내 책상이 되면
홀로 단단해졌던 시간의 뼈
해가 돈는 방향에서 푸른 바람이 불어왔다

닳아지는 관절을 펴며
네 어깨를 딛고 일어선다

새 책상을 들여놓고 너 둘 곳 찾아 집안을 서성인다
버릴 수도 쌓아 둘 수도 없어 기억은 아픈 것
멀찍이 두고 자꾸만 눈길을 심었다가 거둔다
어린 풀들도 앉았다 일어나려면 아프다
그러니 일어서 있으려고만 하는 거다

시 부문 동상

개기월식

김경민

'작은 것 하나에서 많은 것을 느끼다.'

삶의향기 동서문학상 수상 소식을 들었을 때, 생각지도 못한 일에 정말 기뻤습니다. 저는 어렸을 때부터 작가의 꿈을 키우며 글을 써왔습니다. 아직도 처음 시를 쓰기 시작해, 아무것도 모른 채 무작정 시를 읽고 이것저것 써내려가던 때가 생생합니다. 항상 소재거리를 찾지 못해 고민하는 경우가 많았습니다. 처음에는 시를 쓰는 것이 서툴고 힘들었습니다. 좋은 작품을 창작하는 작가들을 보면서 부럽다는 생각을 하기도 했습니다. 한때는 글을 쓰는 것에 대해 고민하기도 하고, 걱정도 많이 했습니다. 그럴 때마다 시집을 읽었고 조금이라도 더 새롭고 좋은 표현을 쓰기 위해 필사를 했습니다. 상심해 있을 때마다 제 곁에서 여러 가지 조언과 충고를 해주셨던 가족들은 제게 큰 힘이 되어주었습니다. 저는 상을 타기 위해 쓰는 글이 아닌, 순수한 문학을 창작하고 싶습니다. 작은 것 하나에서 많은 것을 느끼고, 세상 사람들에게 여유를 주는 그런 시를 쓰고 싶습니다.

　좀 더 좋은 작품을 창작하기 위해 많은 시를 읽으면서 습작을 했는데, 사소한 노력들이 지금의 결과를 이루는 데 도움이 된 것 같습니다. 마지막으로 서툴고 어색한 제 시를 뽑아주신 심사위원분들께 진심으로 감사드립니다. 앞으로 더 좋은 작품을 창작해서 훌륭한 문학인이 되도록 노력하겠습니다.

개기월식

김경민

여자가 알사탕을 입에 넣는다

혀끝으로 달의 자전속도를 조절하는 여자
탄생의 흔적을 갖고 있는 몸이 열렸다 닫힌다
소멸하기 시작한 우주, 그 입은
수많은 공기와 생명체들을 삼킨 블랙홀이다
천천히 녹기 시작한 할머니의 항성
밤하늘 가득 단내를 뿜는다

퇴화하는 어둠 속에서 매일 새롭게 태어나는 레몬맛
달을 야금야금 녹여 먹기 시작한 할머니는
쪼그라든 입을 우물거리며 팽창하는 우주
입천장에 새겨진 은하의 행로를 따라
별똥별이 굴곡을 그리면서 떨어진다
달이 지구를 만나는 몇 억 광년의 시간
사탕 하나를 녹여 먹는 동안

달의 예리함에 배인 밤하늘에서 붉은 빛이 흘러나온다

볼록 솟아오른 오른쪽 볼
우주의 파편들이 검버섯으로 피어나는 얼굴
일정한 주기로 자전하는 사탕이 녹는 동안
입안 가득 흘러넘치는 달콤한 꿈들
달에 산다는 비생물체의 흔적도 삼켜버리고
무른 잇몸, 달을 가린 구름이
달 하나를 녹여먹는다

마침내 사탕을 모두 삼키고 달이 된 할머니
마지막 수억 번째 입덧을 하는 그녀가
이 빠진 우주가 먹다 뱉은 사탕들이 하늘 가득 끈적하다

시 부문 동상

사내승진기(社內昇進記)

박소영

　이십 대의 마지막 가을에 당선 소식을 듣고 만감이 교차했습니다. '취업난 세대'라는 꼬리표가 붙어 대학교 때부터 학점 관리와 스펙 쌓기에만 열중했고 어렵게 취직했습니다. 근래에 직장생활의 경력과 여유가 붙게 되자, 사회인으로서 겪게 되는 '오춘기'를 아프게 지나고 있습니다.

　팍팍한 이십 대를 보내면서 감수성과 창의성은 멀리 던져둔 지 오래였습니다. 그러다가 문득 고민이 생겼습니다.

　'하고 싶은 것'과 '할 수 있는 것'과 '해야만 하는 것' 사이에서 나는 무엇을 하고 있는가.

　이십 대의 마지막 가을에 느낀 이 기쁨을 통해 제 삶에서 '하고 싶은 것'과 '할 수 있는 것'이 하나 더 늘어났습니다. '해야만 하는 것'으로 넘어가려면 저의 부단한 정진과 많은 경험과 오랜 세월이 필요하겠지요. 더욱 분발하겠습니다.

가장 존경하고 사랑하는 아버지와 어머니께 감사드립니다. 부모님으로부터 보고 배운 것과 부모님께 받은 사랑과 부모님께 느끼는 미안함이 현재의 '흔들리는 저'를 다잡아주고 있습니다. 저보다 더 감격해하실 두 분께 가장 먼저 영광을 돌립니다. 두 분만큼 기뻐해주셨을, 하늘에 계신 할아버지께도 이 영광을 돌립니다.

사내승진기(社內昇進記)

박소영

사무실 천장에서 줄이 내려온다.
그 줄이 낡은 동아줄인지 튼튼한 오랏줄인지
호랑이를 놔두고 하늘로 올라간 오누이가 잡은 생명줄인지
총독부가 이완용의 목에 걸어준 금목걸이 줄인지
잘 판단해서 잡으라고 한다.

낯선 천장 뒤통수보다
낯익은 책상 얼굴과 사무실 엉덩이가 더 편하고 안전해 보인다고,
어떤 줄인들 잡지 않겠다고 하니
벗은, 평생 만년설로 사는 것도 나쁘진 않다면서도
고개를 절레절레 흔든다.

책상 얼굴을 붙들며
모든 서류와 모든 고객들과 어울려 강강술래를 추지만
만년설을 녹이긴 힘드네, 나는 만년대리.
동아줄 잡았던 벗은 해가 될 뻔하다가 달로 저물었고

오랏줄 잡은 벗은 지상으로 곤두박질쳤네.

사무실 천장에서 다시 줄이 내려온다.
벗들의 시선이 나를 향한다.
잡아 보라고, 온난화로 만년설도 녹는 마당에, 이젠 나의 차례라
고.

시 부문 동상

숲

고은수(고은주)

　우선 저의 시를 뽑아주신 심사위원님들께 감사의 인사를 전하고 싶습니다. 시가 무언지도 모르면서 무작정 이 길을 걸어온 것 같습니다. 둔재의 고통을 느끼면서도 창작이 주는 기쁨, 즐거움 때문에 포기하지 못했습니다. 그리고 시의 숲에 많이 들어와 버려서 돌아나갈 길이 더 멀기 때문에 앞으로 나아갈 궁리를 하는 것이 최선이라고 생각하게 되었습니다.

　수상자 발표가 있던 날, 우리 시창작반에 동료 두 분이 저를 꿈에서 보았다고 하셨습니다. 그럴 수도 있는 일이지만 시를 쓰는 일도 혼자만의 일이 아니라는 생각을 했습니다. 매주 만나서 시를 가운데 두고 세상을 얘기했던 도반들이 있어서, 좋은 자

극을 받았습니다. 그리고 권애숙 선생님의 타협하지 않는 시정
신도 저희들에겐 언제나 칼칼한 물김치처럼 정신을 번쩍 들게
했습니다.

문득 니체의 말이 떠오릅니다. '천부적인 재능이 없다고 비관
할 필요는 없다. 재능이 없다고 생각된다면, 그것을 습득하면
된다.' 저는 이 말을 받아들이기 어려웠습니다. 재능은 타고나지
않으면 생기지 않는다고 여겨왔으니까요. 그런데 저는 이제 반
쯤 믿습니다. 시를 공부하면서 '습득'한 것이 무척 많기 때문입
니다.

그리고 시를 쓴다는 것은 혼자의 독백이 아니고 객석을 향한
아름다운 발언이라고 생각합니다. 때문에 시는 여러 삶의 여러
아픔과 깊이 연결되어 있을 것입니다. 얼마나 세세하게 들여다
볼 수 있을지, 그것이 저에게 주어진 과제라고 생각합니다.

끝으로 권애숙 선생님과 시 창작반의 무궁한 발전을 빕니다.
그리고 저를 묵묵히 지켜봐 준 가족에게 감사하고, 하늘에 계신
부모님께도 그리움의 정과 함께 감사의 뜻을 전하고 싶습니다.

숲

고은수(고은주)

숲이라는 글자에는 문이 없다
친절하게 입구가 열려 있다
누구든지 기분 좋게 들어오라고 한다
그곳에는 우리가 잘 아는 장면들이
동영상으로 돌아가고,
흙 속에서 하늘까지 꽉 찬 숨소리
숲의 허파는 싱싱하다
저기 푸드득 날아가는 새,
그래서 숲이라는 글자에는
지붕을 얹어두었다
멋모르는 생명들 살짝 눌러주는
안전모 같은,
이름 모를 꽃이 지고 또 질 때
그 가슴 다독이는 덮개 같은,
숲에서 어둠이 걸어 나온다
노을 지는 저쪽 하늘보다 먼저

어두워지는 숲,

초저녁 별을 베고 잠자리에 든다

커튼을 내린 듯 적막이 아름답다

그럼에도 돌아오는 모든 것들을

위해 숲은 문을 달지 않는다

제12회

 삶의 향기 동서문학상

소설 부문

소설 부문 금상

백야(白夜)

이소(이소현)

    중학교 3학년 때 처음으로 소설을 썼고, 상상을 기록하는 그 일이 마냥 즐거웠습니다. 그러다, 고등학교 때부턴 작가가 되고 싶다는 생각을 막연하게나마 가지게 되었습니다. 그러나 앞날이 보이지 않아 몇 년간 방황을 겪고 잠시 꿈을 포기하기도 했습니다. 하지만 23살 때 우연히 다시 소설을 쓰게 됐고 꿈을 다시 찾게 되었습니다. 이때까지 많은 일들에 도전해봤고 취미도 다양하지만, 이야기를 창조하는 소설만큼 행복하고 즐거운 일은 없었습니다.

    〈백야(白夜)〉는 제가 개인적으로 쓴 네 번째 작품으로, 어느 날 벚꽃에 홀려 충동적으로 쓰게 된 작품입니다. 정해진 분량

안에 줄거리와 분위기를 조화시켜 써내는 게 쉽지 않았지만 집 필과 퇴고를 하는 내내 즐거웠습니다.

그렇게 그저 먹먹한 감동을 글로써 풀 수만 있다면 충분하다 고 생각했는데 이렇게 뜻밖에 큰 상을 받게 되어서 너무나도 기 쁩니다. 아직 부족한 제 소설을 읽어주시고 한층 더 꿈에 다가 갈 수 있도록 마음을 열어주신 심사위원분들께 감사드립니다. 제 작품이 세상에 나올 수 있도록 도와주신 삶의향기 동서문 학상 운영위원회분들, 진심으로 함께 기뻐해주신 부모님, 오빠, 삼촌, 할머니, 이모, 윤용돈 목사님, 안젤라 언니, 세진이, 선혜, 광현이 오빠, 정혁이, 영광이, 수진이 언니, 애리, 지혜(박), 한나 언니, 대영교회 1청년부, 주희 언니, 울산대학교 IVF, 사랑하는 친구들—다윤이, 은지, 유나, 보미, 서울에 있을 때 조언을 해준 채리, 김석봉 교수님께 진심으로 감사드립니다.

좋은 작가란 진정 글을 사랑하고 즐거워하는 사람이라고 생 각합니다. 창작을 사랑했던 첫 마음을 잊지 않고 언제까지나 발전하도록 노력하겠습니다. 그리고 제 글을 읽는 모든 사람들 에게 나의 진심이 전해졌으면 좋겠습니다.

마지막으로 하나님께 감사드립니다. 병약하고 방황하던 날 일 으켜 주시고, 또 제게 글을 쓸 수 있는 재능과 영감을 주신 주 님께 모든 영광을 돌리겠습니다.

백야(白夜)

이소(이소현)

때는 1979년, 4월 초였을 겁니다. 그때 나는 집에서 갓 독립한 처녀였고, 이제 막 길가의 벚꽃이 피어나려 하고 있었으니까요. 그 당시의 나는, 집을 떠나 원래 살던 곳과 아주 많이 떨어진 종로의 이발소에서 일하고 있었습니다.

돈을 벌기 위해서 아침부터 저녁까지 이발소에서 일을 해야 했지만, 난 단 한 번도 내 직업이 이발소의 조수거나 미용사라고 생각해 본 적이 없습니다.

나의 진짜 직업은, 시인이었습니다. 비록 그 누구도 그렇게 인정해 주지 않았고, 단 한 편의 시를 발표한 적도 없었지만요.

이발소의 일이 끝나, 혼자 사는 옥탑방에 들어서게 되면 난 진짜 직업을 찾게 됩니다. 고요한 밤이 내다보이는 창가에 앉아 펜을 들고 종이 위에 하루에 한 편 이상은 꼭 시를 썼습니다. 그 주제는 어린 시절의 추억이기도 했고, 현재 다가온 봄의 아름다움과 거리의 풍경, 혹은 주일의 거룩한 아침이기도 했습니다. 하지만 당시 내 시의 대부분을 차지하고 있던 주제는 바로, 주인 이발소 아저씨의 아들, 유현 씨였습니다.

가족들은 모두 타지에 살았고 일하는 곳은 낯선 지방이었으나 크게 외로움을 느끼지 않았습니다. 난 하루 종일 손님들이 북적이는 곳에서 일하는 데다가 주일엔 교회를 나갔기 때문입니다. 이발사 아저씨는 유쾌하고 수다스러웠으며, 다른 직업과 다른 연령의, 각양각색의 손님들은 나의 말동무가 되어주었습니다.

그러다 직장을 얻은 지 5개월쯤이 지났을 때였습니다. 칙칙한 이발소의 분위기와 어울리지 않는, 한 젊은 남자분이 얼굴을 내비치기 시작했습니다. 처음 그가 왔을 때는 무도회장에 가려는 멋쟁이가 이발소에 잘못 찾아온 줄 알았습니다. 그게 잔뜩 멋을 부려서가 아니라, 눈에 띌 정도로 곱상한 외모와 새침한 표정 때문이었습니다. 하지만 그는 이발을 하러 온 손님도 아니었고, 무도회장에 가려는 것도 아니었습니다. 그는 올 때마다 주인아저씨와 이야기를 나누거나 한 번씩 빗자루로 바닥의 머리카락을 쓸어주기도 했는데, 난 그가 눈에 익숙해질 때쯤에야 주인아저씨의 아들이라는 것을 알게 되었습니다.

유현 씨는 이름에서 풍기는 느낌처럼 매우 도도한 인상을 풍겼는데, 외모는 마치 4월의 벚꽃만큼이나 아름다웠습니다. 그를 잘 모르는 사람들은 종종 차갑다느니 날카롭다느니 성격을 헐뜯곤 했으나, 난 압니다. 유현 씨가 사실은 얼마나 따뜻하고 마음씨가 좋으며 또 감수성이 풍부한지를.

나는 이발소에 찾아오는 그와 많은 이야기를 나눠 본 적은 없습니다. 감히 먼저 말을 걸 용기가 나지도 않았고, 그럴 기회도 없었습니다. 아버지와 대화하는 것을 엿듣거나, 가게의 거울을 보는 척 그를 힐끔힐끔 훔쳐볼 뿐이었습니다.

여태껏 엿들은 대화와, 주인아저씨로부터 들은 얘기들을 종합해서 내가 유현 씨에 대해 알고 있는 사실은, 그가 음대를 다니고 있으며 첼로를 전공하고 있고, 또 현재 학비가 만만치가 않아서 잠시 휴학을 하고 돈을 벌기 위해 여기저기 레슨을 하러 다닌다는 것이었습니다. 대학이라곤 꿈도 꾸지 못한 나에게 유현 씨는 감히 범접할 수 없을 만큼 대단해 보였습니다. 게다가 첼로를 하고 있다니! 난 단 한 번만이라도 좋으니 그의 연주를 바로 내 눈앞에서 볼 수 있다면 얼마나 좋을까, 상상하곤 했습니다. 음악을 잘 모르는 나이지만, 유현 씨는 내가 아는 모든 음악가들 중에서 가장 뛰어난 첼리스트라고 감히 단언할 수 있습니다.

시인이란, 보통 낮보다 밤과 친한 사람입니다. 난 일하기 위해서 어쩔 수 없이 아침부터 일어나야 했지만, 아래층에 살고 있는 유현 씨의 연주 소리가 들리기 시작한 때부턴, 아침이 괴롭지 않았습니다. 그가 연주하는 바흐의 전주곡은 자극적이지도 않고, 밋밋하지도 않았는데, 그 그윽하고 평온한 음악은 날 자연스럽게 잠에서 깨웠습니다. 아아, 정말 그 시절, 아침마다 들려오던 첼로 소리란! 잠이 덜 깬

내가 이불 속에 파묻혀 있다가 그 소리를 들으면 아침의 햇살이 온 방 안을 비치는 듯했습니다. 정신이 깨서 눈을 살짝 뜨면 바로 눈앞엔 창문을 통해 아침이 보였습니다. 난 다시 눈을 감고 곡이 끝날 때까지 연주를 감상했습니다. 그러고 있으면 한 번도 가본 적 없는 알프스 산이나 17세기 독일 거리의 풍경이 펼쳐지기도 했고, 연주에 열중하느라 애를 쓰고 있을 유현 씨의 모습이 상상되기도 했습니다.

나는 그와 거의 말을 섞은 적이 없었고 앞으로도 그럴 가능성이 없는 듯했지만, 정말 어쩌다가 한 번, 휴일에 집에서 쉬고 있는데 유현 씨가 불쑥 집에 찾아와 아주 놀란 적이 있었습니다. 그는 문을 두드리며, "안에 계세요-?" 하고 외쳤습니다. 나는 이게 웬일이지, 하고 바로 문을 열었고 갑자기 나타난 그를 보고는 놀라서 정신을 차리지 못했습니다. 그러나 유현 씨는 아주 천진난만하게 씩 웃으면서 웬 봉투를 내밀며 말했습니다.

"이거, 아버지가 월급 늦게 줘서 미안하대요."

그리고, 내가 뭐라고 대꾸할 틈도 주지 않고 휭하니 가버렸습니다. 난 월급봉투를 손에 쥐고서 한참 동안이나 문 앞에 멍하니 서 있었습니다. 아주 잠깐이었지만 얼마나 설레었는지 상상할 수 있겠습니까?

나는 유현 씨를 위해 늘 시를 썼습니다. 낮이고 밤이고 나의 머릿속은 사랑의 시 구절이 가득했습니다. 종종 그것들을 전해주고도 싶었습니다. 하지만 단 한 번도 실천에 옮기지는 못했습니다.

2

유현 씨를 알고부터 얼마나 많은 시간이 흘렀는지 해가 지나고 계절이 바뀌었습니다. 가을이 가고 겨울이 왔고, 또 겨울이 지나 봄이 찾아왔습니다. 3월의 초봄도 지나 어느새 길가엔 벚꽃이 피기 시작했습니다.

난 어느 계절보다 벚꽃이 피는 이때를 가장 좋아했습니다. 다른 꽃도 아닌, 이 벚꽃이 피는 계절은 1년 중 가장 아름답고 특별한 순간입니다. 벚나무들은 마치 초와 같습니다. 1년의 대부분을 다른 평범한 가로수처럼 수수한 모습으로 길가에 서 있지만, 봄이 찾아오면 초에 불이 붙은 것처럼 비로소 화려하고 아름다운 본 모습을 보이는 것입니다. 많은 사람들이 그렇겠지만, 난 특히 벚꽃을 보면 잔뜩 들떠서 진정할 수 없었습니다. 공중에 흩날리는 무수한 연분홍빛 꽃잎들, 그리고 봄의 향기…….

벚꽃은 하나둘 피기 시작하더니 마침내 절정을 이루었습니다. 하지만 난 계속 이발소에 발목이 묶여서 한 번도 밖에 나가서 제대로 꽃을 구경하질 못했습니다. 벚꽃의 절정이 날 오래 기다리지 않는다는 걸 잘 알고 있었기 때문에, 하루하루가 흘러가는 게 초조해졌습니다. 아름다운 풍경을 바로 눈앞에 두고도 마음대로 구경을 나가지 못하다니 아주 아쉽다 못해 슬플 지경이었습니다. 매일 틈틈이 문과 창문을 통해 살짝 내비치는 나무의 일부만 겨우 볼 수 있었습니다. 손님들의 머리를 잘라주고 바닥을 쓸고 있는 동안에도 내 마음은 온통 꽃이 피어있는 거리에 가 있었습니다. 그런데 하필 사랑하는 유현 씨마저 며칠째 보이지 않자 나의 마음은 더욱 더 우울해졌습니다.

일이 모두 끝난 저녁, 집으로 돌아와 시를 쓰기 위해 책상 앞에 앉았지만 도무지 울적해져서 글을 쓸 수가 없었습니다. 벚꽃의 형상이 자꾸만 눈앞에 아른거렸습니다. 1년에 한 번뿐인 봄에, 그것도 4월에 잠깐 폈다가 사라지는 벚꽃입니다. 지금 이 절경을 놓친다면 또 1년을 기다려야 할지도 모릅니다. 혹시나 오늘 비라도 내리면 꽃의 반 이상이 떨어져 버리기 때문입니다.

결국, 그날만은 시 쓰기를 포기하고 밤 10시가 되었을 때, 늦은 줄 알면서도 밖으로 구경을 나왔습니다. 집의 문턱을 넘어 시원한 밤공기를 들이키자 하루 종일 답답했던 가슴이 뚫리는 듯했습니다. 지나다니는 사람은 거의 없었고, 두려운 기분이 들기도 했지만 기왕 결심한 일을 끝까지 해내리라, 생각하고 벚꽃이 많이 피어있는 길을 따라 걸어갔습니다.

길가에 피어있는 꽃들을 보자 난 감탄하지 않을 수 없었습니다. 4월의 밤거리는, 하얀 꽃잎으로 가득한 백야(白夜)였습니다. 바닥은 이미 꽃잎들로 제법 덮여있었고, 아직 나무에 붙어 있는 잎들은 달빛에 반사되어 밤을 하얗게 물들이고 있었습니다. (사실 집 근처에 벚꽃이 많은 편은 아니었지만, 하루 종일 갇혀 있던 나에겐 꽃을 보는 것 자체가 설레는 일이었기 때문에 그렇게 보였던 것입니다.) 난 나도 모르게 감탄사를 내뱉고선, 벚꽃들의 세상으로 들어갔습니다. 시간이 꽤 늦었음에도 불구하고 나처럼 꽃을 보러 온 사람들이 몇몇 보였습니다.

난 함박 미소를 지으며 꽃을 바라봤습니다. 세상의 어떤 시가 감히 이 풍경을 묘사할 수 있을까요? 난 속으로 시를 몇 구절 지었으나 곧 관둬버렸습니다. 상쾌한 바람이 부는 밤길엔 눈보다 하얀 것들이 하늘에서 흩날려, 죽어서 천국을 간다면 꼭 이런 모습이지 않을까 싶었습니다.

벚꽃이 피어있는 곳이라면 어디까지든 가고 싶었습니다. 난 시간이 몇 시인지도 모른 채, 꽃이 피어있는 길을 따라 끝도 모른 채 계속 걸어갔습니다. 그러다, 밤이 너무 깊어진 것 같아 조금만 더 걷다가 다시 집으로 돌아가야겠다고 생각했습니다.

나와 같은 목적으로 밖에 나온 젊은 연인 몇 쌍이 보였는데, 집에 돌아갈 생각도 없는지 느긋하게 서로 꼭 붙어서 봄의 아름다움을 즐기고 있었습니다. 나도 잠시 걸음을 멈추고 난간에 기대어, 그들을 풍경의 일부로 인식한 채 마치 이 세상에 나 혼자 감상자가 된 것처럼 흐뭇한 얼굴로 주위를 둘러보았습니다. 그리고 바로 옆에 있는 벚나무를 올려다보았습니다. 미묘한 공기의 떨림이 있었을 뿐인데 연약한 꽃잎이 떨어져서 공중에서 팔랑거렸습니다. 나의 시선은 꽃잎을 따라 천천히 떨어졌습니다. 그런데, 그때 지금까지 보고 있었던 아름다운 풍경보다 더 아름다운 것이 바로 내 눈앞에 서 있었습니다.

그건 나의 사랑하는 유현 씨였습니다! 그분은 벚나무를 사이에 두고 바로 내 옆에 서서 커다란 악기 가방을 둘러맨 채로, 입을 살짝 벌린 채 황홀한 표정으로 앞을 바라보고 있었습니다. 그는 아버지나 형제, 친구나 여자 친구도 없이 혼자 있었습니다. 전혀 뜻하지 못한 만남에, 나는 도저히 제정신을 차릴 수 없었습니다. 이 늦은 시간에 다른 사람도 아닌 유현 씨가 바로 내 옆에 있다니! 그러나 실감이 나기도 전에, 그는 날 발견하지 못했는지 아무 말도 없이 돌아서더니, 나와 반대 방향으로 가버리는 것이었습니다.

정신을 놓고 있던 나는, 혹시나 놓칠세라 후다닥 유현 씨를 쫓아 갔습니다. 그러나 차마 당당하게 옆으로 다가가 말을 걸지 못하고, 일정한 거리를 두고 뒤를 따라갔습니다. 아무것도 모른 채 걸어가는 그의 뒷모습 위로 벚꽃 잎이 흩날리며 떨어지고 있었습니다.

그에게 말을 걸까 말까 전전긍긍하며 손을 뻗었다가 다시 거두기를 반복했습니다. 차가워 보이는 그 얼굴을 보고, 말을 걸었을 때 혹시 내게 냉정한 눈빛을 보내면 어쩌나 싶어서 용기가 나질 않았습니다. 그는 내 손에 잡힐 듯 말듯 가까운 거리에 있었습니다. 난 또 갈등했으나 이내 결심을 굳혔습니다. 이 순간이 지나면 두 번 다시 이런 기회가 올지 알 수 없었습니다. 마침내 난 용기를 내서 그의 옆으로 다가갔습니다.

"안녕하세요." 난 작은 소리로 헛기침을 하고 인사를 건넸습니다.

앞만 보던 유현 씨는 불쑥 들려온 나의 목소리에 흠칫 놀라 고개를 돌려 날 쳐다보았습니다.

"아…… 안녕하세요." 그는 얼떨떨하게 대꾸했습니다. 내가 그랬던 것처럼, 여기서 날 만난 게 아주 뜻밖인 모양이었습니다. 아, 유현 씨! 나의 그 사람은 학생다운 수수한 차림을 하고 있었지만 무도회장에 나가는 젊은이들이 한껏 꾸민 것보다 더 아름다워 보였습니다.

나는 그와 나란히 걸었습니다. 유현 씨는 인사를 되받고는 다시 나에게서 시선을 거두고 앞을 바라보았습니다. 그리고 아무 말도 하지 않았습니다. 어색한 침묵이 돌자, 난 무슨 말이라도 꺼내야겠다고 생각했습니다. 하지만 쉽사리 입이 떨어지지 않았습니다. 그렇다고 갑자기 작별 인사를 하고 곁을 뜰 수도 없었습니다. 이러지도 저러지도 못하고 곤란해하고 있었을 때, 고맙게도 유현 씨가 먼저 내게 말을 걸어 주었습니다.

"이 시간에 꽃구경하러 나오신 거예요?"

"네."

"혼자서 오면 위험할 텐데. 잘못하면 간첩으로 오해받을 수도 있구요."

난 싱긋 웃다가, 용기를 얻고 무슨 일로 이 시간에 밖에 있는지를 물었습니다.

유현 씨가 대답했습니다.

"하루 종일 레슨 하러 다녀서 정신이 하나도 없어요. 이렇게라도 안 하면 다음 학기 등록금을 못 버니까요. 올해는 꼭 졸업해야 되는데……"

유현 씨가 왜 요즘 거의 이발소에서 보이지 않았는지를 알게 되었습니다. 난 그에게 여자 친구나, 혹시 추파를 던지는 여제자가 있는지 궁금했으나, 시시한 질문 같아서 그만둬버렸습니다. 그런데 나의 속마음을 꿰뚫어봤는지, 내가 하려던 질문을 그가 장난기가 섞인 투로 내게 던졌습니다.

"그런데 왜 혼자 나오셨어요? 남자 친구랑 같이 안 오고."

난 괜히 정곡이 찔린 듯 부끄러워하며 아무 대꾸도 못하고 시선을 아래로 떨어뜨렸습니다. 나한테 그런 질문을 하다니! 남자 친구라구요? 네 있지요. 당신이라는, 내 마음속에만 존재하는 애인일 뿐이지만!

그리고 잠시 동안 우린 다시 말이 없었습니다.

사실 이 유현 씨는, 나에 대해 아는 게 거의 없었습니다. 나의 성이 임 씨인지 인 씨인지도 헷갈려 했고, 자기 아버지를 통해서 나의 이야기를 듣거나 나의 일하는 모습을 보는 게 전부였습니다. 간단히 얘기하자자면 그냥, 나의 얼굴을 알고 있는 정도일 뿐이었습니다. 그런 유현 씨와 내가 이렇게 가까이서 오랫동안 단둘이서 이야기하는 건 처음이었습니다.

"종종 첼로 연주를 들은 적이 있어요." 내가 말했습니다.

"언제요?" 유현 씨가 살짝 놀란 투로 물었습니다.

"부활절 예배 때 앞에서 바이올린과 2중주로 〈예수는 나의 기쁨〉을 연주하는 걸 봤어요. 또 집에서도 종종 들려요."

유현 씨는 부끄러운 듯 긴 속눈썹을 살짝 내리깔며 혼잣말을 중얼거렸습니다.

"아직 형편없는데……."

그리고 다시 고개를 들고 조심스럽게 내게 말했습니다.

"그러고 보니 이발소에서 자주 봤죠. 아버지 말로는 시를 쓴다던데 혹시 지금 활동하고 있는 거예요?"

난 생각보다 유현 씨가 나의 존재를 인식하고 있다는 사실에 놀랐습니다.

"한 번도 돈벌이가 된 적은 없지만 뭐…… 그렇다고 볼 수 있죠."

"그럼 시인이세요?"

"네."

"그거, 대단하네요!"

난 쑥스럽게 미소 지으며 대꾸했습니다.

"별로 대단한 건 아니에요. 사실은…… 누구나 시를 쓸 수 있어요. 영감을 주는 대상만 있으면."

유현 씨가 살짝 감탄하듯이 물었습니다.

"그래요? 보통 어디서 영감을 받는데요?"

'날 시인으로 만든 사람은 바로 당신입니다.' 난 들리지 않게 속으로 대꾸했습니다.

그분이 말했습니다.

"그럼 시 한 수만 읊어 줄 수 있어요? 아무거나."

난 몇 번이고 시를 통해 전하고 싶었던 속마음을 보여주고 싶었지만 감히 그러지 못했습니다.

'나의 사랑하는 분, 내가 당신 때문에 얼마나 속을 태우고 있는지 알고 있나요? 내 속에 있는 말을 모두 숨김없이 전할 수만 있다면! 하나님이 나를 위해 이 순간을 허락하신 거라면 이 고백을 전할 수도 있을 텐데.'

난 잠시 고민하다가, 언젠가 유현 씨가 우리 집에 불쑥 찾아와서 월급봉투를 줬던 그날 밤에 썼던 시를 읊어주었습니다.

"그대가 나를 본 건 한순간이었으나,

그대가 내 안에 머무르는 건 영원이다.

그대 내 품안에 안겨준다면

꿈이라도 좋을 텐데,

그대라서 좋을 텐데."

자기한테 하는 이야기인 줄은 꿈에도 모르면서 나의 시를 듣고, 유현 씨는 진심으로 감동한 듯했습니다.

"거 정말 멋지네요! 정말 직접 쓴 거예요?"

"그럼요."

4월의 백야는 깊어가고 있었고, 우리는 계속해서 함께 벚꽃을 맞으며 걸어가고 있었습니다. 원래라면 조금만 더 걷다가 돌아오려고 했으나, 이미 시간이 너무 많이 흘러버렸습니다. 유현 씨는 너무 늦었으니 빨리 집에 돌아가자고 나를 재촉했습니다. 난 그와 함께 있었지만 곧 헤어져야 하는 걸 생각하니 너무나 아쉬워서 몰래 씁쓸한 표정을 지었습니다.

우리는 반대 방향으로 되돌아갔습니다. 그런데 발걸음을 돌릴 때였습니다. 난데없이 소나기가 퍼붓기 시작했습니다. 난 몹시 당황했으나, 유현 씨는 나보다 더 어쩔 줄 몰라 하며 수선을 떨었습니다. 악기를 들고 있었기 때문이었습니다.

"이거 어떡하지! 젖으면 안 되는데!"

"방수가 되는 거 아니에요?" 내가 손으로 비를 막으며 물었습니다.

"아뇨…… 이렇게 많이 내리면 위험해요."

유현 씨는 비를 피할 곳을 찾아 우왕좌왕하다가, 저 가까운 곳에 교회가 있는 것을 발견했습니다. 그가 뛰어가자, 나도 같이 달려갔습니다. 다행히 건물 안은 비어 있었고, 아무도 없었습니다. 급한 대로 비를 피한 우리는 잠시 동안만 안에서 비가 그치기를 기다렸습니다. 유현 씨는 교회 안으로 들어오자마자 케이스에서 악기를 꺼내 상태를 점검했습니다.

유현 씨가 악기를 보고 있는 동안, 난 창밖을 보며 중얼거렸습니다.

"이런, 꽃이 금방 지겠네."

나나, 유현 씨나 갑자기 내린 비 때문에 적잖이 당황하고 있었습니다. 잠시만 내리다 그칠 줄 알았던 비가 그칠 생각이 없자, 초조해하며 발을 굴렸습니다. 나야 그냥 비를 맞고 가도 상관이 없었지만 악기를 갖고 있는 유현 씨는 비가 그치기를 기다리는 수밖에 없었습니다.

유현 씨는 교회 의자에 앉아 있었고, 나는 안을 돌아다니고 있었습니다. 우리는 아무 말도 하지 않고 근심스러운 얼굴로 창밖을 보고만 있었습니다. 그런데, 그때였습니다. 밖에서 갑자기 시끄러운 사이렌 소리가 들려오자 난 놀라서 어깨를 움츠렸습니다. 그건 통금을 알리는 소리였습니다. 유현 씨는 한숨을 쉬며 말했습니다.

"내일은 아침부터 레슨인데 이거 어떡하지…… 여기서 밤을 새야 하나?"

나는 괜히 유현 씨를 곤란하게 만든 것 같아 미안해서 그에게 다가갔습니다.

"저…… 일찍 집에 갈 수 있었는데 내가 괜히 말을 걸어서 이렇게 된 것 같아 미안하네요. 그래도 통금시간은 4시면 풀리니까 그때까지라도 여기서 눈을 붙이세요. 나중에 깨워드릴게요."

그러나 유현 씨는 오히려 내게 사과하는 것이었습니다.

"아뇨. 내가 첼로만 없었어도 그냥 집에 가는 거였는데…… 그래요. 기왕 이렇게 된 거 여기 우리 둘밖에 없는 거 같으니 그냥 눈이라도 붙이죠."

이러면서 유현 씨는 교회 의자에 옆으로 누워 버렸습니다.

빗소리는 여전히 그칠 줄을 몰랐고, 교회 안이 너무나 적막했기에 더욱 선명하게 들렸습니다. 나도 교회 의자에 누워 억지로 눈을 감으려 했으나 도무지 잠이 오질 않았습니다. 유현 씨 말대로 지금 이곳엔 그와 나 이외에 아무도 없는 것이었습니다. 난 아무렇지 않은 척했지만 너무나 설레서 좀처럼 진정할 수 없었습니다. 한참을 억지로 눈을 붙이려 했으나 의지대로 되질 않자, 결국 다시 눈을 뜨고 일어서서 유현 씨를 보았습니다. 그는 아까 전부터 누워서 눈을 붙이고 있었으나 나처럼 쉽사리 잠이 오질 않는지 자꾸 몸을 뒤척였습니다.

고요한 정적과 빗소리가 이어지던 가운데, 난 어느새 눈을 감았습니다. 몇 시인지 알 수 없었지만 시간은 계속 흐르고 있었습니다. 밤이 새도록 잠에 못 들 줄 알았으나 피곤한 건 어쩔 수 없었는지 나도 모르게 잠에 빠져 있었습니다. 그리고 꿈을 꾸었습니다. 내용은 기억나지 않았지만 아름다운 영상들이 눈앞을 스쳐 지나갔습니다. 어릴 적 놀러갔던 큰 아버지의 저택과 마당의 연못, 비단잉어들, 그리고 낯선 티롤 지방의 풍경…….

그때 어디선가 중저음의 맑은 소리가 들려왔습니다. 처음엔 그게 꿈속에서 들리는 소리인 줄 알았으나, 눈을 떠보니 유현 씨가 첼로

를 꺼내서 연주하고 있는 것이었습니다. 난 눈을 뜨고도 이게 꿈인
줄 알았습니다. 유현 씨가 바로 내 눈앞에서 첼로를 연주하고 있다
니! 순식간에 잠에서 깨어난 나는 그대로 그 광경을 바라보았습니다.

그는 계속 잠에 들지 못하다가 마침내 잠자기를 포기하고 다시 일
어난 듯했습니다. 난 언제나 머릿속으로만 상상하고 보고 싶었던 그
모습을 넋을 잃고 지켜보았습니다.

유현 씨는 악보도 없이 왼손으론 지판을 잡고 오른팔로는 열심히
활을 움직이며 밤에 핀 벚꽃처럼, 아름답게 연주하고 있었습니다. 그
것은, 바로 집에서 종종 들렸던 바흐의 전주곡이었습니다. 천상의
선율은 고요한 교회 내부와 그리고 이 백야, 또 나와 유현 씨의 공
간을 가득 채워 울려 퍼졌습니다. 그 음악은 나의 벅찬 사랑만큼이
나 황홀했습니다.

연주를 감상하는 동안 조지훈의 시 한 편이 떠올랐습니다.

그대와 마조 앉으면
기인 밤도 짧고나.

희미한 등불 아래
턱을 고이고

단둘이서 나누는
말없는 얘기
......

4월의 백야는 그렇게 더욱 깊어가고 있었습니다. 교회의 유리창 사이로는 하얀 꽃잎이 휘날렸고, 고요한 이 세상엔 밖의 세찬 빗소리와 바흐의 선율만이 들리고 있었습니다. 하나님이시여, 부디 이 행복한 꿈속에서 깨지 않기를!

소설 부문 은상

그냥, 좀 아는 사람

김정현

어제부터 추적추적 비가 내렸습니다. 오늘도 내립니다. 그래서인지, 서울역 지하도에는 한낮인데도 많은 노숙인들이 자리를 잡고 누워 있었습니다. 저는 인천행 삼화고속버스와 4호선 전철을 타기 위해, 일주일에 4번을 서울역 광장과 서울역 지하도를 지나갑니다. 이제는 서울역 주변의 그런 모습에 익숙해질 법한데도, 저는 여전히 마음이 괴롭습니다. 겁이 많은 저는 그분들을 똑바로 바라보지도 못합니다. 그렇지만 그분들의 목소리가 들리고, 그분들의 힘든 삶이 느껴집니다. 그분들은 차가운 한기가 올라오는 맨바닥에 이불도 덮지 않고 누워 계십니다. 그런 모습을 보며, 그분들에게 두툼한 매트리스를 깔아드리고

싶었고, 튼튼한 텐트 속으로 안내해 드리고도 싶었습니다. 하지만 저는 소심한 사람입니다. 실행에 옮길 만한 실천력도, 용기도 없습니다. 제가 할 수 있는 건, 그분들을 제 소설 속의 주인공으로 모시는 일이었습니다. 저의 첫 습작소설 〈퍼니쥬 탈출기〉도 서울역 노숙인의 이야기였습니다. 그분들은 저를 통해 하시고 싶은 이야기가 많았나 봅니다. 이번 삶의향기 동서문학상에 응모했던 〈그냥, 좀 아는 사람〉을 쓰게 된 계기는, 서소문고가도로 아래 후미진 곳에 매트리스를 깔고 지내셨던 한 노숙인을 실제로 목격했기 때문이었습니다. 이 소설이 마무리되고 난 후, 서소문고가도로 그 후미진 곳은 더 이상 매트리스를 깔 수 없는 곳이 되었습니다. 동서문학상 소설 부문 은상을 주셔서 진심으로 감사드립니다. 다음에 더 좋은 작품으로 인사를 드리겠습니다.

그냥, 좀 아는 사람

김정현

결국 마포대교에 오른 건 나, 하나였다.

안개가 무겁게 내려앉았다. 화이트아웃 상황에서 유독 눈에 들어온 것은 자동차 불빛도, 현란한 도시의 야경도 아니었다. 음음적막한 와중에 고락의 종착지로 안내해주는 것은 '밥은 먹었어?'라는 다리 난간의 글귀였다. 사위가 막막하고 급할 것도 없어 설렁설렁 난간을 스쳐 가자, 센서가 인식되어 불이 켜지면서 나름 생명의 다리에 어울림 직한 문구들이 하나씩 드러났다. '밥은 먹었어? 잘 지내지? 별일 없었어? 가장 행복한 순간은 아직 오지 않았다……'라는 감성팔이 문구들. 귀신 씻나락 까먹는 소리 하고 있네, 라고 나는 툴툴거렸다. '밥은 먹었어?' 다음에 '안 먹었으면 밥 사줄게.'라는 글귀는 어디에도…… 보이지 않았다. 세상은, '밥은 먹었어? 왜 그러고 살아? 집은 없어? 가족은?……', 이런 무책임한 질문을 덧없이, 끊임없이 내게 뱉기만 했다. 넌더리가 난다.

누군가에게 부탁 한번 한 적 없이 태어났던 나다. 생에 갈급했을 성싶지도 않은데 대면해보지도 못한 주요한 힘의 작용에 의해, 나란 놈이 인간이란 생명체로 부지불식간에 살아가고 있다. 자의적 구성체가 아니라는 점에서, 원대한 능력을 지닌 조물주라는 타자에게 이 빌어먹을 인생에 대해 책임을 전가할 수 있으니 자책할 필요도 없다. 인생을 황금비율로 사는 족속들은 전지전능한 그자에게서 요행히 간택된 놈들이 아닌가. 황금비율로 설계된 속 편한 희귀 족속들에게 이 세상의 질서는 그런대로 구미에 맞을 것이다. 그러나, 조물주의 의도된 부실 설계의 인간이 하필 나인지라, 나는 주요한 힘을 부릴 줄 아는 그가 그어놓은 막돼먹은 궤도에서 이탈의 가능성을 늘 타진해왔다. 그러다 보니 무자비한 그의 힘에 대척할 만한 계책을 세우기는 밥숟가락 드는 일보다 쉬웠다. 내게 부여된 영 시답잖은 궤도를 교란시키는 전략방위구상을 막 실행하려던 참이다. 그런데…… 함께 모의를 했던 김 선생과 큰형님의 도착이 늦었다.

김 선생은, 유럽에선 버림받은 자식과 다름없었던 프로이트가 딴 세상 미국에 가서야 비로소 최고의 대접을 받았다고 하면서, 자기야말로 저세상으로 넘어가면 분명 제대로 된 대접을 받을 거라 호언장담을 하지 않았나. 입만 나불대는 식자층들은 뭘 해도 입으로만 해결하려 하니 기다린 내가 등신이지. 추워 죽겠는데, 큰형님은 왜 안 와? 서소문고가차도 아래의 후미진 곳에 떡하니 킹사이즈 매트리스를 깔아놓고, 심지어 여름에는 모기장도 쳐 놓고, 겨울만 뺀 나머지 계절을 나던 큰형님이었다. 그런데 자리를 비우는 시기를 틈타 구청에서 뻔히 자기가 터 잡고 산다는 것을 알면서도 그 자리를 녹지 공간으로 조성할 거라 했다며, 인정머리 없는 세상이라고 그리 개탄을 하더니. 그냥 회양목, 맥문동이나 심으면 됐지 거기에 안개분수와 자동급수시스템을 설치할 거라고 점잖게 얘기하던 구청직원의 면상을 갈기려다 참았다나. 그 성질에 어찌 참았냐고 물었더니 자긴 보리수 밑에서 수행한 싯다르타처럼 고가차도 아래에서 3년을 수행했으니 이쯤에서 먼 길 떠날 때도 된 것 같다고 했지. 그래 놓고 행여 마지막으로 구청에 주먹질하러 가려는 건 아니겠지? 이래서 전직 족보를 따져 가며 사귀는 건데. 애초에 깡패 놈하고 어울리는 게 아니었어. 젠장! 김 선생과 큰형님은 정녕 안 올 모양인가? 도원결의라도 해서 의형제를 맺어 한마음이 되면 먼 길 떠나는 의식을 한순간에 해치울 수 있다더니, 김 선생은 참, 말 한마디로 만리장성을 쌓다가 깔려죽을 놈이지. 아냐, 어디서 코 처박고 여적 자는 게야. 에이, 추워 죽겠네.

한참 동안 이런 상념에 빠지면서 내 심사는 틀어져 갔다. 세상에 믿을 놈이 없어, 하필 알코올중독 치료 모임에서 만난 놈들과 일생일대의 대사를 논했단 말인가. 그것이 어처구니가 없다가도, 또 달리 생각해보면 3년 지기로 지냈던 의리도 있고 해서 마음이 갈팡질팡했다. 좀 더 기다릴 심산으로 제자리에서 종종거리며 점퍼의 지퍼를 턱까지 끌어 올렸다. 모자 끈도 여몄다. 3월 초순 댓바람이 찰뿐더러, 우리 같은 이들은 늘 추운 법이다. 새벽 6시는 너무 이른 시간이기는 했다. 다리를 오가는 차량은 있었으나 걸어서 횡단하는 사람들은 아직 눈에 띄지 않았다.

　장소를 마포대교로 선정한 건 김 선생이었다. 국립대학 출신의 이탈리아 유학생, 여행가이드, 국제노숙자라는, 이 바닥에선 어디 내놔도 손색없는 연보를 가진 김 선생은 오직 마포대교에 다시 오고 싶어서 밀라노 여행자들에게 구걸한 돈을 모아 비행기를 타고 한국에 왔노라고 했다. 김 선생이 밀라노에서의 꽃거지 시절을 회상할 때는 칙칙한 얼굴에서 금세 화색이 돌았다. 고딕건축물의 상징인 밀라노 두오모 성당의 가장 높은 첨탑에는 도시를 지키는 황금 마리아 상이 있는데, 관광객들이 그것을 사진에 담으려고 까치발을 들고 애를 쓸 때, 슬쩍 다가가 여행 가방 털기, 각과 선이 도도하게 떨어지는 슈트를 잘 차려입은 세련된 쇼핑객들이 바글거리는 비토리오 에마누엘레 2세 아케이드 안에서 쇼핑백 낚아채기와 같은, 그런 호기로운 무용담은 언제 들어도 감칠맛이 났다. 김 선생의 얌전한 본새에 소매치기를 했다는 건 당최 어울리지 않아 내심 허풍선인 줄 알면서도, 듣는 순간만은 그의 정갈한 입담에 진지하게 녹아들곤 했다. 김 선생은 스칼라극장 맞은편에 있는 레오나르도 다빈치의 동상 아래에서 적선을 받을 때면 어디선가 비둘기 한 마리가 날아와 자기의 왼쪽 어깨에 당당히 앉아 있곤 했었다는, 그러면 관광객들이 던지는 유로의 찰랑이는 소리가 더 컸더라는, 그림이나 영화 같은 이야기를 꽤 감상적으로 읊었다. 하지만 김 선생의 밀라노 꽃거지 생활도 그리 호락호락하지만은 않았다. 한국인 관광객이 많아져 행여 지인이라도 만날까 봐 그는 동양인 주변은 절대 얼씬도 하지 않았단다. 나는 노숙자생활이 운치 있고 낭만적일 수도 있다는 것을 그때 처음 알았다. 그 이야기는 칠칠치 않았던 내 노숙생활에 일대 파란을 일으켰다.

날짜와 시간은 큰형님이 정했다. 셋 다 태어난 시가 묘시에 해당하는 오전 6시에서 7시 사이였으니, 돌아갈 때도 그 시간에 가주는 것이 생에 대한 의리를 지키는 것이라고 큰형님은 그리 말했었다. 고향이며 학력, 혈액형, 나이, 취미, 생김새…… 뭐 하나 일치하거나 닮은 구석 하나 없는 세 사람에게 어쩌다 공통점을 발견한 것이 태어난 사주팔자 중에 달랑 태어난 시였다. 큰형님은 어디서 귀동냥으로 당사주를 배웠던지, 가끔 그 꼼수로 소줏값은 벌었다. 디데이를 정하는 데에도 손가락 계산법을 이용했다. 다행히 오전 6시가 딱 그 길시라며 흡족해했었다. 그렇게 길일길시를 정했으니 큰형님은 7시 전에는 올지도 몰랐다.

나는 걸어오는 실루엣이 있나 침침한 눈에 힘주어 살펴보았다. 안개의 밀도가 좀 떨어졌어도, 시야에 들어오는 건 자동차에서 쏘아대는 전조등과 다리 위 조명들, 난간에 쓰인 쓸데없는 글귀들이었다. 5시 40분쯤 여의도공원에서 걸어올 때만 해도 엷은 안개와 아스라한 새벽의 어둠이 연출하는 분위기는 꽤 몽환적이었다. 그 때문인지 취하지도 않은 몸뚱이가 이리저리 흔들거렸다. 손에 들린 검정 비닐봉투도 털레털레 흔들렸다. 그 안에는 막걸리와 세 개의 종이컵이 들어 있었다. 마지막 축제에 술이 빠질 수는 없다. 죽으면 아무도 나를 위해 술 한 잔 따라주지 않을 것을 알기에 그리도 원 없이 술독에 빠져 살았나. 그런데 축제의 나머지 두 주인공이 코빼기도 안 보이니 이 마지막 술을 자작해야 하는 것인가.

"김 선생! 큰형님! 나 여기 있소! 장 사장 여기 있소! 김 선생! 큰형님!"

나는 마포대교 가운데 지점에 서서, 마른기침을 애써 누르며 마포역 방향과 여의도 방향을 향해 번갈아 소리를 질러댔다. 복부에 힘이 빠져 고함이라고 지른 소리는 맥없이 안개에 묻혔다. 노숙자 3총사로 지냈던 김 선생과 큰형님 그리고 장 사장. 우리는 서로의 호칭을 그렇게 불렀다. 김 선생은 김 선생이 아니다. 큰형님은 나이가 가장 어린데도 큰형님이다. 나는 사업자등록도, 주민등록도 말소된 투명인간이지만 호칭은 장 사장이다. 호칭이 우리의 이름이 되었다.

김 선생은 이탈리아에서 서양미술사 학위를 따오면 한국에서 교수 자리를 밀어주겠다던 지도교수의 말에 부푼 꿈을 안고 유학길에 올랐다고 했다. 어렵사리 박사학위를 딴 후 귀국하려고 했더니 이미 한국에는 유학파가 넘쳐나더라는 것이다. 한국에 오니 학력 인플레뿐만 아니라 유학파 인플레 현상도 생겨 오히려 비유학파 친구들이 대기업에 취직해 자리 잡고 그럴듯하게 살고 있더란다. 그럴듯하게 산다는 것은 아파트 30평대를 대출받아 장만하고 1년에 한 번은 동남아 리조트로 휴가를 갈 수 있는, 큰맘 먹으면 유럽여행도 몇 년에 한 번쯤은 갈 수 있는, 그런 정도를 말한다. 지도교수는 기다려보라고만 하여 직접 발품을 팔아 취업 준비를 하려고 보니 기껏 돈 안 되는 강사 자리 하나라도 따내려고 피 터지는 살육장에 발을 들여놓을 판국이었다나. 과외선생으로 한 1년 고등학생을 가르치다가 도저히 화를 참을 수가 없어서 도로 이탈리아로 날아갔다고 했다. 세금폭탄의 나라 이탈리아는 많게는 소득의 49.4%를 소득세로 내야 할 정도의 과한 세금이 흠이지만, 그만큼 복지체계가 잘 잡혀 있는 곳이라 한국보다는 더없이 살기 편하다고 했다. 과외경력 1년을 인정하여 우리는 그를 김 선생이라고 불렀다.

큰형님은 십 대 후반에 수원OO파 일원이었다는 전력을 들기에 우리가 그를 큰형님이라 우스갯소리를 했던 것이 그렇게 고착이 돼버렸다. 깡패 조직은 대한민국에서 자기 관리를 가장 잘하는 사람들로 구성된 곳이라고 큰형님은 말했다. 몸짱 관리, 싸움짱 관리, 부하 관리, 업소 관리, 짭새 관리, 언니들 관리 등 이루 말할 수 없이 관리할 것이 많은 피곤한 곳이란다. 하긴 생긴 꼬라지와는 다르게 성격은 의외의 면이 있어서 깡패 조직에서 부적격자로 파문을 당했는지도 모른다. 큰형님은 눈물이 많다. 심하게. 그뿐인가? 심하게 인정도 많다. 무거운 짐을 들고 지나가는 할머니를 도우려다가 도둑으로 오인을 받거나, 도망가는 강도를 잡으려고 따라가다가 도리어 강도로 몰려 조사를 받던 일이 부지기수였다. 노숙자 몰골로 누구를 돕겠다고, 나 참.

안 오려나…… 됐다. 더는.

몇 시인지는 알 수 없었다. 얼추 안개가 걷히기 전에 우주의 강을 타야 했다. 기왕이면 길일길시에 가는 게 낫겠다 싶었다. 사람이 자살을 꿈꾸는 건 절망에의 절연보다 저승에서의 새로운 시작을 기대하는 측면도 있는 것이다. 두 번 다시 새 삶을 살고 싶지는 않지만 저승이라는 것이 불구덩이가 있는 지옥, 뭐 그런 게 아닐 바에야, 또다른 삶으로의 진입이 허용된다면 기왕 잘살아야 하지 않겠는가. 다음 생의 나란 존재는 일정 부분 내 의지대로 설계하고 싶었다. 다리난간에 비쩍 곯은 손바닥뼈를 가져다댔다. 리셋버튼을 눌러 본래의 깨끗한 창으로 되돌리려는 시도가 아니다. 무한암흑을 바랬다. 뇌세포 하나라도, 체세포 하나라도 남김없이 사라지길 원했다. 실로 불가지한 이 세상을 버리고 미지의 세상을 선택할 권한이 내게 있어서 다행이다. 미지의 새로운 세상, 그까짓 세상 같은 건, 아예 없어도 상관은 없다. 이 세상을 버리고 홀가분하게 떠날 수 있다니, 내 자유의지로 할 수 있는 최상의 행위를 실행하게 되다니, 나란 놈, 그런대로 막판에 제대로 쓸모 있는 놈이라고 자화자찬을 하고 싶었다. 그런 의미로 건배를 날려볼까 해서 막걸리 뚜껑을 따 종이컵에 따랐다. 찬 술기운에 몸서리를 쳤다. 빼빼 삭은 갈비뼈가 뚝뚝 부서져 내리는 것 같았다. 그때, 망망대해에 깔린 해무를 뚫고 솟아나온 섬처럼, 63빌딩이 연무를 뚫고 나와 허리를 꼿꼿이 세우고 서 있었다. 그 예전 63빌딩의 위풍당당한 자태에 환호하던 사람들 중에는 나도 끼어있었다. 1999년 최 회장의 거대 그룹이 무너져도 끄떡없었던 마천루는 나 같은 일개 하루살이의 추락쯤은 별일도 아니라는 듯이 지금도 야멸스럽게 아름답다. 인간의 생명들이 스러져 가는 것을 목도하면서도 생명회사의 이름을 개명하여 달면 그만이었던 63빌딩은 입지의 흔들림이 없이 언제나 굳건하다.

흔들리는 건 내 양손이었다. 뭔 미련이 있다고 떨리나. 더 이상 아무런 생각도 하고 싶지 않았다. 결심이 서니 마른기침이 멈췄다. 종내 양손에 힘을 빼어 몸을 던졌다. 건조한 뼈다귀들은 어떠한 저항도 받지 않고 쉽고도 가볍게 하강했다. 검은 한강물 속으로, 푸르뎅뎅한 우주 속으로, 희멀건 죽음의 세계로. 낙하하는 순간, 얼굴이 하나 떠올랐다. 사내아이의 얼굴이었다. 상관없었다. 그나마, 이 세상을 버릴 수 있는 권한이 내게 있어서 참 다행이다.

조촐한 장례식이었다.

3일장도 아니고 2일장이었다. 조문객도 보이지 않았다. 촌로의 상주가 우두커니 아들의 영정 사진을 오래도록 바라보고 있었다. 상주의 눈빛에는 노여움과 원망이 서려 있었고, 간간히 앙다물고 있는 입에서 애통한 탄식이 새어나왔다. 영정 사진의 그는 학사모를 쓴 청년의 모습이었다. 형형한 눈빛에 야무진 입매의 인상이 설게 느껴졌다. 내가 알던 김 선생의 핀트 나간 초점은 대개 하늘의 뜬구름에 가닿아 있곤 했으니까. 사진 속, 그의 눈매와 입매는 고스란히 부친의 그것을 빼다 박았다. 고향이 해남이라고 했으니 그가 서울에 있는 국립대에 입학했을 때 동네에 플래카드가 걸렸음 직한 잘난 아들이었을 것이다. 장례식을 해남이 아니라 서울에서 2일장으로 치르는 것을 보면 상주는 아들의 죽음을 고향 사람들에게 알리고 싶지 않은 것이다. 고향 사람들은커녕 형제들이나 친척들 모습도 보이지 않았다. 나와 큰형님은 푸진 상차림 앞에서 소주잔을 주거니 받거니 했다. 곡소리도 없고 화투짝 돌리는 패거리도 없는 적막한 장례식장에서 노숙자 둘이서 문상객 노릇을 하기도 뻘쭘한 짓이었다. 큰형님과 나는 부조금도 내지 못한 뻔뻔한 문상객이었던 탓이다. 돈이 없다고 들여다보지 않을 수도 없었다. 김 선생이 전에는 어찌 살았건 간에 죽기 전 내리 3년을 3총사로 지낸 의리가 있으니 말이다. 화장터로 가기 전에 윤 교수라는 중후한 노인이 혼자 찾아왔다. 김 선생도, 상주도 나에게 시킨 일은 아니다. 김 선생의 마지막 소식을 왠지 그의 지도교수에게는 알려야겠다는 생각이 들었다. 내 의중에는 지도교수가 김 선생의 실패한 삶에 대해 일말의 책임감을 갖기를 바라는 마음이 있었던 것 같다. 무작정 그가 다녔다는 학교로 전화를 해서 미학과 교수 중에 김선일 학생을 아는 교수를 바꿔달라고 끈덕지게 늘어졌다. 끝내 직접 통화를 하지는 못했다. 오기가 생겨 큰형님과 둘이서 학교로 찾아가 진상을 떤 다음에야 노교수를 찾아낼 수 있었다. 노교수는 양심이 있었던지 눈가가 젖은 채로 쉽게 자리를 뜨지 못했다. 상주와 노교수 사이에 대화가 많이 오고가지는 않았다.

"장 사장님, 김 선생 이름이 김선일이라는 건 어찌 알았대요?"
대학교로 들어서는 오르막길을 한참을 걸어 올라갈 때 큰형님이 물었다. 근 3년을 알고 지내면서도 우리는 서로의 이름을 알지 못했다. 통성명을 않는 것이 불문율까지는 아니더라도 서로가 지켜야 할 에티켓 정도는 됐다.

이를테면 나는 황제노숙을 하고 있었다. 신림동 고시원, 영등포역 쪽방촌, 영등포역 노숙을 거쳐 여기저기 이동이 자유로운 숙소로 선택한 것이 지금의 처소였다. 김 선생의 낭만적인 밀라노 꽃거지 생활에 자극을 받았던 나는 여느 노숙자들과는 다른 차별화된, 뭔가 특별한 방식으로 노숙생활을 하고 싶었다. 그런 바람을 늘 가지고 있었다.

그 날은 햇살이 따스했다. 머릿니가 번져 머리를 긁적긁적 하던 우리는 햇빛을 이용한 천연 자외선소독을 할 요량으로 한강 자전거도로를 따라 산보에 나섰다. 먹고살 만한 족속들이 수십만 원에서 많게는 천만 원도 넘는 고가의 자전거를 타며 삶의 여유를 만끽하고 있었다.

"저기, 저 자전거 갖고 튈까요?"

"예끼! 점잖지 못하게."

금요일 오후인데도, 양화대교 아래에 자전거 수십 대가 세워져 있었다. 양화대교 아래는 그늘이 커서 자전거 라이더들이 잠시 땀을 식히기에 제격이었다. 라이더들이 물을 마시고·잠깐의 담소를 즐기는 사이에 큰형님은 두툼한 MTB 자전거에 이어 하이브리드 자전거, 날렵한 로드바이크를 두루 살폈다. 그중에서 한강물에 드리워져 있던 낚싯대에 한눈을 팔고 있는 중년 라이더의 MTB 자전거에 눈독을 들였다.

"됐네! 이 사람아. 다들 한 체력 하는 놈들로 안 보이나? 잡히면 뼈도 못 추려. 가자구!"

"내 주먹, 아직 안 죽은 거 몰라요? 1대 100도 문제없다구요!"

김 선생과 나는 큰형님을 끌고 자리를 떴다. 힐끔힐끔 곁눈질을 하며 우리를 경계하는 라이더들이 몇 있었으나 나는 그쯤은 신경도 쓰이지 않았다. 나도 그들처럼 살아봐서 그들 심리를 모를 리 없다. 그들은 노숙자를 '홈리스'라기보다는 부랑자, 행려병자, 범죄자, 거지 그리고 쓰레기……로 인식하고 있다. 그 오래전에 내 생각도 그랬으니까.

"꼬라보는 네놈들도 우리처럼 될지 모르니 조심들 하라구! 씨……."

큰형님은 우악스러운 인상을 써가며 뒤끝 있는 저주를 남겼다.

우리는 강서한강공원 운동장에 조성된 가족 피크닉장으로 자리를 옮겼다. 전날만 해도 봄바람이 산란했던 탓인지, 또는 평일이라서 그런지 가족 나들이객들은 몇 보이지 않았다. 부드러운 기류를 타고 방패연이 춤을 췄다. 얼레를 쥔 남자 주변에서 네다섯 돼 보이는 사내아이가 자기가 하겠다고 떼를 쓰고 있었다. 남자는 얼레를 아이에게 쥐어주며 요령을 가르쳤다. 연은 곧장 강으로 곤두박질쳤다. 그것과 때를 같이하여 느닷없이 강풍이 불었다. 우리는 벤치에 나란히 앉아서 방패연 가족의 동태를 무상무념으로 지켜보고 있었다. 배가 출출했지만, 별 사심은 없었다. 그냥 세상을 관조하듯 마음을 비운 채, 민간인들의 한가로운 일상을 관람하고 있었다. 바람이 세차게 불자, 남자는 아이를 데리고 그늘막 텐트로 들어갔다. 바람이 파열음을 일으키며 텐트를 난타했다. 싸구려 텐트였는지, 텐트 폴대가 뚝 부러져 몸체가 주저앉았다. 비명이 들렸다. 우리는 서로 눈치를 보다가 결국은 인심 많은 큰형님부터 벤치에서 일어나 방패연 가족을 구조하러 나섰다.

"괜찮아요?"

우리는 텐트를 일으켰고, 안에서 남자와 여자, 사내아이가 빠져나왔다. 아이는 다치지 않았는데도 자지러지게 울었다. 여자는 아이를 달래고 있었고, 남자는 동공이 확대된 눈으로 우리를 훑어봤다. 곧 여자도 질겁하는 시선으로 우리를 보았다.

"집에 가자! 얼른!"

"잠깐만! 텐트 좀 챙기고."

"됐어. 그냥 버려. 망가진 거 가져가서 뭐 하게."

여자는 신속히 자리를 뜨고 싶었는지 아이를 안고 총총거리며 가버렸다. 남자도 뒤를 따랐다. 우리는 그냥 그들을 도와줬을 뿐이다. 포획물을 노린 것이 아니었다. 그런데도 하늘은 우리에게 일용할 양식을 선사했다. 텐트 안에는 빵과 음료수, 과자가 남아있었다. 무엇보다 나는 그늘막 텐트를 획득할 수 있어서 기뻤다. 큰형님과 김 선생은 망가진 텐트에 관심을 가지지 않았다. 내 전직이 가구공장 사장이 아닌가. 그런 수리 정도는 길바닥에 껌 뱉기처럼 쉬웠다. 이로써 나는 지하세계를 벗어난 지상세계로 다시 돌아올 수 있었다. 이 텐트는 사이즈도 아담해서 공원이든, 숲이든, 산이든, 다리 밑이든, 어디든지 안성맞춤이었다. 나는 빌어먹는 노숙자에서, 요즘 대한민국에서 붐을 일으키고 있다는, '핫'한 캠핑족으로 등극한 것이다.

김 선생이 여행용 캐리어와 종이 가방을 가지고 텐트하우스로 찾아온 것은 지난 늦가을 때였다. 마침 큰형님도 소주 한 병을 사들고 내방 중이었다. 김 선생은 여행용 캐리어의 지퍼를 열어 내용물들을 바닥에 쏟아내며 말했다.

"맘에 드는 거, 고르세요. 이제 필요 없는 물건들입니다."

한때 김 선생의 세련된 라이프 스타일을 입증하는 물품들은 프랑스 리옹에서 샀다는 블루 색상의 패딩점퍼, 스위스 슈비츠 마을에서 샀다는 맥가이버칼, 로마에서 샀다는 선글라스, 그리고 이탈리아어 사전, 재미없게 생긴 두껍고 글씨가 작은 몇 권의 책들, 시시껄렁한 얇은 시집들, 시선을 끌지 못하는 몇몇 잡동사니들이었다. 김 선생은 대학교 동창에게 맡겨두었던 것들이었는데, 친구가 두바이로 이민을 가게 되어 어쩔 수 없이 가져왔다고 했다. 그런데 보관할 장소가 마땅치 않고, 딱히 필요도 없어서 우리에게 주겠다는 것이다. 큰형님과 나는 입이 헤벌어졌다.

"이건 친구가 대문 밖에 내놨기에 들고 왔어요. 두바이가 워낙 더운 곳이라 겨울옷들이 필요 없는 거죠."

"다 쓸 만한데. 김 선생, 그거 벗고, 요걸로 입어보지?"

"저는 됐습니다. 이걸로 족해요."

김 선생은 낮에는 도서관에서 책을 보고 밤에는 여의도성모병원이나 강북삼성병원 등의 대형병원 휴게실 의자에서 잠을 자는, 꽤 럭셔리한 생활을 누렸다. 식사야 교회나 사회단체에서 주는 무료급식소를 이용하면 굶지 않고 배는 채웠다. 우리나라에서 정보력 있는 노숙자라면 굶어죽을 일은 없다. 한 번은 큰형님이 수원역 무료급식이 맛있다고 해서 우리 3총사는 전철 무임승차를 이용하여 수원으로 원정을 간 적도 있었다. 큰형님의 숙소는 고가도로 아래의 킹사이즈 매트리스였지만 본디 서울역 터줏대감이라, 맘만 먹으면 일감도 따내고 노숙자 편의에 제공되는 다양한 잇속들을 챙길 수도 있었다. 큰형님 덕분에 김 선생과 나는 호강한 측면이 많았다. 큰형님은 '나 깡패요.'라는 면상과 두둑한 어깨를 갖고 있어서 삼화고속 기사들도 어쩔 수 없이 무임승차를 용인할 정도였다. 그의 버릇이 아무데서나 오른손에 쥔 커터 칼의 칼날을 3초에 한 번씩 스르륵 올렸다내렸다 하는 것이었으니 누군들 겁먹지 않을 수 있을까. 그래서 우리는 큰형님을 앞세우고 인천이나 부천으로도 심심찮게 원정을 나갈 수 있었다. 나름 즐기면서 노숙 생활을 했던 우리였다.

지난달 텐트하우스에서 큰형님이 사온 라면을 끓여서 먹은 후였다. 김 선생은 속이 안 좋은지 아까운 라면을 다 게워냈다.

"어제 과음했나?"

"아니요. 요새 자주 토하네요."

"어디 몸이 안 좋은가? 그러고 보니 살도 많이 빠졌어. 얼굴빛이 창백하다 못해 샛노란데."

일요일이라 병원으로 달려갈 방법도 없어 김 선생은 누워서 쉴 뿐이었다. 그러다가 오른쪽 윗배가 아프다며 고통을 호소했다.

"돈이 좀 있으면 응급실이라도 갈 텐데……."

말은 그렇게 했지만 웬만한 질병가지고 병원에 갈 처지가 아니라서 참고 지내는 게 우리의 일상이다. 그런데 옆에서 보고만 있을 지경을 넘어섰다. 다음 날도 김 선생의 가쁜 숨소리는 잦아들지 않았고, 헛구역질을 연신 했으며, 복통에 소리를 질렀다.

"안 되겠어요. 제 등에 업히세요."

나는 김 선생의 가벼운 몸을 큰형님의 등에 업혔다. 우리는 서울역

13번 출구에 있는 다시서기 무료진료소로 갔다. 김 선생은 노숙인 의료급여 신청도 하지 않았다고 했다. 급해서 큰형님의 것을 이용했다. 큰형님의 이름이 최낙원이라는 것을 그때 알았다. 의사는 증상으로 미루어보아 간이 안 좋은 것 같으니 피검사를 하자고 했다. 김 선생은 채혈을 원하지 않았다. 그러면서 조제한 약은 먹었다. 큰형님은 부쩍 바지런하게 움직였다. 재활용수거를 해서 팔거나 일용직 노동일로 번 몇 푼으로 음식거리를 사들고 텐트하우스로 날마다 들렀다. 몸이 아픈 김 선생은 텐트하우스에 머물러 지냈다. 그때 텐트하우스는 사람들이 거의 알지 못하는 지하도에 자리를 잡고 있었다.

"큰형님한테 번번이 신세를 지네. 고맙소."

김 선생이 고마움을 표하자 큰형님은 손사래를 치며 말했다.

"이상해요. 왜 자꾸 책임감이 생기지? 가장이란 게 이런 걸까요?"

"가장? 거, 우리한텐 고마운 말이지. 맞네, 맞아! 큰형님이 우리 3총사 가장이고말고."

큰형님 말마따나 우리는 가족애를 느꼈다. 우리라고 인간의 속성을 다 잃고 사는 건 아니니까.

조제약을 먹어도 김 선생의 병증은 차도가 보이지 않았다. 구토를 자주 했고 복부 통증을 호소했으며 오른쪽 어깨도 아파했다. 간간이 말할 기운이 생기면 김 선생은 프로이트의 타나토스와 같은 어려운 말들을 얘기하곤 했는데, 큰형님과 나는 제대로 알아듣지는 못했다. 가방끈이 짧은 큰형님은 아예 네크로시스니 아포토시스니 하는 용어는 여러 번 들어도 기억조차 못했다.

"세포도 자살을 해요. 세포의 자의적인 죽음을 아포토시스라고 하죠."

"세포가 왜 자살을 해?"

"자신이 죽는 것이 전체 개체에 유익하기 때문이죠."

"살신성인, 그런 거? 고놈, 기특하군."

"훼손된 세포는 암세포로 전환될 가능성이 있어요. 세포는 결단을 내리죠. 암세포가 되어 자기의 동료들까지 훼손시킬 것인가, 그 전에 죽을 것인가. 즉 좀비세포가 되느냐, 명예로운 죽음을 선택할 것인가 하는……."

큰형님이 끼어들었다.

"아픈 세포라도 회복할 기회는 있는 거 아닌가요? 약도 먹고, 운동도 하고, 뭐 그러면……."

"우리들이 아무 노력도 않고 이렇게 사는 건 아니잖아요. 세포들도 그래요. 버틸 만큼 버티다가 최후에는……. 나는 이제 암세포, 좀비세포가 되느니 아포토시스가 되겠어요."

전이는 빠르게 이루어지고 있었다. 김 선생의 신체적 회복과는 상관없이, 큰형님과 나는 김 선생의 생각에 동화되기 시작했다. 별생각 없이 시간을 축내며 그냥저냥 살아왔는데, 삶의 덧없음과 무가치한 인생을 계속 지속시켜야 할 이유가 없게 느껴졌다. 김 선생의 병증이 호전되면서 큰형님은 돈벌이에 재미를 잃어갔고, 술로 끼니를 때우곤 했다. 사실 나는 살아야 할 이유보다 죽어야 할 이유가 더 많은 놈이다. 주식투자 실패와 연이은 가구공장 부도로 졸지에 수억 원대 빚더미를 지고 도망 나온 내가 아닌가. 울화병에 알코올중독자가 되어 머리가 돌아버리는 바람에 처자식을 패대기치고 집을 버리고 나온 나. 이런 놈이 떠돌며 살아봤자 무슨 호사를 누리겠는가. 그래도 나는 억울하다. 그 요망한 환란이 있기 전까지 가구공장은 탄실하게 잘 굴러갔었다. 고가의 원목 제품들은 호가대로 팔려나갔었다. 요즘은 사람들이 가구에서 거품이 빠졌다고 좋아라 하지만 뭘 모르는 소리. 저가제품은 폐 자재, 재생 솜, 재생 매트리스, 고농축 포름알데히드를 방출하는 MDF와 PB 가공 목재로 만든다는 건 알고들 있는지. 쓰레기로 만든 가구를 팔고 사는 세상, 이 더러운 세상. 어찌됐건 나는 집을 등졌고, 세상은 나를 등졌다.

김 선생이 좀비세포가 되어가고 있을 때조차 큰형님과 나는 그를 신뢰했다. 우리 셋은 이미 사회로부터 악성세균덩어리로 분류되기는 했다. 세균 지옥에서도 우리 3총사는 서로를 의지하고 존중하며 살아왔다. 김 선생이 아포토시스가 되겠다고 하니 다 함께 못할 이유가 없었다. 뜻을 함께하기로 결심하자, 진실로 내가 원하는 바가 그것이었다는 생각이 들었다. 두려움보다는 기대감에 설레기까지 했다. 디데이까지 김 선생은 도서관과 대형병원 휴게소로, 큰형님은 서울역으로 돌아가 있기로 했다. 우리도 정리할 게 남아있는 인간들이었다.

그렇게 해서 나는 마포대교에서 몸을 던졌다. 그런데 터무니없는 이유로 구조가 됐다. 물속으로 잠겼던 몸이 수면 위로 떠오른 것이다. 버둥대며 다시 물속으로 들어가려고 해도 잘 안 됐다. 정신을 차리고 보니 여의도성모병원 응급실 침대 위였다. 나중에 알고 보니 나와 같은 투신자들의 집결지가 성모병원이었다. 신원 미확인자, 행려병자들을 지체 없이 받아주는, 특이한 병원이 그곳이었다. 종교재단, 종교단체는 이래서 노숙인들의 구세주다. 내 실행을 저지한 건 우습게도 패딩점퍼였다. 한강에서 조깅하던 사람들 몇몇이 수면 위로 둥둥 떠내려가던 나를 발견했다. 김 선생이 준 프랑스제라서 그런지 패딩점퍼가 공기 빵빵한 튜브 역할을 하고 말았다. 저체온증과 쇼크로 기절한 채 긴 잠을 잤던 것 같다. 깨어났을 땐 시간이 얼마만큼 흘렀는지 가늠할 수 없었다. 의식이 충분히 돌아왔을 때쯤에야, 멀찌감치 떨어진 침대에 누워있는 김 선생을 보았다. 그는 위태로운 상태였다. 그의 이름은 김선일이었다. 그는 주거지로 이용했던 여의도성모병원의 화장실에서 맥가이버 칼로 목 동맥을 끊었다. 아침에 혼자 휠체어를 끌고 화장실에 들른 노인환자에 의해 발견됐다. 그는 그 병원에 사후 장기기증서약을 한 상태였다. 그의 뜻은 이루어지지 않았다. 자살자의 장기기증은 법적, 행정적 절차의 어려움으로 현실적으로는 이루어지지 않는다. 그의 옷 주머니에서 발견된 종이에 다음과 같은 글이 있었다.

마포대교는 작가 성석제가 창조한 소설적 공간이 아닙니다. 우리도 애용할 수 있는 공공장소란 말입니다. 그럼에도 내 마지막 여정이 그의 투명인간을 모사하는 것으로 마무리되는 것은 참을 수 없습니다. 어제 마지막으로 들른 도서관에서 그의 책을 읽고 당황하지 않을 수 없었습니다. 우리들의, 마포대교에서의 투신 계획안이 그대로 그의 『투명인간』 첫 부분에 묘사되어 있던 겁니다. 우연한 일이지만,

누가 알면 표절이다, 모사다, 속 모르는 소리를 할 겁니다. 서울에서 자살할 사람들은 마포대교를 한번쯤 선택지로 고려한다고 하죠. 그렇다고 해도 마지막 자존심이 허락하지 않습니다. 따라서 나는 방법을 달리하겠습니다.

죽어도 한국에 와 죽고 싶었습니다. 제 꿈은 이루어질 겁니다. 장사장님, 큰형님. 내게 친구라면 당신들입니다. 그럼 먼저 가겠습니다. 친구들은 나중에 천천히 오세요. 거리의 때를 온몸으로 닦았던 걸레로 살다 갑니다.

경찰의 조사는 간단히 처리됐다. 김 선생의 자살 사건은 병원에서조차 새로운 얘깃거리도 되지 못했다. 그 병원의 일상이 그런 것이었다.

큰형님에게 물었다. 왜 그날 안 나왔느냐고. 큰형님은 전날 고양시에 살고 있는 옛 동거녀를 찾아갔더랬다. 큰형님은 동거녀와 살 비비며 살던 그때가 그리워, 마지막으로 먼발치에서라도 그녀를 보고 싶었단다. 노점상이었던 그녀는 옛 그 자리에서 딴 놈과 떡볶이를 팔고 있었다. 손님은 자주 오고갔고, 그녀는 딴 놈과 빈번히 눈을 마주치며 미소까지 짓고 있었다. '이런, 시벌!'이란 혼잣말이 튀어나옴과 동시에 딴 놈의 멱을 따려고 달려 나갔다. 순식간에 포장마차는 뒤집어졌다. 큰형님의 짓은 아니었다. 순간 꼭지가 돌았다고 했다. 자기보다 한발 빠르게, 단속 나온 용역깡패가 들이닥친 것이다. 길바닥에 빨간 떡볶이가 뿌려졌고 뜨거운 어묵국물이 훈김을 날리며 쏟아졌다. 그녀는 악을 썼다. 그녀 옆에 있던 딴 놈은 용역깡패의 한 방을 먹고 바닥으로 떨어져 나갔다. 큰형님은 눈이 뒤집혀 주먹질을 날렸다. 간만에 해보는 큰판이었다. 결과는 참패였다. 그는 놈들로부터 흠씬 두들겨 맞았다. 덕분에 옛 동거녀의 집에서 간호를 받았다, 라고 하면서 어울리지 않게 귀엽기까지 한 표정을 지었다. 딴 놈은 그녀의 남동생이었다.

그렇게 큰형님은 서울역 주변에서 떠났다.

나는 텐트하우스로 돌아왔다.

그냥 아무렇지 않게 제자리로 돌아온 것은 아니다. 폐에 물이 차서 생긴 폐병을 달고 왔다. 또 한강 수면과 충돌하면서 문제가 생겨 다리를 절게 되었다. 잘됐다, 시장통에서 다리를 끌면 동전그릇은 채워질 테지, 란 위안도 해봤다. 실은, 그 정도까지는 아니었다. 좀 절었다.

지루한 일상을 또 견뎌냈다. 실패의 오점을 추가시킨 패딩점퍼는 그날로 쓰레기통에 버렸다. 어느 날은 가벼운 차림으로, 누더기 팬티까지 홀딱 벗고, 그러니까 알몸으로 다시 도전을 할까도 싶었다. 그러나 대개의 날들은 그런 행위도 귀찮게 느껴졌다. 이런들 어떠하고, 저런들 어떠할까. 큰형님은 그 뒤로 소식이 없다. 김 선생과 제법 비슷한 얼굴이 교회 TV에 나오는 걸 봤다. 채널을 돌리다가 〈책 읽어주는 TV〉라는 프로에서, 손가락 동작이 멈칫했다. 얼굴 없는 시인 또는 걸레시인으로 알려진 필명 봉팔이의 유고 시집이 나왔다는 말과 함께, 남자 연예인 하나가 시를 낭독하는, 참 시시껄렁한 프로였다. 시 제목이 「걸레의 울음도 슬픔이다」라니, 당최 뭔 소린지. 닳아 빠진 신발처럼 변함없이 내 세계의 시간도 닳아갔다. 더 닳고 닳아 서 시간의 두께가 유리의 두께만큼이나 얇아지면 나는 그것을 깨뜨 려 부숴버릴 거다. 아니다. 그것도 참, 귀찮다. 그냥, 술에 진탕 녹아 내렸으면 좋겠다는 결론에 늘 도달한다.

  그 아이였다. 다 자란 사내아이. 분명히 그 아이다.

  1호선 전철을 타고 오랜만에 맛난 밥을 먹으러 수원역으로 가던 중이었다. 명학역을 지날 즈음, 내 눈앞에 그 아이가 있었다. 아이는 젊은 여자의 상의 주머니에서 스마트폰을 꺼냈다. 순식간에 벌어진 일이었다. 아이의 오른팔은 손목이 여전히 90도로 꺾인 채로였다. 내 발로 밟아 부러뜨린 팔이라 잊을 수가 없다. 그 팔의 솜씨는 멀쩡한 왼팔보다 능숙해 보였다. 아이는 전철을 빠져나갔다. 나도 절뚝거리 며 뒤따랐다. 곧 소란이 일었다. 아이가 스마트폰을 꺼낼 때 나 말고 도 시민 하나가 목격을 했던 모양이다. 아이는 시민들에게 잡혔다. 이내 경찰 둘이 나타났다. 경찰들이 아이를 연행하려고 했다. 팔에 수갑이 채워졌다. 경찰이 아이를 끌고 가려고 하는데 나도 모르게 입이 터졌다.

  "경찰관님, 용서해주세요! 용서해주세요!"

  절던 내 다리는 경찰관 앞에서 무릎을 꿇고 있었고, 두 손은 빌고 있었다. 시민들도, 경찰도, 그 아이도 나를 주목했다. 그러나 아이는 나를 알아보지 못했다. 경찰은 내게 누구냐고 물었다. 시민들은 공 범인가 보다고 웅성거렸다. 경찰은 의심에 찬 눈빛으로 재차 물었다.

"당신, 누구요?"

누구? 내가……, 누구지? 그래, 생각났다.

"그냥, 좀, 아는 사람입니다……."

"별, 거지같은 새끼 다보겠네. 가자구."

"혹시 모르니까, 연행해!"

유치장에도 빛은 있었다. 형광등 빛으로도, 나는 다 자란 사내의
얼굴에서 그 아이의 낯을 보았다. 그 아이, 그냥 좀, 아는, 내…….

나를 뚫어지게 바라보던 사내가 드디어 나를 알아보았나 보다. 사
내가 자리에서 벌떡 일어났다. 그리고 내 앞으로 다가와…… 제자리
에서 팔굽혀펴기를 실시했다. 사내는 숫자까지 셌다.

"백만 서른하나, 백만 서른둘……."

소설 부문 은상

모닝콜

하연(김하연)

아파트 베란다에 붉은 제라늄 화분 하나가 놓여있습니다. 열정적으로 피운 그 자태를 보며 나도 오래 꿈꾸던 꽃 하나 피우고 싶다며 입버릇처럼 얘기하곤 했었습니다. 꽃이 내 말을 알아들었더라면 분명 이렇게 얘기했을 것입니다. "당신은 해낼 수 있어요. 새벽마다 하얗게 불을 켜놓고 당신이 소설을 쓰기 위해 키보드를 두드릴 때 그 돈을새김을 나는 볼 수도 들을 수도 있었어요."라고 말입니다. 꽃의 말을 빌려 이렇게 말하고 나니 입가에 웃음이 번집니다.

잠든 도시를 깨우는 '닭'이라는 주제를 놓고 한동안 가슴이 부풀어 오르기도 했습니다. 이제는 닭이 아닌 독수리 날개가 되어 푸드덕 푸드덕 지상 위로 솟구쳐 올라 시월의 하늘을 날고 있습니다. 꿈꾸는 자의 비행입니다.

오늘 그 독수리는 책방을 선회하다 집으로 돌아오는 길 위에서 생각합니다. 이제부터 시작이야. 언젠가는 서가에 꽂힌 그 많은 책들과 나란히 활자화되어 세상을 깨우는, 감성을 깨우는 작가가 되겠다고 말입니다. 걸어오던 길이 늘 똑같은 조붓한 길이었지만 오늘만큼은 대평원만큼이나 광활합니다. 시월의 볕은 한때 어둡고, 막막하고, 요원했던 먼 바다를 항해하는 목선을 향한 등댓불 같습니다. 상상은 늘 그렇게 나를 풍성하게 합니다.

세상의 소리가 훨씬 잘 들려옵니다. 그 소리를 진지하게 받아들입니다. 그 모든 소리가 내 소설 속으로 들어와야 할 은하의 별들이라 생각합니다. 부족한 글을 뽑아주신 심사위원 선생님들께 진심으로 감사드립니다. 글감이 넉넉해질 수 있도록 세상의 소리에 더 많은 귀를 기울이는 작가가 되겠습니다.

모닝콜

하연 (김하연)

'꼬끼오…….'

 어느새 중닭이 된 닭들은 아파트 베란다에서 새벽마다 홰를 치며 울고 있다. 그 소리는 아파트 동과 동 사이에서 메아리 되어 주민들 귓전에 아련하게 들렸을 것이다. 두 녀석을 처음 만난 것이 언제였을까. 문구점 앞, 라면박스 안에서 병아리 떼들이 서로 몸 비비고 앉아 있는 것을 보았다. 가던 길을 멈추고 병아리 눈을 가만히 쳐다보니 병아리에도 눈곱이 끼어 있었다. 몇몇의 아이들이 지나가면서 호주머니 속 동전을 뒤지더니 한 아이가 오백 원을 주고 문구점 주인에게 병아리 한 마리를 건네받았다.

"쌀알도 먹어요? 사료는 얼마큼 주고 목욕은 언제 시켜요? 수명은, 그러니까 얼마큼 살아낼 수 있어요? 강아지처럼 옷도 입힐 수 있어요?"

아이는 문구점 주인에게 병아리의 의식주를 물으며 신기하다는 듯이 작은 상자 안에서 시선을 떼지 못했다. 오래전 병아리를 여러 번 사서 키워봤지만 단 한 번도 성공한 적 없었다. 겨울에는 베란다에서 얼어 죽었고 여름에는 자주 집을 비워두어 병아리 눈곱만큼의 사료를 견디지 못하고 죽어나가기 일쑤였다. 그때마다 죄책감을 느껴야 했다. 그 뒤로 책임지지도 못할 생명은 절대로 거두지 않으리라 다짐했다.

"저는 두 마리 주세요."

아이들 옆에서 천 원을 건네고 나는 다시 병아리 두 마리를 사고야 말았다.

"병아리는 절대 쌀 먹이지 마세요. 굳이 먹이려면 믹서기에 쌀가루를 오래 갈아서 먹이세요. 되도록이면 먹이지 마세요. 자꾸만 물을 찾게 되니까요. 병아리에게 많은 물은 압사예요. 겨울에는 물을 가까이 놔두면 몸에 물 묻고 체온 떨어져서 죽습니다."

식물이든 짐승이든 제일 중요한 것은 온도인 것을 알겠지만 나는 온기 있는 여자는 아니었다. 화원에서 사온 여러 개의 화초도, 금붕어에게도 온기 있는 시선을 준 적이 없어 그들은 끝내 운명을 달리하고 말았다. 하지만 때마다 그것들을 필요로 했다. 단지 외롭다는 이유였다.

검은 비닐봉지를 들고 빈 놀이터에서 모래 몇 줌을 넣었다. 집으로 돌아와 드라이버로 숨구멍을 틔워놓은 라면박스를 열고 바닥에 모래를 평평하게 깔았다. 인터넷 정보를 이용해서 라면 상자로 간이 육추기를 만들었다. 상자를 3분의 1쯤 칸을 막고 밑에 3cm의 병아리 출입구를 설치하여 30w짜리 백열등을 설치하고 보니 가온실로도 충분했다. 라면 상자 정도면 10마리 정도 수용할 수 있을 것 같아 몇 마리 더 살 걸 하는 욕심이 생겼다. 파리채를 들었다. 파리도 먹잇감이 될 수 있었다. 방충망을 열어두면 간간이 똥파리가 들어오기는 했지만 드문 일이었다. 냉장고를 열어 상추를 꺼내 뒤적거렸지만 며칠 전 언뜻 길을 잘못 든 애벌레는 보이지 않았다.

아파트 뒤편에 양계장이 보인다. 아파트와는 지척의 거리다. 몇 년 전 양계업자가 부지를 사서 들어왔는데 몇 달 안 돼서 누가 질렀는지 불이 한 번 났다. 그 후 양계장 시설은 첨단 자동화 시설로 냄새도 미미하고, 관리도 개선되었지만 여전히 악취가 난다며 아파트 주민들은 민원을 제기하기도 했다. 양계장 주인이 명절 때만 되면 과일 바구니라든지 굴비라든지 비싼 선물을 들고 아파트 관리사무소장과 부녀회장을 찾아간다는 이야기가 공공연하게 들렸다. 힘 있는 아파트 몇 집과 부녀회장이 돈을 받았다는 소문이 돌기도 했다.

두 녀석들은 지금도 베란다에서 홰를 치고 있다. 발육장애에 도움이 되고 소화흡수가 잘되는 사료들만 골라 먹인 탓에 몸집은 커져 있다. 스트레스를 막아주기 위해 물에 항생제나 영양제를 타서 먹이고, 호흡기 질환의 원인이 될 수 있을 것 같아 환기는 자주 시켰다. 아침저녁으로 찬 공기가 직접 닿지 않도록 하고 습도도 자주 조절했다.

'꼬끼오' 베란다에서 대찬 울음소리를 내며 홰를 치고 있는 닭의 존재를 그 누구도 눈치채지 못했다. 아파트 주민들은 뒤편 양계장에서 들려오는 소리인 줄로만 알고 있었다. 닭들은 새벽마다 간이 횃대에 앉아 어김없이 제시간을 알렸다. 새벽녘이면 점점 아파트에 불이 켜지는 집이 많아졌고 앞 동에 사는 노부부도 닭 울음소리를 듣고 일어났는지 베란다를 들락날락거렸다. 어느새 닭들의 입맛은 인공적인 사료가 아닌 내가 먹다 남긴 음식에 점점 길들여져 가고 있었다. 남겨진 인공 사료는 뒤 베란다 붙박이장 안으로 넣어두었다. 집에 돌아오면 거실 문 틈 사이로 들어온 닭들이 카펫 위에다 눅눅한 버짐 같은 똥을 자연 방사해놓기도 하고, 식탁 위로 올라가 사과 한쪽을 쪼아놓기도 했다. 그마저도 싫지 않았다. 엄마 돌아가신 후 홀로 적막 속에서 웅크리고 있는 것보다 나았으니까.

어느덧 초복이었다. 아래층 502호 여자를 승강기 안에서 만났다.

"아가씨, 혹시 들었어요? 닭 울음소리요. 노래방 일 하고 와서 새벽녘에야 잠이 드는데 요즘 그놈의 닭 울음소리에 단잠을 깬다니까요. 베란다 창문을 닫아 놓았는데도 목청이 어찌나 큰지 마치 옆집에서 들려오는 소리 같다니까요. 저, 양계장에 다시 한 번 불이라도 나버리면 좋겠네요. 바람이 세게 불면 닭똥 냄새가 거실까지 날아든다니까요."

"아, 그래요? 예민하신가 봐요. 난 한 번도 듣지 못했어요."

잠시 후 3층에서 승강기가 멈추고 노인이 합승했다.

"혹시 들었어요? 요즘 양계장에서 새벽 닭 울음소리가 들리던데, 난 그 소리에 일어나 새벽 교회를 간다우. 그렇게 새벽마다 신을 찾게 돼. 허허."

"아, 다행입니다. 그렇게라도 믿을 수 있는 존재가 있어서요."

승강기에서 나와 총총히 닭의 잰걸음으로 아파트를 빠져나가 재래시장을 향했다. 옷을 다 벗고 납작 누운 닭들 중 한 마리를 골랐다. 집에 돌아와 압력밥솥에 찹쌀 한 줌을 넣고 푹 고아냈다. 따끈한 닭 다리 하나를 잡았다. 그때 베란다에서 닭들이 푸드득거렸다. 제 종족의 죽음을 목전에 두고 항변이라도 하고 싶었는지 한참 동안 날개를 푸드득거렸다. 닭 날개마저 뜯은 후 베란다에 나가 닭똥을 치웠다. 닭똥이 말라 물을 뿌려도 잘 떼어지지 않았다. 고무장갑을 끼고 수세미로 베란다를 싹싹 밀기 시작했다. 그 틈에 닭들이 거실로 들어가 펼쳐놓은 이불을 헤집고 다녔다. 닭똥을 치운 후 녀석들을 욕실로 데려가 미지근한 물로 목욕을 시키기 시작했다. 원래 닭들은 흙 목욕을 하며 털에 붙어있는 병균을 털어내는 것이 맞지만 나는 인간의 환경에 적응시켜야만 했다. 내 편으로 만들어야 했다. 닭들이 인간의 편이 되지 않으려 도망가고자 해도 내 스스로 현관문이나 방충망을 열어주지 않는 이상 도망갈 여지는 없었다. 도망갈 이유도 없었다. 저 너머 독수리의 세상을 단 한 번도 본 적이 없는, 막 태어나서 보았던 문구점과 집 베란다가 전부인 녀석들이 아닌가. 해서 닭들에게는 베란다가 가장 안락한 보금자리인 것이다. '꼬꼭 꼬꼭 꼬꼬꼭' 닭들이 물을 피하려고 애를 썼다. 그 소리가 새어나가지 않게 욕실 문을 꽉 잠그고 샤워기를 든 채 날개 하나씩을 젖히기 시작했다.

중복이 되었다. 그날도 닭들에게 목욕을 시키고 있는데 아파트 관리 사무소에서 방송 멘트가 들려왔다. '알려드립니다. 아파트 뒤편 양계장에서 자꾸만 닭이 없어진다고 민원이 들어왔습니다. 폐쇄회로에 잡힌 남자가 우리 아파트에 사는 주민이라고 하는데…….'

나는 범인인 양 괜스레 안절부절못했다. 혹여 사람이 아닌 족제비가 닭서리를 했던 건 아니었는지, 아니면 양계장 주인이 아파트 주민들 향해 억지 맞장을 뜨려고 했던 것인지도 몰랐다. 불안할 때마다 허기가 졌다. 냉장고를 열어 계란 두 개를 꺼내 달걀 프라이를 했다. 왠지 찝찝했다. 내가 의심받고 있다는 느낌 때문이었다.

그날 새벽, 닭들이 갑자기 시끄럽게 울어댔다. 벽시계를 보니 닭들이 세상을 깨우기에는 아직 이른 시간이었고 울어대는 그 소리가 여느 때와 달랐다. 분명 도둑이 든 것으로 짐작하고 베란다 쪽으로 눈을 돌렸다. 그때 검은 물체가 쓰윽 지나갔다. 창문이 살짝 열려 있었다. 순간 엉겁결에 소리를 질렀는데 목젖에서 나온 소리는 '아아악' 소리가 아닌 '꼬꼭 꼬꼭 꼬꼭꼭' 낮은 닭 울음소리였다. 먼저 닭들을 보호해야 한다는 생각에 닭들의 신변을 살폈다. 검은 물체는 순식간에 사라졌다. 무서워서 베란다 아래를 차마 내려다보지 못했다. 핸드폰을 들었다. 다시 집어넣었다. 경찰을 부르면 아파트에서 닭들을 키울 수 없는 처지가 되고 마는 것이었다.

다음 날 다행히 도둑은 체포되었다. 아파트 상가에 있는 치킨집을 운영하는 청년이었다. 장사가 되지 않는지 일주일 동안 가게 문이 닫혀 있기도 했다. 2층 빈 집에 들어가 기껏 도둑질한 것은 오만 원, 막무가내로 범행을 부인하며 오리발을 내밀었다고 했다. 범행을 계속 부인하자 얼마 전 양계장 절도 사건까지 맞물려 추궁을 받기 시작했다는데 청년의 옷에서 심한 닭똥 냄새가 나더라며 오만 원을 도둑맞은 2층 남자가 힘주어 말했다. 한 마디로 냄새가 난다는 것이었다. 청년은 경찰에 의해 양계장으로 압송되어 닭들로부터 대질 심문을 받았다고 했다. 신기하게도 닭들이 그 청년을 알아보더라는 것이었는데 그 후 청년이 진짜 닭 절도범이었는지 확실히 밝혀지지 않아 몇 날 며칠 불편했다.

작년 편의점 아르바이트를 그만둔 후 새로운 일을 가졌다. 그 일이 '장제사'였다. 형상이나 재질에는 여러 가지가 있었다. 편자는 말의 크기에 따라서 무게나 두께가 달랐고 말굽 형상에 맞춰 5, 6개의 못을 박아 고정을 시켰다. 말굽에 'U'자 형태의 편자를 박아 붙이는 일은 여자로서 힘에 부쳤다. 장제를 하는 일은 말과 교감을 통해 이루어지는 일이지만 먼저 언제 어느 시기에 편자를 교체해야 하는지, 어떤 편자를 어떻게 장착해야 하는지, 모든 것은 말의 건강과 컨디션을 살피고 말의 상태에 따라 결정되었다. 처음 마사회에서 운영하는 혹독한 훈련 과정을 거쳐야 했다. 유망 있는 이색 직업으로 떠오르면서 많은 사람들의 관심을 끌고 있지만 여자들이 하기에는 분명히 버거운 일임에 틀림없었다.

"스님, 저 아이는 커서 무엇이 될 것 같습니까?"

어릴 적 시골 살 때였다. 엄마는 쌀 한 되를 보시한 후 나의 생년월일시를 알려주었다.

"저 아이는 선생이 되겠습니다. 그런데 참 아깝습니다. 남자로 태어났으면 큰 몫을 해 낼 팔자인데 말띠라서 띠가 센 것이 안타깝습니다. 매사에 뛰어다닐 팔자입니다. 어쩌면 큰 짐승이 아닌, 작은 짐승인 닭처럼 뛰어다닐 수도 있겠습니다. 허허."

마루에 걸터앉은 스님은 아깝다는 듯이 무릎을 치고는 마당에 핀 과꽃을 만지고 있는 나를 물끄러미 쳐다보았다. 스님의 번쩍이는 이마 쪽으로 풍뎅이 한 마리가 빙빙 돌다가 다시 지상 아래로 미끄러졌다. 스님이 동네에만 다녀가면 동구 밖에서 닭싸움하는 또래의 친구들은 너도 나도 선생이 되어 있거나 닭이 되어 있었다.

'장제사'. 힘들고 위험한 직업으로 치부되었지만 나에게는 선택의 여지가 없었다. 발굽은 사람 손톱과 같은 젤라틴 성분이기 때문에 관리가 제대로 되지 않으면 분뇨에 오염돼 발굽 각질이 부식되거나 썩는 병에 걸려 경주 성적에 큰 영향을 주었다. 때문에 경주마의 능력 향상을 위해 장제 의뢰가 끊이지 않았다. 힘든 것은 문제가 아니었다. 돈을 벌어야 했다. 경마 승마 분야를 중심으로 고소득의 연봉자가 나오는 등 최근 전문직으로 인정받고 있었다. 돈이 없어 수술을 하지 못해 떠나보냈던 엄마의 골수암은 오랜 충격으로 남아있었다. 그 후 돈이란 미래를 저축하는 가장 확실한 보험이었다.

텔레비전에서 보신각 종소리가 들렸다. 말 떼처럼 서 있는 사람들은 청마의 기운을 얻으려는 듯 박수를 치며 함성을 질렀다. 새해 첫날 새벽, 닭 한 마리만 품에 안고 나가 아파트 옆 초등학교 운동장에서 뜀뛰기를 시켰다. 닭은 운동장을 맴돌면서도 더 이상의 궤도 밖으로는 이탈하지 않았다. 어둡고 낯선 곳에서의 방목을 몹시도 불안해했다. 어둠이 채 걷히지 않는 새벽녘 운동장에는 다행히 사람은 아무도 없었다. 운동을 시킨 이유는 언제부터인지 한 녀석이 다리 한쪽을 살짝 절고 있었기 때문이다. 원인을 알 수 없는, 발가락에 분명 장애가 온 것이다. 운동 부족일 거라고 생각했다. 그렇다고 닭을 동물병원에 데리고 갈 만한 처지도 아니었다. 발을 보호하는 차원에서 한쪽 발에 편자처럼 신겨놓은 빨간 아기 양말이 우습기도 하고 절뚝거린 나와 같은 처지여서 서글픈 생각마저 들었다. '뛰어, 더 빨리' 말발굽처럼 요동치기를 원했다. 장애를 가졌다고 해서 그 누구에게도 뒤처지는 건 싫었다. 경주마처럼 빠르게 뛰는 길만이 살아남을 수 있는 것이었다.

오래전 아버지는 공단에 날일을 다녔는데 산업 재해로 오른손 검지와 중지가 절단된 채로 살았다. 손가락이 열 개인 거나, 여덟 개인 거나 별반 차이가 없는 듯 아버지의 손은 늘 바쁘게 움직였고 일할 때만큼은 그 누구에게도 뒤처지지 않았다. 그런 아버지가 어머니를 버려둔 채 새 편자를 신고 새 여자를 만나 팔자를 고쳤다. 말과 닭은 절대로 나를 버리고 팔자를 고칠 일은 없을 듯싶었다.

퇴근하고 집에 돌아와 보니 평소와 다름없이 집 안은 달라진 게 아무것도 없었다. 녀석의 그릇에 가득 담겨진 내가 먹다 남긴 음식도, 횃대도 그대로였다. 다만 장애가 있는 닭 한 마리가 보이지 않았다. 베란다를 보니 지난밤 이불을 털면서 깜박하고 열어 둔 방충망이 제대로 닫히지 않았다. 설령 도둑이 들었다 해도 닭서리를 했을 리 없다. 어쩌면 방충망 틈 사이로 한껏 날개 젖혀 저편 양계장 뭇무리 속으로 섞여 갔는지도 몰랐다. 하지만 저토록 좁은 닭장에 비교하자면 아파트 베란다는 넓은 아방궁이 아닌가. 다음 날 양계장

을 찾아가자니 괜한 의심을 살 것 같아 그만두었다. 그날은 다른 날
보다 일찍 퇴근해서 혹여 숨어 있을 만한 가까운 다세대 주택 골목
과, 슈퍼마켓 골목과, 재래시장 골목까지 뒤져도 종잡을 수 없이 미
로에 빠지게 했다. 반려견 같으면 파출소에 신고라도 할 수 있을 텐
데 난감했다. 한참을 머뭇거리다가 도저히 안 되겠다 싶어 파출소
지구대로 향했다.

"저, 우리 집에서 키운 닭이 없어졌어요."

"양계장에서 말씀이신가요? 몇 마리인가요?"

"그게 아니라 닭 한 마리요."

"겨우 한 마리 가지고 바쁜 파출소에 수사 의뢰를 하시는 건가
요?"

파출소 형사는 귀찮다는 태도로 기본 수사조차 제대로 하지 않았
다. 형사를 다그쳤다.

"우리 집 닭은 집을 나갈 이유도, 집을 나갈 만한 성격도 못 됩니
다. 분명 이건 납치입니다. 더 이상 시간을 방치하면 우리 집 닭이 복
날에 어떻게 될지도 몰라요."

"이번에는 어느 양계장인가요?"

"양계장이 아니고 집에서 키운 닭 한 마리가 집을 나갔다구요."

"네?"

형사는 어이없다는 듯이 웃었다.

"이런 일은 비일비재합니다. 그런데 이 사건은 애완견도 아니고 닭
이잖습니까."

"닭이나 강아지나 심장은 다 똑같이 뛰는 것 아닌가요? 어릴 적부

터 키워 온 내 새끼나 다름없습니다. 꼭 좀 찾아주세요. 애완견 같으면 실종센터에 신고할 수 있지만 닭은 그럴 수 없잖아요."

"휴……"

형사는 황당하다는 듯이 키보드를 두드리다가 가만히 나를 주시했다.

"닭 한 마리 실종 사건이 아니더라도 애완견 찾아달라는 의뢰가 지금 수십여 건에 달하고 있는 포화 상태입니다. 파출소가 사람의 문제에 관여해야지 짐승의 문제에 이토록 관여해야 되겠냐구요."

형사에게 실종이 아닌 납치로 규정지어 주라고 했다. 납치라는 말을 할 때 형사는 다시 어이없다는 듯이 웃었다. 그 표정에서 심한 분노감이 솟구쳤다. 아무리 닭이 말 못하는 짐승이지만 납치 축에도 끼지 못하는 것인가 하는 생각에서였다.

우승마의 편자는 어디에서 구입할 수 있느냐고 지인들은 종종 물어왔다. 말편자를 보면 행운이 생긴다는 말은 익히 들어 알고 있었다. 서양에서는 말편자를 몸에 지니고 다니거나, 문지방이나 기둥 같은 곳에 매달아 놓기도 한다고 했다. 나도 우승마의 편자를 몸에 지닌 적 있었지만 크게 요행을 바라지는 않았다. 다만 부적처럼 오른팔 한쪽에 암나비 문신을 새겨 넣었다. 관심 받지 못한 올드미스에게 암나비 문신을 새기면 나비가 꽃을 찾아오듯 이성에게 사랑을 많이 받을 거라는 누군가의 말을 기억했다. 하지만 향기 지는 꽃은 나비를 부르지 못하고, 미동 없는 나비의 날개는 꽃을 부르지 못해 서로 안달하고 있었다. 나비의 문신에도 두 개의 겹눈과 한 쌍의 더듬이가 있었다. 팔뚝의 나비는 긴 대롱의 입으로 진짜 꽃의 꿀을 빨아 먹기는 틀렸다는 듯이 체념한 듯 앉아있었다.

닭을 찾아 하루 종일 뛰어다니면 발에 물집이 잡히기도 했다. 그날은 골목길에서 나와 포장마차로 들어갔다. 잃어버린 닭 때문만이 아닌 무언지 모를 공허가 조각난 유리의 파편처럼 박혀 있었다. 술이 마시고 싶었다. 포장마차 안에는 몇몇의 남자들과 부부처럼 보이는 한 쌍이 앉아 소주를 마시고 있었다. 손님인 여자는 남자에게 무척 저음으로 바가지를 쏟아붓고 있었다. 여느 때 같았으면 그냥 지나쳤을, 하지만 세상의 모든 소리가 훨씬 가깝게 들렸다.

"여보, 요즘 물가가 얼마나 많이 올랐는지 알아? 그 생활비로 나는 좌판에서 파는 만 원짜리 옷 하나, 새 신발 하나도 선뜻 집어 들지 못해. 집에 있는 강아지도 유기해야 할까 봐. 사료값도 만만치 않아. 우리 애들 학원비만 해도 얼마인지 당신 알기나 해? 올해는 달리는 말처럼 좀 바삐 뛰어 봐. 응? 이렇게 벌어 어떻게 사느냐 말이야."

여자는 계속 다그치고 남자는 소주잔만 기울이고 있었다. 연탄 화덕에서 구워지는 닭발 냄새가 났다. 그 옆에서 나 혼자 마시는 술은 금세 취했다. 여자 혼자 술을 마시는 모습이 가엾다는 듯이, 청승맞다는 듯이 몇몇의 남자들이 힐끔 쳐다보았다. 포장마차 주위에는 차들이 즐비하게 주차되어 있었고 포장마차 안 한쪽에는 대리운전 전화번호가 여기저기 붙어있었다. 거나하게 취한 남자가 포장마차 주인에게 대리운전 기사를 불러달라고 했다. 포장마차 여주인은 대리운전 기사를 부른 후 다시 닭발을 굽고 있었다. 소주 한 병을 다 비워내고 일어서려는데 몇몇의 손님들도 함께 취해서 일어섰다. 곧 대리운전 기사가 오고 기사는 한 남자에게서 키를 받아 들었다. 이때 남자가 소리쳤다. "왜 이렇게 늦게 와? 대리운전 기사 주제에 손님을 오래 기다리게 하면 돼? 올해가 무슨 해야? 말 떼처럼 뛰어와야지. 그렇게 해서 어디 밥 먹고 살겠어?" 대리운전 기사는 어린 경주마처럼 앳되어 보였다.

혼자 남겨진 닭은, 집 나간 녀석의 몫까지 목청을 돋우며 어김없이 새벽 시간을 알렸다. 외로움을 달래기 위한 방편인 듯 알을 자주 낳기도 했다. 계란 프라이는 원 없이 먹게 되었다. 새벽닭이 울 때마다 불 켜진 집이 점점 많아졌다. 아래층이나 위층이나 아직 내가 키운 닭의 존재를 눈치채지 못했다. 여전히 지척의 양계장에서 들려오는 소리인 줄 알고 있었다. 따지고 보면 저들이 키운 강아지나 내가 키운 닭이나 다를 바 없지 않은가. 아래층 여자의 신경을 건드리지만 않는다면 홀로 남겨진 녀석과 오래 함께하고 싶었다. 짝을 잃은 닭은 왠지 힘이 없어 보였다. 곤추세우던 닭 벼슬이 더위 먹은 것처럼 축 쳐져 있었다.

그날도 퇴근해서 잃어버린 닭을 찾지 못했다. 집으로 가기 위해 골목길을 돌아, 미용실을 지나, 정육점을 지나, 교회 근처에 이를 즈음 어디선가 아기 울음소리가 났다. 옆집에서 나는 소리이겠거니 하며 주위를 둘러보곤 다시 몇 걸음을 떼었을 때였다. 하늘공동체라고 적어진 교회 벽에 부착된 작은 컨테이너 박스 안에서 아기 울음소리가 났다. 순간 영아가 베이비 박스 안에 들어있다는 것이 직감적으로 느껴졌다. 잠시 후 벨 소리가 들려오는 듯했다. 나이가 지긋해 보이는 초로의 남자가 나와서 아기를 품에 안고 교회 안으로 들어갔다. 집으로 돌아가는 길에서도 영아의 울음소리는 닭 울음소리로 변하고 집에 도착해서도 그 소리는 귓가에 쩌렁쩌렁 울렸다. 집에 돌아와 식탁 위를 바라보았다. 오목한 접시에 물을 부어 담가놓은 양파가 어느새 줄기가 차고 올라와 흡사 아이의 탯줄처럼 그려졌다. 텔레비전을 틀었다. 한 프로그램에서는 친부모가 의무적으로 출생신고, 가족관계등록을 해야 하는 입양특례법이 만들어진 후 아기가 버려지는 일이 늘어나고 있다고 보도했다.

신문을 펼쳐들었다. '갑오년 청마'라고 적어진 큰 활자를 통해 청마의 기운을 모아 도약과 비상을 실현하는 한 해가 되기를 기원했다. 몸집이 거대하고 몸 색깔이 검푸른 빛의 준수한 말 두 마리가 그려져 있어 힘차게 달리는 말발굽과 어설프게 뛰어가던 녀석의 발이 오버랩 되었다. 떠나간 닭을 더 이상 기다리지 않기로 했다. 자꾸만 밖에서 닭 울음소리가 들리는 듯했다.

다음 날 아파트에 또 다시 도둑이 들었다. 도둑이 1층 세입자 창문의 방범창을 뜯고 들어가 새로 산 노트북을 든 채로 달아난 것이 폐쇄회로에 잡혔다. 뒤 베란다 창문의 알루미늄 새시는 너무도 약해 보였다. 올해는 무슨 일이 있어도 범죄 취약지를 중심으로 특수 형광물질 도포 등 다양한 안전시책을 추진해야 한다고 주민들이 목소리를 높였다. 다음 날 텔레비전에서는 아파트뿐만 아닌 다세대주택과 원룸 지역의 가스배관과 창틀 등에 특수 형광물질을 칠해 범죄에 대처하기로 했다고 밝혔다. 형광물질은 육안으론 보이지 않지만 자외선 장비로 비추면 형광색을 띠며, 손이나 옷에 한번 묻으면 씻어도 지워지지 않은 특성이 있어서 범인을 쉽게 식별할 수 있다고 했다.

형광물질을 바른 지역에 경고 안내판도 설치했다.

그날은 밤이 이슥해서야 집에 돌아왔다. 집에 돌아오면 집을 나간 녀석의 빈자리가 역력했다. 벽에 걸린 액자 속 갈매기와 남겨진 닭 한 마리만이 떠나지 않고 나를 멀거니 쳐다보고 있었다. 씻으려고 욕실 문을 열었다. 그때다. 뒤 베란다 다용도실 쪽에서 부스럭 부스럭 무언가를 뒤지는 소리가 들렸다. 신발장 바닥엔 내 신발만이 덩그러니 놓여있었다. 앞 베란다에 남겨진 닭 한 마리가 위험을 감지한 듯 날개를 몹시도 푸드득거렸다. 아래층에서 흘러들어온 냄새인지 아니면 도둑이 들어와 음식을 훔쳐 먹은 것인지 집 안에서 음식 냄새가 났다. 나도 모르게 야구방망이를 들었다. 그리고 낮은 소리로 말했다.

"그 안에 누, 누구요. 엄마?"

돌아가신 엄마를 불렀다. 위급한 순간이 오면 습관적으로 엄마를 부르곤 했다.

"아버지?"

미웠지만 두려움을 떨치기 위해 오래전 집 나간 아버지를 불렀다.

여전히 뒤 베란다에서는 아무런 기척이 없었다. 분명 도둑이었다. 나는 다용도실 문을 열어 볼 용기가 나질 않았다. 혹시 도둑이 놀라서 나에게 흉기를 들이댈지도 모른다는 생각에 겁이 덜컥 났다. 도둑이 행여 놀랄까 봐 맘을 가다듬고 다시 저음으로 말했다.

"도, 도둑이면 현관문을 열어두었으니 다섯을 셀 때까지 뛰쳐나가세요. 얼굴은 기억하지 않을게요. 아니면 가스배관을 타고 다시 내려가든지요. 안 그러면 경찰을 부를 테니까요."

나는 현관 가까이 복도에 서서 숫자를 천천히 세기 시작했다.

"하나, 둘, 셋, 넷……, 다섯."

조용했다. 큰 보폭으로 세 걸음 떼어 집 안을 들여다보았다. 가스 배관을 타고 줄행랑이라도 쳤는지 확인하려고 또 다시 천천히 세 걸음 떼었을 때 부스럭거리는 소리가 들렸다. 안 되겠다 싶어서 현관 문을 열어 둔 채로 맨발로 복도에 서서 경찰에 신고하려고 핸드폰을 들었다. 손이 떨렸다. 핸드폰 버튼을 누르려는 순간 왠지 도둑에게 다시 기회를 주고 싶었다. 다시 거실 안으로 몇 걸음 떼어 뒤 베란다 쪽을 바라보았다. 담배 냄새가 났다. 어쩌면 도둑이 담배를 피우고 있었는지도 몰랐다. 그때다. 뒤 베란다 창문에서 설핏 어리는 작은 그림자가 보였다. 달 하나가 투영해 준 익숙한 그림자, 자세히 보니 바로 집 나간 녀석의 그림자인 듯했다. 사람이 아니라는 것에 확신이 섰다. 재빨리 뛰어가 베란다 창문을 열었다. 문을 열어젖히고 보니 아니나 다를까 녀석이었다. 어처구니가 없어서 나는 입을 떠억 벌리고 서 있었다. 다른 때 같았으면 녀석은 거실로 들어와 똥을 갈기며 의기양양하게 활보하며 다녔겠지만 거실에서 나를 요리조리 피해 다녔다.

"너, 지금 어디에 있었던 거야 엉? 어디에서 뭘 하다 오는 거냐고."

나는 고래고래 소리를 지르며 쏘아댔고 녀석은 놀란 눈으로 자꾸만 나를 피해 다녔다. 지금까지 집 안 어디에 있었던 것일까. 뒤 베란다에 붙어있는 작은 붙박이장을 보니 문이 살짝 열려 있었다. 심한 악취가 났다. 다시 살펴보니 붙박이장 안에 지난 번 내가 넣어둔 인공 사료가 보였다. 닭들로부터 뒤 베란다로 밀려난 화초에게 물을 주고 넣어둔 미니 조리개의 뚜껑도 열려져 있었다. 그 안에 아직 물이 조금 남아 있었다. 배곯지 않아서, 붙박이장 공간이 그나마 넓어서, 살아주어서, 천만다행이었다. 일주일 전 급하게 출근을 서두르면서 붙박이장 안에 녀석이 잠들어 있는 줄도 모른 채 우산을 꺼내다 문을 닫아버린 것이었다. 녀석은 아주 어쩌다가 설핏 열어 둔 거실 문 틈 사이로 들어와 뒤 베란다까지 넘나들곤 했었으니까. 붙박이장 문은 닭 머리로 어떻게 열었을까. 닭대가리라는 말은 애초부터 사람들 입에서 입으로 잘 못 전달된 것인지도 모른다.

나와 재회한 녀석은 식탁 밑으로 들어가더니 내 앞치마를 끌어 당겨놓고 한없이 쪼아대고 있었다. 할 말이 많은 듯했다. 내가 그토록 간절히 찾던 녀석은 찾았지만 지금 누군가도 잠시 잃어버린 강아지를, 고양이를, 햄스터를, 새끼 악어를, 뱀을 찾아 뛰어다니는 한 여자가 있는지도 모를 일이었다. 그러다가 뜻밖의 장소에 갇혀버린 잃어버린 대상과 다시 재회할 수 있을 것 같았다. 녀석을 목욕시킨 후 절뚝거린 발 한쪽에 쇠가 아닌 플라스틱으로 특수 제작한 새 신발을 단단하게 신겨보고 있었다. 말의 편자처럼 딱 맞는 신발이었다. 두 녀석들이 언제까지 이 넓은 닭장 속에 누워있는 아파트 주민들을 향해 새벽잠을 깨울지 아무도 모르는 일이었다. 말복이 다가오고 있었다.

소설 부문 동상

스타니슬라프스키에게 메소드 연기를 배우다.

김미영

그간 많은 당선작들의 수상 소감을 읽으며 부러워만 했었지 제가 쓸 줄은 꿈에도 생각하지 못했던 듯합니다. 겨우 A4 반장 분량의 수상 소감을 쓰기가 이리도 어렵다니요. 수많은 단어와 문장들이 머릿속에 벌 떼처럼 몰려와 왕왕거릴 뿐 어느 것 하나 제 마음을 선뜻 표현하기가 쉽질 않아 곤혹스럽습니다. 그러면서도 이 감정이 싫지 않으니, 상이란 참으로 좋은 것인가 봅니다.

꽤 오랫동안 어린이 책을 써오면서 즐겁고 보람됐습니다. 나름 천직이라 여기며 자부심도 있었고요. 그런데 언제부턴가 바쁜 작업으로는 채워지지 않는 목마름이 느껴졌고, 한참 후에야

그것이 내 안에서 온전히 뿜어져 나오는 어떤 목적도 가지지 않은 이야기라는 걸 알게 됐습니다. 그건 아마도 순수한 창작, 문학에의 갈망 같은 것이었겠지요. 그러나 이미 오랫동안 익숙해져 이제는 정형화가 되어버리다시피 한 글쓰기의 습관을 떨쳐내기가 쉽지는 않았습니다. 또 적지 않은 나이에 무언가를 새로이 시도한다는 게 귀찮은 마음도 있었습니다. 더 솔직히 말하면 그 시도가 아무런 결실이 없을까 봐 두려웠습니다. 그렇게 오랜 망설임 끝에 용기를 냈습니다. 글을 써간다기보다는 담고 있던 것을 비워내는 과정이 더 많은 힘든 시간이었지만 결국은 그 속에서 서투르나마 저만의 이야기가 태어나더군요. 그리고 이렇게 뜻밖에도 분에 넘치는 결과를 얻었습니다. 수상자 명단에 제 이름이 있는 걸 보고 '아직은 너무 이른데…….' 하며 덜컥 겁이 났지만 이제 더 이상 망설이지 말고 써도 된다는 허락이라 여기고 용기를 내겠습니다.

　정체되어 있던 제게 가능성의 문을 열어주신 심사위원님들께 깊이 감사드립니다. 오늘의 마음을 잊지 않고 정진하겠습니다. 끝으로 항상 제 글의 첫 독자이자 비평가가 되어주는 동생과 저를 응원해주는 문우들에게 고마운 마음을 전합니다.

스타니슬라프스키에게 메소드 연기를 배우다.

김미영

공연을 10분 남짓 남겨두고 객석이 꽉 들어찼다. 간만의 만석이다. 예매표가 예사롭지 않은 속도로 팔려 나갈 때부터 들떠 있던 분위기는 막이 오르기도 전인데 폭발 지경이다. 벌써 추가 공연 얘기가 나오고 당장 오늘 뒤풀이는 어디서 하면 좋겠느냐며 장소 정하기에 바쁘다.

의상과 분장은 이미 점검이 끝났다. 무대에서의 동선도 머릿속에 플로차트화 되어있다. 소품과 무대배경 장치를 숨겨놓은 윙으로 올라섰다. 이제 연출자의 신호만 기다리면 된다. 연습 때마다 스타니슬라프스키의 메소드 연기론을 부르짖던 연출자의 목소리가 들려오는 것 같다.

"배우는 자신이 연기하는 인물과 자신을 동일화시켜야 해. 인물의 감정에 완벽하게 몰입해서 역할을 자연스럽게 표현해야 한다는 얘기지. 그래야 진정한 연기가 나올 수 있어. 연기가 아닌 연기, 그게 바로 진짜 연기야."

나는 오늘 연극의 주인공인 '의문의 여인 K'가 되어야 한다. 내가 아닌 그녀가 되기 위해 3개월을 꼬박 쏟아부었다. 마지막으로 대본을 훑어본다. 얼마나 많이 봤던지 모서리가 너덜너덜해졌다. '앞으로 어떻게 살아가야 할지 고민하고 있어.'라는 첫 대사를 입안에 머금고 숨을 깊이 들이마신다.

연출자의 신호를 받고 무대로 걸음을 옮긴다. 무대 한가운데로 올라오는 나를 따라 조명이 켜진다. 온전히 나만을 위해 비추는 조명이다. 관객들의 시선도 온전히 내게로만 향한다. 이제 첫 대사를 떼어야 한다. 연습하던 대로만 하면 된다. 아니다. 지금 나는 '의문의 여인 K'가 되어야 한다. 그러면 희곡의 지문이나 대사 따위 깡그리 잊어버려도 스스로 움직여 말을 할 수 있다. 나는 내가 '의문의 여인 K'인 것처럼 믿으려고 안간힘을 썼다. 그러나 그러면 그럴수록 '나'와 '의문의 여인 K'는 분리되었다. 지금 나는 어떤 말을 해야 할지, 어떤 몸짓을 해야 할지 알 수가 없다. 온몸의 근육이 빳빳하게 굳어가고 있다. 부옇게 보이는 객석에서 야유가 들려온다.

이건 현실일 수 없다. 꿈이다. 꿈이어야 한다. 간혹 꿈속에서 꿈이라는 걸 알아차릴 때가 있다. 지금이다. 기억하고 싶지 않은 기억이 꿈을 뒷배 삼아 스멀스멀 기어 나온 거다. 기억은 물을 머금은 스펀

지다. 멀쩡한 척하고 있지만 손가락으로 누르면 어김없이 물이 배어 나오는 고약한 놈이다.

나의 무의식은 꿈과 현실의 경계선을 넘어서기 위해 안간힘을 쓴다. 그 가느다란 선을 넘는 데는 도움이 필요하다. 다행히 누군가 내 어깨를 흔들어준다. 무의식이 경계선을 넘어 의식을 되찾는다. 동공이 열리며 현실이 모습을 드러낸다. 은은한 소독약이 번지는 1인용 병실 안, 췌장암 말기인 남편이 맞은편 침대에 누워있다. 나는 비로소 안심한다. 외면하고 싶은 현실이라고 생각하면서도 꿈보다 마음이 놓이는 걸 보면 지금의 상황에서 도망치고 싶다는 생각은 푸념에 지나지 않는지도 모르겠다. 소파 깊숙이 몸을 기댄다. 꿈에서 바짝 곤두섰던 신경이 현실의 빛을 받으며 느슨해진다. 경직되어 있던 근육이 천천히 이완된다. 문득 시선이 느껴진다. 나의 어깨에 팔이 닿을락 말락 한 거리에서 아이가 표정 없는 눈으로 나를 바라보고 있다. 남편의 딸이다.

"아빠가 이상해요."

입가에 흘러내린 침을 닦으며 몸을 일으켰다. 읽다가 잠들었던 책이 무릎에서 바닥으로 굴러 떨어졌다.

남편은 아까와 특별히 달라 보이지 않는다. 눕혀줬던 그 자세 그대로 누워있다. 방사선 치료로 몇 가닥 남지 않은 머리카락이 선풍기의 가느다란 바람에 힘없이 쓰러진다. 무엇을 보고 있는지 좀처럼 가늠할 길이 없는 초점 잃은 눈동자는 황달을 만나 노랗다 못해 누렇기까지 하다. 어린애만큼이나 가늘어진 팔다리에는 뼈와 가죽 사이의 공간을 버티지 못한 보랏빛 살이 축축 늘어져 있다. 복수가 차서 맹꽁이처럼 부어오른 배도 그대로이고, 군데군데 탈지면을 붙여놓은 욕창도 변함이 없다. 콧구멍 가까이에 손가락을 대어본다. 가늘지만 따스한 김이 나온다. 반쯤 벌리고 있는 입에 귀를 대어본다. 호흡은 거칠지만 규칙적이다. 남편은 아직 나와의 약속을 지킬 때가 아닌 게 분명하다.

"괜찮은 것 같은데?"

"아뇨. 달라요."

"뭐가?"

"얼굴빛이……."

가만히 아이의 다음 말을 기다린다. 아이는 남편의 얼굴을 물끄러미 들여다보고 있다. 그 눈빛은 마치 오랜 세월 모진 풍파를 겪고 이제 안정기에 접어든 중년의 여인처럼 느껴진다. 지난 6년간 나를 괴롭힌 눈빛이다. 모든 걸 다 이해하고 있는 듯한 그런 눈빛 말이다.

"엄마가 돌아가실 때도 이랬어요."

'엄마'라는 단어에 움찔했다. 아이가 나와 함께 살기 시작하면서 단 한 번도 입 밖으로 꺼내지 않은 단어였다. 아이는 나를 엄마라고 부르지 않는 대신 죽은 엄마에 대한 얘기도 꺼내지 않았다. 아마도 '엄마'라는 단어를 스스로에게 절대 사용해서는 안 되는 금기어로 등록시켜놓고 엄격한 법률을 지키듯 노력하는 것 같았다. 나는 무의식중에라도 아이가 그 금기를 깨주기를 바랐다. 그런데 막상 금기가 깨지고 나니 당황스럽기 그지없다. 당황스러움을 감추려고 남편의 얼굴로 시선을 돌렸다. 죽어가는 자의 얼굴빛을 짐작한다는 건 죽어가는 자의 마지막을 본 사람만이 할 수 있는 일이다. 그건 생명을 가진 자가 할 수 있는 가장 고통스러운 일이기도 하다. 아직은, 남편의 얼굴에서 죽음의 그림자를 만나고 싶지 않다. 어쨌든 지금 이 순간 분명한 건 남편이 숨을 쉬며 살아있다는 사실이다. 약속은 유효하다.

아이를 향해 어깨를 으쓱해 보였다. 어색하지만 입꼬리를 올려 웃어도 보였다. 아이는 그제야 안심을 하는 눈치이다. 엄마의 죽음을 바로 눈앞에서 지켜보며 느꼈던 자신의 직감보다 내 제스처를 믿고 안심하는 아이의 행동이 믿기지 않지만, 여하튼 다행이다.

아이는 들릴 듯 말 듯 가느다란 숨을 뱉으며 보조의자에 앉아 책을 펴들었다. 알록달록한 포장지에 싸여져 있는 저 책은 제목을 알수가 없다. 병원에 온 뒤로 아이는 저 책을 손에서 떼지 않고 있다.

남편이 췌장암에 걸렸다는 사실을 안 건 3개월 전이었다. 그때 나는 모텔에서 지내고 있었다. 나의 줄기찬 이혼 요구에도 싫다, 좋다 대답이 없는 남편에게 보란 듯이 이혼 서류를 던져놓고 나온 터였다. 모텔에 머무는 두어 달 동안 남편은 생활비 통장에 돈을 넣어주었다. 평소의 생활비와 같은 금액이었다. 아직 이혼을 결정하지 않았기 때문이었는지, 아니면 마음이 풀리면 다시 들어오라는 뜻이었는지 판단이 서지 않았다. 이제는 오히려 내 쪽에서 전화를 걸고 싶은 심정이었다. 조바심이 빠짝 달아오를 즈음, 남편으로부터 전화가 걸려왔다. 나는 혹시 끊어질까 봐 두 번의 벨소리가 채 울리기 전에 통화 버튼을 눌렀다.

남편의 목소리는 언제나처럼 차분했다. 췌장암 말기 판정을 받았고, 수술로도 항암치료로도 살아날 방법이 없으며, 길어야 반년 정도 살 거라고 했다. 남편이 시한부 인생을 살게 될 거라는 얘기에 내 마음이 어땠는지는 잘 기억나지 않는다. 조금 놀랐던 것도 같고 당혹스럽기도 했던 것 같다. 그보다는 어떻게 저런 얘기를 남의 얘기 하듯이 덤덤하게 할 수 있는지 소름이 돋았던 것 같다. 남편과 같이 살 수 없는 이유가 바로 그 덤덤함 때문이었다. 내가 아무리 하소연을 해도 악다구니를 퍼부어도 남편은 미동도 하지 않았다. 남편은 숨을 쉬는 화석 같았다. 일체의 감정이 돌처럼 굳어버려 무엇에도 반응할 줄을 몰랐다. 화석에 부딪혀 돌아오는 메아리에 나는 미칠 것만 같았다.

"그래서요?"

"……."

"내가 병수발이라도 들어주길 바라는 거예요?"

나의 목소리에는 가소로움과 빈정거림이 가득 담겨 있었다. 이런 것에 흔들릴 남편이 아니었다.

"6개월이야. 그것만 버티면 당신이 미망인이 된다는 얘기야. 이혼녀가 되는 것보다는 미망인이 되는 게 살아가는 데 불편함이 적을 거야."

맞는 말이다. 이혼녀로 산다는 게 얼마나 불편한 일인지 모를 리 없다. 여덟 살 때부터 이혼녀의 딸로 살아온 내가 아닌가. 엄마는 아빠의 상습적인 폭력으로부터 나를 지키기 위해 이혼을 선택했다. 두 분의 결혼생활이 긍정적이지 못한 결과물로 끝난 건 전적으로 아빠의 책임이었지만, 엄마를 보는 사람들의 시선은 곱지 못했다. 이혼녀의 딸인 내게도 그들이 정해놓은 틀에 박힌 편견에 앵글을 맞추고 바라봤다. 사람들은 자신들이 정상이라고 정해놓은 삶의 방식에서 조금이라도 이탈하는 사람들을 별개 취급한다. 다수가 살아가는 방법이 반드시 정당하고 옳다는 증거도 없으면서 말이다. 그런데 더 웃긴 건 이혼녀의 딸로 살아온 나 역시 그들과 다르지 않다는 것이다. 나는 내가 이혼녀를 보며 가지는 편견을 고스란히 받게 될 생각만으로도 등에 진땀이 흘렀다. 이혼녀라는 꼬리표를 달고 사는 것보다는 남편 병간호하다가 홀로 된 가여운 미망인이 여러모로 이득일 것이다. 위자료보다는 상속받는 재산이 더 많기도 할 것이다. 물론 여기에는 남편의 딸을 책임져야 한다는 책임이 따를 것이다.

나는 대단한 호의를 베풀어주셔서 눈물 나게 감사하다고 이죽거리며 전화를 끊었다. 그리고 그날 저녁 집으로 들어갔다. 남편의 약속을 믿기 때문이었다. 남편은 절대 함부로 약속을 하는 사람이 아니었다. 그리고 약속을 내뱉은 이상 반드시 지키는 사람이었다. 나는 남편이 내게 처음으로 한 약속을 잘 지켜 주리라는 믿음이 있었다.

아직은 남편이 약속을 지킬 때가 아니다. 남편과의 약속은 아직 3개월이나 남았다. 내게도 약속을 받아들일 마음의 준비가 필요하다. 아직은 이르다.

소독약을 꺼냈다. 골반 부위의 욕창이 심하다. 뼈가 튀어나와 침대를 계속 누르고 있는 데다 빳빳한 바지 허릿단의 고무줄이 닿으면서 가뜩이나 짓무른 살을 더 문드러지게 하는 것 같다. 퀴퀴한 냄새가 나는 고름이 살과 밴드 사이에 들러붙어있다. 욕창은 서로의 상처를 보듬어주지 못하고 방치하다 썩어버린 우리의 결혼 생활을 닮았다. 내 몸 마디마디에서 욕창의 통증이 느껴진다. 고름이 흐르는 부위를 소독하고 탈지면을 대어주었다. 몸을 반대편으로 돌려주는데 남편이 인상을 찌푸렸다. 갑자기 허기가 밀려온다. 아이에게 낮에 사다놓은 롤 도시락을 주고 병실을 나섰다.

한차례 손님들이 휩쓸고 지나간 지하 식당은 한산하기 그지없다. 오늘 메뉴는 제육볶음이다. 매콤한 냄새가 입안에 침을 한가득 고이게 한다. 스테인리스 통에 남아있는 제육볶음을 욕심껏 긁어 식판에 담아 사람이 모여 있지 않는 곳에 자리를 잡고 앉았다. 숟가락질이 빨라진다. 병원에 온 후로 아이와 함께 식사를 하지 않는다. 죽어가는 남편 앞에서 환자용으로 나온 식사까지 게걸스럽게 먹어치우는 나를 보며 남편의 딸이 짓던 표정을 잊을 수가 없다. 아이의 눈빛은 나를 측은해하고 있었다.

밥을 먹으면서도 허기를 느낀 건 엄마가 돌아가시고 난 뒤부터였던 것 같다. 미성년자였던 내가 갈 곳은 십여 년간 한 번도 만난 적이 없는 아빠뿐이었다. 그러나 이미 다른 가정을 꾸린 아빠는 나를 외면했다. 나는 더 이상 아빠에게 딸일 수 없었다. 누구의 딸일 수도 없고 누구의 언니나 동생일 수도 없었던 나는 허전함을 밥으로 채웠다.

그런 내게 연극배우라는 직업은 일종의 생존본능 같은 거였는지도 모른다. 연극에 출연하는 모든 배우들에게는 크든 작든 배역이 주어진다. 나는 '거리를 지나가는 여자 A', '백화점 손님 3' 등의 배역을 맡으며 비로소 내가 해야 할 역할을 찾을 수 있었다. 그러나 그것도 잠시였다. 누구나 할 수 있는, 누가 해도 상관없는 배역은 다시 허기를 느끼게 했다. 주머니는 늘 비어있었고, 그걸 확인할 때마다 배가 고팠다. 주린 배를 채워줄 연기에 대한 열정도 부족했다.

그렇게 몇 해를 연극배우라고도 할 수 없는 연극배우로 지내고 나서야 이름을 기억할 수 있는 배역을 맡았다. '의문의 여인 K'라는 배역이었다. 그러나 대사 한 마디 못 뱉고 무대를 망쳐버렸다. 관객들은 야유를 쏟아내며 극장을 빠져나갔다. 텅 빈 무대 위에 덩그러니 앉아있는 내게 연출자가 다가왔다. 별다른 경험도 없는 내게 실오라기처럼 보이는 가능성 하나만 믿고 배역다운 배역을 맡겨준 고마운 분이었다. 화끈거리는 얼굴을 참을 수 없어 바닥만 쳐다보고 있었다. 연출자의 깊은 한숨이 무대에 울렸다. 화를 내는 것조차 아까웠던 모양이었다.

연출자는 무대 난간에 책 한 권을 올려놓고 나갔다. 러시아의 연출자이자 배우였던 스타니슬라프스키의 연기론이 담긴 〈배우 수업〉이라는 책이었다. 배우가 맡은 역할 그 자체가 되어야만 진실하면서도 살아있는 연기를 할 수 있다는 메소드 이론에 밑줄이 그어져 있었다. 내가 무대를 망친 건 긴장 때문이 아니라 배역에 몰입하지 못한 탓이었다.

다음 공연에서 배역은 교체되었고 나는 책을 다 읽은 후에도 배역에 몰입할 기회를 얻지 못했다. 다시는 어떤 연출자도 내게 배역을 맡기지 않았다.

허기진 내게 배역을 맡긴 건 지금의 남편이었다. 아내를 교통사고로 잃고 여덟 살짜리 딸을 키우고 있던 남편은 당황스러울 만큼 솔직했다. 아직 아내를 잊지 못했고, 자신에게는 아내보다 아이를 키워

줄 좋은 엄마가 필요하다고 했다. 그 솔직함이 싫지 않았다. 아내를 잊지 못하는 게 당연할 거라고 생각했다. 싫어서 헤어진 것이 아니라 사고로 죽었으니 쉽게 잊힐 리 만무했다. 아내보다 아이의 엄마가 더 필요하다는 말에도 공감했다. 오퍼상을 하고 있어서 해외출장이 잦았던 남편은 아이를 큰엄마에게 맡겨놓고 걱정이 많은 눈치였다. 지나치게 솔직하면서도 과장 없이 덤덤한 남편의 말과 태도에 깊은 신뢰가 느껴졌다. 나는 '좋은 엄마' 역할은 물론이고, 남편이 맡기지 않은 '좋은 아내'라는 역할까지도 잘 해내겠다고 스스로에게 다짐했다. 새로운 배역을 맡은 나는 먹지 않고도 포만감을 느꼈다.

　결혼식 날, 신부 대기실에서 스타니슬라프스키의 〈배우 수업〉을 읽었다. 새로이 맡게 된 한 남자의 아내요, 아이의 엄마라는 배역에 몰입할 준비를 위해서였다. 스타니슬라프스키는 배역에 몰두하고 싶다면 상상력을 발휘해야 한다고 했다. 희곡에 간략하게 나오는 등장인물의 과거를 바탕으로 현재와 미래를 상상하란다. 자기가 맡은 배역이 어떻게 살아왔는지, 그것이 지금의 그에게 어떤 영향을 미쳤는지, 미래는 어떻게 될 것인지 희곡의 지문에 나와 있지 않은 숨어있는 뜻을 이해해야만 자연스러운 연기가 표출된다는 것이다. 결혼식장의 레드카펫을 걸어가며 나는 상처투성이였던 내가 한 남자와 아이로부터 치유될 미래를 상상했다.

　여섯 해의 시간이 지난 지금 나는 다시 허기가 진다. 숟가락이 계속 입속으로 음식을 밀어 넣어도 허기는 쉬이 채워지지 않는다. 남편을 볼 때마다 생각할 때 마다 더욱 더 허기가 느껴진다. 먹어도 먹어도 배가 부르지 않는다. 마음을 주지 않는 사람을 품고 살자니 끊임

없는 에너지가 필요했다. 이제 그 짓을 그만두려고 하니 다시 그만큼의 에너지가 필요하다.

　나는 더 이상 먹을 수 없을 지경이 되어서야 숟가락질을 멈추었다. 테이블을 닦고 있던 식당 종업원이 이상스레 바라보는 걸 모른 체하며 식당을 나왔다.

　복도를 지나가는데 반대편에서 의사들이 몰려오고 있다. 저녁 회진 시간이다. 서둘러 병실로 들어갔다. 아이는 도시락에는 손도 안 댄 눈치다. 트림이 나오려는 걸 가까스로 참으며 의사의 진찰을 기다렸다. 의사는 별다른 말이 없다. 더 이상 치료할 것도 없고 그저 죽음을 기다리는 일만 남았다는 걸 서로 알기 때문이다. 이 상황이 되면 무언가를 묻고 답하는 게 무의미하다. 의사는 뒤따라온 인턴에게 몇 가지 처방을 지시하고는 사라졌다.

　의사의 뒷모습을 보는 아이의 얼굴에 화색이 돈다. 아이가 제일 무서워하는 건 아마도 마음의 준비를 하라는 말일 것이다. 일곱 살에 엄마를 교통사고로 잃고 이제 아빠까지 잃게 될 아이의 심정은 어떨지. 더욱이 자기를 좋아해주지 않는 새엄마와 남게 될 심정은 어떤 것일지. '너는 내 결혼생활의 가해자'였다는 말을 마음에 품고 사는 새엄마의 심정을 안다면 아이는 어떤 반응을 보일지.

　신혼여행에서 돌아온 지 일주일쯤 지났을 때였다. 아침부터 쏟아지던 폭우가 밤까지 이어졌다. 섹스를 마친 뒤 남편의 팔베개를 하고 나른한 잠에 빠져들고 있었다. 갑자기 방문을 두드리는 소리가 들렸다. 남편의 딸이었다. 집을 박살낼 것처럼 요란하게 쳐대는 천둥

번개에 놀란 아이가 문 앞에 서서 아빠를 부르고 있었다. 남편이 옷을 여미며 침대에서 일어났다. 발걸음을 떼려는 남편의 팔목을 잡았다. 남편은 잠시 망설이는 듯하더니 내 손을 뿌리치고 문을 열었다. 남편은 아이를 안아 침대에 눕혔다. 아이는 내가 베고 있던 팔베개를 꿰차고 새록새록 잠이 들었다.

그날 이후로도 아이는 종종 방문을 두드렸다. 남편은 사정을 하기 직전의 순간에도 아이의 목소리가 들리면 옷을 추슬러 입고 나갔다. 남편에게 나는 안중에 없었다. 나는 남편이 사라진 침대 위에 발가벗은 몸으로 홀로 누워 주책없게도 쉽게 가라앉지 못하고 있는 몸뚱이를 달래며 눈물을 흘렸다.

나는 결국 아이에게 차마 해서는 안 될 말을 하고 말았다.

"아빠와 엄마 사이를 방해하지 마."

내가 내뱉은 말이 너무 민망해서 아이와 눈을 마주칠 수가 없었다. 겨우 여덟 살밖에 안 된 아이는 무얼 알아들었는지 다시는 그러지 않겠노라는 약속을 했다. 그 후 아이는 단 한 번도 방문을 두드리지 않았고, 나는 내가 맡은 배역과 삐걱거리기 시작했다.

아이는 다시 책을 읽고 있다. 포장지에 쌓여있는 책처럼 아이의 속을 들여다 볼 수가 없다. 아이도 내게 보여줄 생각이 없어 보인다.

면회 시간이 거의 끝날 때가 되어 청주에 사는 손위 시아주버님 내외가 찾아왔다. 형님은 병실 문을 들어서면서부터 '아이고'를 연발하며 나오지도 않는 눈물을 짜냈다. 동생의 투병 소식을 알고 처음 오는 병문안이 무안해서였을까? 시아주버님이 사업에 실패해서 청주로 내려갈 때까지 문턱이 닳도록 드나들던 형님이었다. 수시로 찾아와 수시로 다른 이유를 대며 남편에게 돈을 받아가던 형님이었다. 누가 볼까 두려워 냉큼 문을 닫았다. 1인실인 게 어찌나 다행인가 싶다. 형님은 치매에 걸린 시어머님 때문에 좀처럼 서울 올라오기가 힘들었다는 말을 하고 또 했다. 몇 차례 혼자 올라와 동생의 상태를 보았던 시아주버님은 피우지도 못할 담배를 꺼내 입에 물었다가 떼기를 반복했다.

나와 아이는 누가 먼저라고 할 것 없이 주춤주춤 뒷걸음쳤다. 소파에 사이좋은 모녀처럼 나란히 앉은 우리는 누워있는 남편을 붙들고 한바탕 푸닥거리를 하는 형님을 재미없는 TV 프로그램 시청하듯 구경했다. 우리 둘 사이에 유일하게 마음이 맞는 게 있다면 모든 일에 유난스러운 형님을 심드렁하게 구경하는 것이리. 그나저나 남편은 저들의 말을 알아듣고 있기나 한 건지 모르겠다. 초점 없는 눈동자가 나를 향하고 있다. 묻고 싶다. 도대체 당신이 내게 원하는 것이 무엇인지, 나를 이 상황에 빠트려 놓은 이유는 무엇인지 속 시원히 말해 줄 수는 없느냐고.

형님의 푸닥거리는 목구멍에서 쇳소리가 나고서야 일단락되었다. 형님이 여전히 나오지 않는 눈물을 훔치며 우리를 향해 다가왔다. 형님의 눈짓에 시아주버님이 헛기침을 하며 병실 밖으로 나갔다. 미리 동선을 짜놓은 배우들처럼 아귀가 딱딱 맞아떨어졌다. 형님은 보조의자를 끌어와 우리 앞에 앉더니 사들고 온 오렌지 주스 캔을 따서 단숨에 들이마셨다. 입가에 오렌지 알갱이가 묻은 형님의 표정은 비장하다고밖에는 표현할 길이 없다.

형님은 준비해온 대사를 차근차근 풀어냈다. 이제 겨우 서른 중반
도 안된 젊디젊은 나를 과부로 만들게 생겼으니 어쩌겠느냐는 걱정
으로 시작해서 결혼식 때 말고는 한 번도 만나지 않은 친정 식구들
에게 죄송해서 어쩌냐는 배려의 인사까지 두루두루 챙겼다. 형님이
언제 이렇게 남의 마음을 헤아리고 장래까지 염려해주는 분이었는
지 당최 모를 일이다. 하마터면 웃음이 튀어 나올 뻔했다.

나는 산 사람은 어떻게든 살지 않겠냐는 형식적인 대답을 했다.
순간 형님의 눈알이 좌우로 빠르게 움직였다. 남편에게 돈을 타내갈
때와 같은 눈빛이었다. 형님은 아이의 손을 덥석 잡았다.

"동생, 해주는 내가 데려갈게. 윤씨 새끼, 윤씨가 거두는 게 당연
한 거니까. 자네도 그게 좋을 거야. 새파랗게 젊은데 아이만 바라보
고 혼자 살라고도 할 수 없고. 우리 식구가 그렇게 양심 없는 사람
들은 아니거든. 해주, 너도 같은 피붙이 품에서 사는 게 좋을 거다.
그러냐, 안 그러냐. 응?"

형님 내외가 아이를 탐내는 이유는 두 가지일 거다. 하나는 남편이
남기게 될 재산이 탐나서일 테고, 또 하나는 시어머님의 치매 수발
을 도와줄 말 잘 듣는 손길이 필요해서일 거다.

아이는 대답 대신 형님이 잡은 손을 빼내려 했다. 형님은 눈치도
없이 아이의 손을 틀어쥐고 큰집에서 아이를 키워야 하는 이유를 쉴
새 없이 반복했다.

형님이 침을 튀며 자신의 감정을 고조시킬수록 아이는 내게로 몸
을 밀착시켰다. 나는 몸을 옆으로 움직여 비켜줘야 할지 그대로 있
어야 할지 망설였다. 형님의 지껄임 따위는 들리지 않았다. 지금 아

이는 두려워하고 있는 게 분명하다. 내 왼쪽 허벅지와 맞닿은 아이의 오른쪽 허벅지의 경련이 느껴진다. 아이가 형님에게 붙잡히지 않은 반대편 손으로 허벅지 옆에 놓인 내 손을 잡으려 하고 있었다. 두려움을 참아내려는 안간힘일 것이다. 하지만 나는 아이의 손을 잡을 수가 없다. 나는 이때까지 아이의 손을 단 한 번도 잡아본 적이 없다. 아이가 다가올 때 나는 어떻게 해야 하는지 모른다. 잡힌 그대로 손가락을 펴지 않은 채 가만히 있는 게 현재 내가 할 수 있는 최선이다. 아이는 내 새끼손가락을 잡은 채 형님이 잡고 있는 손에서 나머지 손을 빼냈다.

형님은 끝내 아이에게서 원하는 답을 얻지 못한 채 일어섰다. 형님은 자신의 배역에 완전히 몰입해서 연기했지만 관객의 마음을 움직이는 데는 실패했다. 그건 진심이 결여된 연기였기 때문이다. 남의 연기를 평가할 수 있는 것만큼 내 연기도 객관적으로 바라볼 수 있다면 얼마나 좋을까.

지금 이 시간에 빈 모텔이 있을까를 걱정하며 병실을 나서는 형님의 발걸음이 유독 느렸다. 모텔비를 쥐어드릴까 망설이다 관뒀다. 형님과 시아주버님은 지갑도 없이 터덜터덜 엘리베이터까지 따라온 내 인사를 받는 둥 마는 둥 하고 사라졌다.

면회 시간이 끝나면서 병동은 썰물 빠져나간 해안가처럼 조용해졌다. 물기를 품은 모래에는 건강한 사람들의 생기가 담겨있다. 이 촉촉함이 건조한 공기에 얼마간 가습기 역할을 해줄 것이다. 모래가 말라버리기 전에 내겐 분명히 해결해야 할 과제가 남아있다. 마음이 바쁘다. 병실로 뛰어갔다. 다행히 남편은 그대로였다.

병실에는 다시 침묵이 흘렀다. 여태껏 아무렇지 않게 느껴졌던 침묵이 아무렇지가 않다. 내 손바닥에는 아직도 땀이 흥건하게 맺혀있다.

"어떻게 할래? 네가 하자는 대로 할게."

우린 보조의자에 나란히 앉아 남편을 보고 있다. 서로의 눈빛을 볼 수가 없다.

"청주에 가서 살게요."

"큰댁에 가면 예전처럼 살 수 없을 거야. 넌 친척이지 딸이 아니니까. 어쩌면 할머니의 치매 수발을 들게 될지도 몰라. 아니, 틀림없이 그게 네 몫이 될 거야."

"그럴 거라고 생각해요. 그래도…… 어쩔 수 없어요."

"왜 꼭 그런 선택을 해야 해? 나랑 사는 것보다 그게 나을 것 같아서?"

나는 끝까지 고개를 돌리지 않고 말했다.

아이도 마찬가지였다.

"다시는 그러면 안 될 것 같아서요."

다시는 그러면 안 될 것 같아서……란다.

다시는 아빠와 엄마가 자는 방문을 두드리지 않겠다고 약속한 아이는 정말 다시는 그러지 않았다. 열이 올라 이마가 불덩이가 된 밤에도 아이는 혼자 끙끙 앓았다. 남편이 바보같이 왜 안 깨웠냐고 물어도 아이는 소리 없이 미소를 지을 뿐이었다. 나는 모른 체했었다. 그렇게 엄마의 역할을 방관했다. 그러면서도 다가오지 않는 아이를 원망하고 미워했다. 한 번도 내가 먼저 손을 내밀어 잡은 적이 없다.

그런데도 남편은 아이를 내게 남길 계획인 거다. 그의 심보를 알 수가 없다.

읽다 만 〈배우 수업〉을 펼쳐 들었다. 도대체 무슨 정신으로 이 책을 병원까지 가져왔는지 모르겠다. 아마 이혼을 결심하고 집을 나올 때 싼 짐 속에 들어있었던 것 같다. 그 짐을 다시 병원으로 끌고 오면서 따라왔으리.

이 책을 다시 꺼내 보리라고는 생각지 못했다. 연극배우를 그만두고 결혼하면서 다시는 필요 없을 거라 여겼었다. 그런데도 어쩐지 버릴 수가 없어서 책꽂이에 꽂아두었었다. 그러고 보니 남편의 서재에도 같은 책이 꽂혀있었다. 남편의 〈배우 수업〉에는 페이지마다 손때가 묻어있었고 중요한 연기 수칙마다 줄이 그어져 있었다. 남편은 그 책을 정독한 게 분명했다.

생각해보면 남편은 내게 끊임없이 배역을 준 연출자였다. 연기력이 검증되지 않은 무명의 배우에게 테스트 한 번 없이 선뜻 자신과 딸을 맡겼었다. 그 '선뜻'이란 말에는 분명 내가 잘 해내리라는 신뢰가 실려 있었을 것이다. 아니, 어쩌면 그보다 더한 감정이 깔려 있었을지도 모른다. 선을 보던 날, 내가 남편에게 나를 전적으로 맡길 수 있었던 그 마음과 같은 것이, 혹은 남편의 투병 소식에 비웃음을 흩날리면서도 꾸역꾸역 집으로 기어들어갔던 마음과 같은 것이…….

나는 남편이 준 배역을 능숙하게 해내지 못했다. 몰입하지 못했기에 연기는 늘 겉돌았고 서툴렀다. 배역에 대한 불만도 끊이질 않았다. 남편은 내가 겪는 배역의 고충을 덜어주기 위해 무던히도 노력해주었다. 남편으로서 아내에게 기대어야 할 몫을 스스로 해결했고,

아내에게 맡겨야 할 아이를 손수 챙겼다. 그런데도 내 연기력이 나아지지 않자 새로운 배역을 맡겼다. 누구의 무엇이 아닌 '여자'라는 배역이었다. 남편은 정관수술을 풀었다. 딸에게 배다른 형제를 만들어주고 싶지 않아했던 남편으로서는 큰 결정이었을 것이다. 나는 새 역할에도 몰입하지 못했다. 남편의 변화를 믿지 못해 비아냥거리며 괴롭히다가 끝내 유산을 하고 말았다. 나는 점점 지쳐갔다. 더는 내게 어울릴 만한 배역이, 해낼 수 있는 배역이 없을 것 같았다. 방법은 무대에서 퇴장하는 것뿐이었다. 나는 남편의 의사와 상관없이 내 맘대로 이혼서류를 작성했다.

이런 이기적인 나를 누구보다도 잘 아는 남편이 다시 한 번 기회를 주려고 한다. 자신을 증오한다고 악다구니를 퍼부어대는 내게 자신이 가장 사랑하는 딸을 남겨주고 떠나려 하고 있다. 남편은 분명 내가 남편의 딸을 좋아하지 않는다는 것도 알고 있다.

어쨌든 이번 배역은 나 스스로 해결해야 한다. 더는 남편이 간섭할 수도, 도와줄 수도 없을 테니까. 배역을 맡을지 안 맡을지 그 선택권도 전적으로 내게 있다. 이번만큼은 모든 것을 내 스스로 결정하고 책임져야 한다.

툭, 아이의 무릎에서 책이 떨어졌다. 잠이 든 모양이다. 기울어지는 몸을 침대 가장자리에 엎드리게 한 후 떨어진 책을 주우러 무릎을 굽혔다. 순간, 내 눈을 의심하지 않을 수 없었다. 알록달록한 포장지에 싸여 제목을 알 길이 없었던 그 책은 남편의 손때가 묻은 스타니슬라프스키의 〈배우 수업〉이었다. 아이가 읽고 있던 페이지에 누가 했는지 모를 빨간 밑줄이 그어져 있었다.

"만약 당신이 배역에 완벽하게 몰두하고 싶다면 상상력을 발휘해야 한다. 희곡에 간략하게 나오는 등장인물의 과거를 바탕으로 현재와 미래를 상상하라. 그 등장인물이 어떻게 살아왔는지, 그것이 지금의 그에게 어떤 영향을 미쳤는지, 미래는 어떻게 될 것인지를 상상해보면 희곡의 지문에 나와있지 않은 숨어있는 뜻을 이해할 수 있다. 그래야만 배역과 일치되는 자연스러운 연기가 표출될 수 있다."

아이는 대체 이 책을 왜 읽고 있었던 걸까? 혹시 이 책을 읽으며 메소드 연기를 하고 있었던 건 아닐까? 일곱 살 어린 나이에 교통사고로 엄마를 잃은 해주라는 아이가 아빠가 맞이한 젊은 새엄마와 함께 살면 어떤 모습의 딸로 살게 될지를 상상하고, 아빠마저 잃게 되는 순간에는 어떻게 연기해야 할지를 상상한 건 아닐까? 그래서 아이가 내린 결론이 새엄마 대신 끔찍스럽게 싫어하는 큰엄마를 선택한 거였다면?

만약 그랬다면 우리는 스타니슬라프스키의 연기론을 제대로 이해하지 못한 것이다. 스타니슬라프스키가 말한 '역할에 몰입하기 위한 상상력'은 본인의 역할에만 해당하는 게 아니다. 상대 역할을 충분히 이해하고 거기서 느낀 감정을 전달해야 한다. 그래야 상대 역할이 반응을 보이며 교감이 이루어진다. 바로 이 교감이 이루어지는 순간, 자신이 그리고자 하는 인물에 도취될 수 있다.

그런데 우리는 각자 자기 자신의 배역만 상상했다. 상대 역할의 마음을 헤아리지 못했다. 나를 어려워하면서도 곧 떠나게 될 아빠를 대신해 의지할 유일한 사람으로 생각하는 아이의 마음을 헤아렸다면, 나는 큰어머니를 피해 내 옆으로 바싹 다가오는 아이의 손을 잡아줬어야만 했다. 아니 아니, 남편의 전화를 받고 모텔에서 돌아오던 날 나를 보고 희미하게 웃던 아이의 미소에서 나를 필요로 하고 있다는 걸 알아챘어야 했다. 아이 역시 내 마음을 상상했어야 했다. 남편의 아내, 딸의 엄마라는 배역을 제대로 소화해내지 못하고 무대를 내려와야 하는 내 좌절감을 상상했다면 큰어머니 대신 나를 선택해줬어야 한다.

아, 이렇게 연기 못하는 배우들을 두고 떠나야 하는 남편은 어떤 생각을 하고 있을지. 헛웃음만 나올 뿐이다.

두어 시간이 지났을까. 잠든 줄 알았던 남편의 호흡이 갑자기 가빠졌다. 몸을 들썩이며 힘겨운 숨을 토해내는 남편의 얼굴빛이 메말라가고 있다. 썰물을 담고 있던 젖은 모래가 서서히 말라가듯이 습기가 빠르게 거둬지고 있다. 죽음이 드리워지는 얼굴빛이다.

보름 전부터 목소리를 내지 못했던 남편이 입을 열어 무언가를 말하려는 듯했다. 남편이 유언을 남길 게 있다면 나보다는 홀로 남게 될 어린 딸일 것이다. 아이의 등을 침대 맡으로 밀었다. 아이가 남편의 말을 들으려고 고개를 숙였다. 나는 뒤로 물러섰다. 왠지 그래야 할 것 같았다.

아이가 고개를 돌려 나를 보았다. 그리고 다시 남편에게 시선을 옮겼다. 믿기지 않게도 남편이 나를 찾고 있었다. 남편의 올라가지 않는 손이 욕창 난 골반 옆에서 꼼지락거렸다. 나를 찾고 있는 게 분명했다. 남편에게 다가갔다. 남편은 분명 나를 향해 무슨 말을 하고 있다. 남편의 윗니에는 아직도 녹지 않은 진통제 덩어리가 치석처럼 묻어있다. 입을 벌려 움직일 때마다 진통제 냄새가 풍겨 나온다. 남편의 입에 귀를 바싹댔다. 점점 가빠지는 호흡소리밖에 들리지 않는다. 다시 입 모양을 봤다. 바싹 메말라가는 보랏빛 입술이 가늘게 움직이다가…… 멈추었다.

의사가 남편의 동공을 확인하고 사망을 선언했다. 2012년 7월 3일 오후 10시 47분. 간호사가 사망 시간을 차트에 기입하고 남편의 팔에 꽂혀있던 링거 주사 바늘을 뽑아내자 푸르딩딩한 살 위로 채 한 방울도 못 될 피가 봉긋 올라왔다. 그 한 방울의 피가 남편의 생명이 종료되었음을 확인해주는 마침표 같았다.

남편은 꼭 지키겠다던 약속을 3개월이나 앞당겨 지켜주고 떠났다. 담담한 마음으로 보낼 수 있으리라 자신했고 장담했던 마음이 미세하게 흔들렸다. 병실 밖으로 이동되는 시신을 보는 아이의 어깨가 들썩이고 있었다. 나는 아이의 손을 잡았다. 무언가를 잡지 않고서는 서 있을 수가 없었다. 아이가 내 손을 거부할지도 모른다는 생각은 들지 않았다. 고맙게도 아이는 손가락을 활짝 펴 내 손에 깍지를 끼어주며 기대왔다. 그리고 참고 있던 울음을 터트렸다. 목구멍이 뜨겁게 타오르는 게 느껴졌다.

남편의 마지막 목소리가 어땠는지 입모양이 어땠는지 잘 기억나지 않는다. 남편은 내게 유언을 남긴 것도 같고 그렇지 않은 것도 같다.

기억나는 건 남편의 입에서 가늘게 풍겨오던 진통제 냄새뿐이다. 그 냄새면 한동안은 통증이란 걸 못 느끼고 살아갈 것도 같다.

바쁘다. 모텔에서 잠들어 있을 시아주버님께 전화도 드려야 하고, 집에 가서 남편의 영정으로 쓸 사진도 찾아와야겠다. 곧 문상객이 들이닥칠 것이다.

소설 부문 동상

비보호 좌회전

이선우

　나에게만 들리고 보이는 것처럼 느낄 때가 있습니다. 그것을 억지로 쟁여 놓고 싶지 않아 컴퓨터 앞에 앉게 됩니다. 그러나 그것들을 세상에 내놓기는 멀고도 어렵고 험난한 일이라는 걸 매번 뼈아프게 실감합니다. 아니, 이 말은 틀린 말입니다. 뼈아프게 소설 쓰기에 매달린 적이 얼마나 있었나! 이번 상을 받으며 반성하게 됩니다.

　적지 않은 나이에 앞으로 쭉 가야 하는가에 대한 망설임도 시시때때 찾아와 괴롭힙니다. 소설 쓰기가 막막할 때, 계속 소설을 붙잡고 있는 것이 겁나 손들고 싶을 때가 많습니다. 이 상이 한동안 이런 생각을 잠재울 수 있게 해줄 것 같습니다. 앞으로

도 보이고 들리는 이야기를 신명나게 쓸 수 있기를 간절히 희망해 봅니다. 그래서 많은 사람들과 공감할 수 있는 소설을 쓴다면 행복하겠습니다.

끝으로 문학상 관계자 분들께 감사드립니다.

비보호 좌회전

이 선 우

검은 승용차가 그녀의 뒤를 따라온다는 증거는 어디에도 없었다. 그런데도 그녀는 룸미러와 사이드미러를 통해 뒤차의 색을 불안하게 쫓고 있었다. 뒤에 따라오는 일련의 차들이 모두 그녀를 쫓아오는 듯 번뜩거렸다. 지나가는 반대 차선의 자동차 불빛도 섬뜩하게 느껴졌다. 복사기가 훑고 지나갈 때의 불빛처럼 오가는 모든 차에게 복사 당하는 기분이 들었다. 그래서 한 장의 종이로 남아 도로에서 스쳐간 익명의 운전자에게 표식으로 남는 것은 아닌지 두려웠다. 따라올 이유가 없어. 자신을 다독였다. 그러나 안 따라온다는 확신도 없었다. 갓 스물이 넘었을 녀석이 반말을 해대던 것도, 조금 늦게 비켜주었다는 이유로 화를 내는 것도 일반적이지 않았다. 차 번호라도 봐둘걸 싶었지만 이미 늦었다. 차는 계속 정체되었다.

　그녀가 남자를 발견한 것은 시끄러운 경적에 고개를 돌렸을 때였다. 남자는 갓 대학에 들어갔을 법한 앳된 얼굴에 비해 값이 꽤 나가는 검은색 승용차를 타고 있었다. 남자는 운전석 쪽 유리문을 내리고 상반신을 내밀어 소리를 내질렀다. 그녀는 생각이 많았고 갑작스러운 일이라 무슨 말인지 알아듣지 못하고 멍했다. 남자는 그녀가 나온 길로 우회전을 하기 위해 서 있는 듯 보였다. 거리는 공단에서 나오는 차와 고속도로로 향하는 차로 쌍방향 모두 정체가 심했다. 도로의 차들은 전조등을 켜기 시작했다. 방향지시등 신호음보다 그녀의 심장박동 소리가 더 빨라지기 시작했다.

　그녀는 언제나처럼 신호등이 없는 건널목 앞에서 비보호 좌회전을 위해 서 있었다. 신호등이 없지만 보행자 신호에 좌회전 진행을 당연하게 여기는 곳이었다. 그녀 역시 늘 그랬다. 만약 이곳에서 우회전을 하고 2킬로미터 후에 유턴을 한다면 앞으로도 한 시간은 거리에서 보내게 될 것이었다.

　빨리 빠져나가야 하는데. 그녀는 보행 신호를 두 번이나 놓치자 안절부절못하고 중얼거렸다. 양방향 모두 그녀의 차가 끼어들 간격이 나지 않고 계속 꼬리를 물었다. 약속한 시간이 넘어서고 있어. 승우는 어쩌지. 최 선생은 또 어쩌고. 제기랄, 순전히 원장 때문이야. 못된 성깔하고는. 그녀는 끝없이 중얼거렸다. 때마침 울린 휴대전화 때문에 중얼거림을 멈추었다. 최 선생이었다.
　"미안해요. 차가 막혀 꼼짝 못하고 있어요."

소설 부문 동상 | 비보호 좌회전　**139**

"이렇게 약속을 안 지키시면 곤란하죠."

"20분 안으로는 도착할 겁니다. 그때까지만 좀."

"야박하지만 20분 후에 승우 두고 갈 수밖에 없어요. 엄마 때문에 저도 어쩔 도리가 없어요."

휴대전화를 끊자 조급증이 더 심하게 올라왔다. 머릿속에서는 20분 후 혼자 남게 될 승우가 그려졌다. 깨지고 다치고 엉망이 되어있을 뻔한 상황이 떠올랐던 터라 남자의 차가 언제 그녀 자동차 옆구리에 들이대고 있었는지 감지하지 못했다. 남자는 그녀와 눈이 마주치자 손가락을 치켜 올려 운전석 유리문에 대고 삿대질을 해댔다. 그녀는 불안한 마음에 고개를 돌려 보행 신호를 바라보았다. 도로는 보행 신호가 떨어진다 해도 아직도 그녀가 끼어들어 좌회전할 틈이 보이지 않았다. 그녀는 남자도 도로 사정을 본 터라 설마 자신에게 뭐라 할 리가 없다고 생각했다. 순간 남자가 다시 상체를 내밀어 그녀에게 소리를 질렀다. 차 **빼요**. 차를 **빼야** 내가 우회전하지. 그녀는 심하게 뛰는 심장 쪽으로 손바닥을 몇 번 쳐 보이며 자신에게 하는 말인가를 되물었다. 남자는 흥분해 있었다. 왜 길을 막고 서 있는데. 여기 신호등 없는 것 몰라? 그 뒤로도 여러 말을 했지만 그녀는 두렵고 의아해서 정신이 몽롱해졌다.

"이봐요, 엄마 같은 사람한테 웬 반말이에요."

남자의 눈빛이 가늘게 떨리는 듯 보였다. 그녀의 불안한 마음 때문에 그렇게 보였는지 정말 떨렸는지 모를 일이었다. 남자가 차에서 내려 그녀 차로 다가온 것은 순간이었다. 운전석 유리문을 내리라는 듯 손끝을 까딱거렸다. 남자의 얼굴은 심하게 일그러져 있었다. 유리문을 안 내릴 수도 없었다. 남자는 유리가 내려진 차 문틀에 팔을 반으로 접어 올리고 그녀 코앞에 얼굴을 디밀었다.

"엄마 같은! 당신이 뭔데 내가 한 번도 불러보지 못한 말을 찍어 붙여."

남자가 하는 모든 위압적 행동은 그녀에게 알 수 없는 불안으로 다가왔다.

"아니, 반말을 하니까, 별 뜻 없이 그런 건데……, 미, 미안해요."

그녀는 남자의 서슬에 말끝을 흐렸다. 남자의 얼굴이 일그러지자 앳되어 보였던 조금 전과 다르게 나이를 짐작하기 어려웠다. 그녀는 자신이 왜 '엄마 같은'이란 말이 나왔는지, 남자는 또 그 말에 흥분하며 칼날 같은 눈빛을 보내는지 알 수 없었다. 오늘은 모두 알 수 없는 일들만 일어난다는 생각이 불길하게 들었다.

그녀에게 집은 가능한 한 늦게 나와 빨리 들어가야 한다는 강박감의 대상이었다. 늘 출퇴근길이 문제였다. 그런 이유로 그녀는 샛길과 지름길을 찾아다녔다. 신호등이 없어 출퇴근 시간을 줄여볼 요량으로 그녀가 찾아낸 동네 안길로 통하는 삼거리였다. 이 길을 7년 넘게 오갔다. 평소처럼 정해진 시간에 병원 일을 끝내고 왔다면 최 선생과의 약속 시간에 딱 맞아떨어졌을 것이다. 집에 도착해 아수라장이 되어버린 집 안 정리와 식사 준비를 끝내고 녹음기를 틀어놓은 듯 같은 말을 수 없이 되풀이하는 승우에게 영혼 없는 눈길을 흘리고 있을 시각이지만 아직 거리였다.

남자는 자신의 차로 돌아가면서 한동안 그녀에게서 눈을 떼어내지 않았다. 그녀는 횡단보도의 녹색 점멸등을 쏘아보았다. 제발 빨리 보내줘. 20분이 지나가고 있어. 그녀는 누구에게랄 것도 없이 애원했다.

합의금은 백만 원, 백만 원으로 합시다. 승우가 폭행했던 피해 아동 아버지의 중저음 소리가 자꾸 잇새에 낀 음식물처럼 그녀의 입속에 갇혀 중얼거리게 만들었다. 승우는 엘리베이터에서 만난 10살짜리 여자아이를 때려 얼굴에 상처를 내놓았다. 최 선생이 곁에 있었지만 순간이었고 승우는 때린 사람의 표정이 아니었다고 했다. 엄마, 때린 거 아녜요. 예뻐서 만졌어요. 생각과 행동이 따로 노는 아이. 예뻐서 만지기만 하려던 마음과는 달리 힘이 들어가 때린 것으로 되는 아이가 승우였다. 승우에 관한 일련의 일상사 대부분은 평범한 아이라면 사고라고 지칭할 일들이었다.

1초가 10분처럼 느껴졌다. 행단보도의 점멸되는 숫자처럼 그녀에게도 승우에 관한 것들이 깜박거렸다. 생각들은 보행 신호를 보고 있는 동안 모두 스치고 후비고 할퀴고 지나갔다. 그녀는 보행자 신호가 끝나기 전에 틈이 벌어진 사이를 헤집고 겨우 좌회전을 해 도로에 섰다. 여전히 도로는 정체되어 좌회전을 했지만 꼼짝 못했다. 제기랄, 그녀는 자신도 모르게 욕이 튀어나왔다. 운전대에 한 손을 놓고 무심코 곁눈질을 하던 그녀는 깜짝 놀랐다. 그녀가 빠져나온 곳으로 진즉에 우회전해 사라졌어야 마땅할 남자가 인도 위로 올라서 그녀의 차를 노려보고 있었다. 저 남자는 왜 저러는 것일까, 알 수 없었다. 가슴이 덜컹 내려앉았다. 순간 그녀의 차가 앞차의 물결을 따라 출발하는 동시에 그녀의 차에 시선이 머물렀던 남자가 서둘러 차에 올라탔다. 남자의 일그러진 얼굴이 승우의 얼굴처럼 그녀의 의식에 불안으로 들어와 앉았다. 차는 계속 10킬로미터 속도로 가다 서다를 반복했다. 남자는 우회전하지 않고 내 차를 바라보고 있었을까. 원인을 알 수 없는 불안이 몰려왔다. 왜 그랬을까! 그녀는 같은 말을 계속 중얼거리고 있었다.

그녀는 틀어진 오늘의 모든 일은 원장 때문이라고 생각했다. 성깔만 부리지 않았어도, 회식만 하지 않았어도 아무 일 없었을 것이다. 충치 치료 받던 중년 사내가 얼굴을 덮은 소공포를 낚아채며 벌떡 일어나는 바람에 찔린 잇몸에서 피가 뚝 뚝 떨어졌다. 박 간호사의 석션이 맘에 들지 않는다는 거였다. 불순물이 목구멍으로 넘어갔다고 소란을 피워댔다. 야, 잘하지 못해! 김 선생으로 교체해. 환자에게도 원장이 주의의 말을 한 마디 했더라면, 그런 뒤에 박 간호사에게도 주의를 주었더라면 박 간호사가 그토록 모멸감을 느끼지 않았을 것이다. 중간에 가운을 벗고 나가는 박 간호사를 그녀가 잡은 터라 원장이 단합, 회식 운운할 때 거절할 수가 없었다. 거절했더라면, 색이 바랜 광고지가 덕지덕지 붙은 낡은 빌라 305호로 정해진 시간에 기어들었더라면, 오늘도 아무 일 없어 보이는 날이었을 것이다. 남들 눈에 어떤 일이 일어났는지 관심도, 알 바도 없는 그녀의 305호 빌라는 어제처럼 평화롭게 보였을 것이다. 매일 똑같이 환자들의 벌린 입만 들여다보는 것과 다를 바 없이 그녀의 집에서도 그랬을 것이다.

"여보, 승우한테 좀 가 봐요. 최 선생 가셔야 해요. 가셔야 할 시간이 지났어요."

"갔으면 좋겠는데 술을 한잔했어. 미안해."

"또 술이에요?"

그녀는 술이 남편을 먹어 치웠다고 생각했다. 남편에게 술은 일상적인 언어 같은 것이었다. 가장 하기 쉽고 표현하기 쉬운 언어가 남편에게는 술이었다. 술이 들어가야 말을 하고 술이 올라야 살아있는 사람 같았다. 그녀가 한마디 더 하려고 입을 여는 순간 전화 너머에서 뚜 뚜 뚜 요란한 기계음만 들려왔다. 결정적인 도움을 받아야 할 때마다 남편은 술에 취해 있었다. 남편은 핑계 댈 수 있는 술이 있어 참 편리하겠다고 생각했다. 남편은 언제나 똑같은 톤의 목소리를 냈다. 역정도 없고 욕망도 없어 보이는 목소리로 같은 말을 되풀이했다. 술 한잔했는데, 미안해. 운명은 타고난 대로 살아지는 것이야. 승우도 태어난 대로 살다 가는 거지 뭐. 잘 살 수 있을 거야. 말은 그렇게 해도 승우에게 남편은 관심도 애증도 심지어 측은지심도 없어 보였다. 남편은 그녀와 승우를 화분에 심어진 재스민 정도로 생각하는 것 같았다. 술값을 내고 남는 월급을, 생각날 때 화분에 물을 주듯 건넸다. 그녀가 따지고 들면 술이 있는 깊은 밤 속으로 피해 들어갔다. 어둠은 모든 것을 덮을 수 있지만 없던 것으로 만들 수는 없다는 걸 모르는 사람 같았다.

더 이상 남편은 전화를 받지 않았다. 그녀는 5분에 한 번꼴로 남편에게 전화를 했고 최 선생은 5분에 한 번꼴로 그녀에게 전화를 했다. 남편은 그녀의 전화를 받지 않았고 그녀는 최 선생의 전화를 받지 못했다. 그러다 그녀는 남편에게 전화하는 것을 포기했고 최 선생도 그녀에게 전화하는 것을 포기했는지 한동안 잠잠했다. 그녀가 유턴을 해 계속 직진을 하고 있을 때 전화벨이 울렸다.

"저 집에 가야 해요. 제발 빨리 오세요. 엄마한테 가 봐야 해요."

우연히 옆 차선에서 까만 자동차 유리문이 자르르 내려지는 것과 전화기를 놓친 것은 동시였다. 아까 그 차였다. 아니 그 차로 보였다. 도대체 왜 나를 쫓아오는 거야. 순간 그녀의 온몸이 뻥과자처럼 뻥 터져버릴 것만 같았다. 여보세요. 여보세요. 승우 어머니. 차 바닥으로 떨어진 휴대전화에서 최 선생의 신경질적이고 절박한 목소리가 계속 들려왔다.

이제 그만 죽어줬으면 좋겠어요! 최 선생의 절박한 목소리였다. 절대 고독이라고 아세요? 사실 친정엄마가 집에 누워있어요. 최 선생은 고백성사라도 하듯 그녀 앞에서 토해냈다. 폐암 선고를 받고 병원에서는 길어야 6개월이라고 했는데, 그래서 최선을 다하자 마음먹었는데. 최 선생의 친정엄마는 3년째 누워있다고 했다. 자식이라고는 딸랑 나 하나예요. 6개월이 지나면서 자꾸 화가 나기 시작했어요. 내면에 쌓이는 고독이 두려웠어요. 이제 그만 가 줘, 엄마 눈을 바라보며 매일 아침 그렇게 말해요. 더 기막힌 것은 그런 나를 엄마는 하느님처럼 믿고 있어요. 네가 있어 행복하구나, 그런 눈빛이 무서워요. 그녀는 그때 뜨거운 것이 치고 올라왔다. 승우를 향한 그녀의 마음을 들킨 것 같았다. 책임감을 동반한 절박한 고독이었다고 했다. 죄의식이 더 커지기 전에, 더 크게 지치기 전에 간병인에게 엄마를 맡기고 승우에게 오는 것이라 했다. 오늘도 최 선생은 학교에서 승우를 데려오고 승우의 고집에 못 견디고 지하철을 두 시간 동안 타고 배회했을 것이다. 안아주세요. 사랑한다고 말해주세요. 앵무새처럼 같은 말을 수없이 반복했을 것이다. 매일 같은 것만 찾는 승우에게 미역국과 소시지에 저녁을 먹이고 승우도 없고 친정엄마도 없는 거리로 나갈 시간을 기다렸을 것이다. 그런데 이렇게 늦어지다니, 그녀는 닻 없는 보트를 타고 제멋대로 흘러다니듯 생각도 방향을 잃고 내달렸다.

그녀는 최 선생 전화가 잠잠해질 무렵, 밖을 내다보았다. 밖은 점점 어둠이 짙어갔다. 짙어진 어둠 속으로 가로수도, 빛바랜 상가 간판도, 승우가 다니는 복지관도 빨려 들어가고 있었다. 차라리 그녀도 깊은 어둠 속으로 쭉 빨려 들어가 급기야 모두에게 지워지는 것도 괜찮다는 생각이 들었다. 도대체 어디서부터 잘못된 것인지 모를 일이었다. 신경질적인 원장으로부터인지 남자에게 난데없는 봉변을 당한 것부터인지 정돈되지 않은 생각이 질서 없이 튀어나왔다.

그녀는 원장의 신경질과 급한 성격 때문에 어림잡아 한 달에 한 번꼴로 간호사가 바뀌는 곳에서 여섯 해를 버텼다. 마흔두 살 간호사가 재취업하기는 쉽지 않았다. 치사하지만 버텨야 했다. 더 치사한 것은 그런 사실을 원장도 알고 이용했다. 성질이 급해서 미안해요. 반나절을 못 넘기고 미안하다는 말은 말장난으로 끝났다. 아침식사를 못 먹고 나오면 신경질은 강도가 더 세졌다. 간식이나 간단한 식사를 준비해야 하루가 덜 피곤했다. 신경이 무뎌질 나이도 됐죠? 한 달도 안 되어 나가는 간호사도 어떻게 못해요? 뭘 어떻게 배워먹은 건지. 원장의 일상 언어는 그녀의 가슴팍에 수십 개의 바늘뭉치를 동시에 찌르는 것만 같았다.

갑자기 회식을 원한 원장에게 오늘은 곤란해요, 튀어나오던 말을 목구멍으로 삼킨 이유가 있었다. 튀어나가는 박 간호사를 잡은 일도 있었지만 매일이 곤란한 그녀가 매번 오늘은 곤란해요, 그것도 우스운 일이었다. 그녀는 식어서 그릇 가장자리에 엉겨 붙은 짬뽕 국물이 낮에 환자의 입에서 흐른 피 같아 소름이 돋았다. 김 선생, 기분 풀자고 온 회식인데 표정 좀 풀지. 두 살 아래인 원장이 어설픈 웃음을 흘렸다. 그녀도 입꼬리를 끌어 올리며 박 간호사의 표정을 살폈다. 박 간호사는 아예 식탁으로 눈을 깔고 있었다. 먹는 것이 끝나고 어색한 시간이 흘렀다. 원장이 제일 못 참아 하는 것이 어색함이었다. 언제나 어색함을 신경질로 모면했다. 진즉 일어났더라면 지금쯤 집에 있을 시각이란 생각이 들자 마음이 조급해졌다.

　오늘도 원장은 두 명의 환자가 인플랜트 수술을 받는 동안, 수술에서 오는 피로감과 긴장감을 모조리 입을 통해 풀었다. 미러를 좀 당기란 말야. 석션 똑바로 못해요. 아주 간단한 주문도 원장은 짜증과 긴장감으로 토해냈다. 그때마다 그녀는 자괴감이 몰려들었다. 며칠 전에 뽑은 신입 간호사는 다음 날로 나오지 않았다. 무섭고 떨려서 하루 8시간을 어떻게 견뎌요. 너는 참 좋겠다. 무섭고 떨리면 마음대로 그만둘 수 있어서. 원장은 간호사들의 잘못도 모조리 그녀를 찾았다. 나도 원장 앞에 사표를 던지고 보란 듯이 나갈 거야. 꼭 그런 날이 올 거야. 그녀는 요즘 들어 혼잣말이 많아졌다. 그녀도 몇 번 원장에게 그만두겠다고 한 적이 있었다. 면접을 통과한 간호사는 인수인계 과정에서 그만두는 일이 많았다. 그럴 때마다 원장은 급한 성질을 죽이겠노라 그녀를 잡았다. 그렇게 여섯 해가 지났다. 이제 그만둘 수도 없는 그녀는 그만두겠다는 빈말도 할 수 없게 된 자신이 구차하게 생각 들었다. 그만두면 어디로 가지! 승우와 종일 입씨

름을 벌이고 가끔은 진저리를 내기도 하다 결국 최 선생처럼 승우를
다른 이에게 맡기고 이 병원, 저 병원을 기웃거리게 될 거야.

한 시간 정도는 더 있어 주겠다는 최 선생의 허락을 받고 회식에
따라나섰지만 원장의 너스레가 이렇게 길어질 줄을 몰랐다. 서로 엉
켜 붙은 탕수육이 마치 애벌레처럼 보였다. 식은 짬뽕 국물이 그릇
가장자리에 촛농처럼 서려있다. 일어나기를 종용하듯 그녀는 만지작
거리던 빨간 짬뽕 국물이 밴 나무젓가락을 분질렀다. 타아악, 그녀
일행이 앉아있는 중식당 칸막이에 깔린 침묵을 깼다. 여덟 시 반이
면 남들은 초저녁이지만 그녀는 어둠이 주는 여유로운 거리를 잊고
산 지 오래다. 5분 뒤 원장은 그녀를 째려보고 휴대전화를 챙겨 자리
에서 일어났다.

녹색의 보행 신호가 점멸되는 사이 그녀의 심장박동 소리도 신호
등 점멸 기계음처럼 크게 들렸다. 셋, 둘, 하나. 그녀는 엑셀을 밟으
려다 다시 브레이크로 옮기기를 반복했다. 속도를 낼 수 없는 정체
에 조급증이 났다. 10킬로미터를 넘지 못하고 가다 서다를 반복했
다. 승우와 최 선생이 기다리고 있다는 걱정 때문이기도 했지만 빨
리 불안한 이 도로에서 벗어나고 싶어졌다. 고속도로를 타려는 차들
은 1킬로미터 전부터 우측 깜빡이를 켜고 있었다. 퇴근시간을 말해
주듯 전조등이 내쏘는 차들로 거리는 불빛 터널을 만들었다. 차들
은 밤인데도 무더위에 뜨거워진 지열과 엔진 열기 때문에 에어컨을
켜고 가는지 창문은 모두 올려 있었다. 그때였다. 그녀가 앉은 운전
석 바로 옆에서 검은색 승용차의 조수석 유리문이 자르르 내려갔다.
무의식적으로 고개를 돌리는 순간 암막 커튼 같은 유리문이 다시 올

라갔다. 그녀가 다시 고개를 돌리려는 순간 유리문을 내리고 올리고를 두 번 반복했다. 순간 그녀의 가슴속에서 분쇄기 돌아가는 소리가 들렸다. 남자의 시선은 정면을 향하고 있었기 때문에 유령의 장난처럼 느껴졌다. 남자의 행동이 의도적이라는 생각이 들었다. 아까 그 남자일까. 까닭을 알아내기 위해 비보호 좌회전을 기다리던 순간부터 다시 훑어가기 시작했다. 그녀가 한 말은 딱 한 마디였다. 엄마 같은 사람한테 왜 반말을 해요. 저 자식이 사람 미치게 만들 참인가. 술을 먹었나. 아닐 거야. 그녀가 내뱉은 말들은 다시 그녀에게 돌아와 대답을 종용했다. 나한테 왜 저러지. 저놈뿐이 아니라 모두 나한테 왜들 그러지. 그녀는 잠깐 화가 나 가슴이 풀썩 주저앉았다. 그녀는 왜 이런 불안을 경험해야 하는지 모를 일이라 생각했다. 검은색 승용차는 앞차와의 간격을 벌린 채 그녀의 차와 평행을 유지하며 달리고 있었다. 분명 룸미러에서 눈을 떼지 않았는데, 따라오던 검은 승용차는 없었는데, 어느새 따라붙었단 말인가. 그녀는 집으로 가는 길을 지나치고 포구 쪽으로 내달렸다. 만약 검은색 승용차가 좀 전에 그녀에게 시비를 걸어 온 차가 아니라면 그녀를 따라오지 않을 것이라는 생각에 무작정 신호가 바뀌는 대로 직진을 했다. 검은 승용차는 사라지지 않았다. 그녀의 얼굴은 두려움에 가득 차올라 일그러졌다. 초등학교 앞 삼거리에서 우회전을 하는 내내 그녀는 사이드미러에서 눈을 떼지 않았다.

눈을 떼지 못하는 것은 오랜 시간 승우에게 했던 그녀의 버릇이었다. 눈을 잠시라도 떼면 때려 부수고 집어 던지고 행방불명되었다. 눈을 떼지 않고 사는 것. 지금도 여전히 환자들의 벌린 입에서 눈을 떼지 못한다. 열이 있는지 눈이 빠지도록 아프고 몸이 떨렸다. 룸미러에는 열이 가득 찬 벌건 눈이 겁에 질려 바라보고 있다. 오랜 기간 앓은 얼굴처럼 보였다. 남편의 얼굴도 늘 앓는 사람 같아 보였다. 남편의 전화는 여전히 꺼져 있었다. 남편이 전화기를 꺼 놓는 것은 오랜 시간 습관처럼 굳어진 일이었다. 잦은 승우의 돌발사고로 인한 호출을 몇 번 경험한 뒤로 잠만 잘 수 있도록 들어왔다. 이해 못 하는 바 아니었다. 나는 이런 삶을 기대했던 게 아냐. 나 당신보다 형편없이 무른 사람인가 봐. 비겁하다고만 할 수 없는 고독을 남편에게서 본 날, 도망칠 것 같은 남편에게 그녀는 더 이상 삶의 무게를 나눠 지려 들지 못했다. 아무에게도 보호받을 수 없다는 위태로운 불안감이 그녀에게도 과체중처럼 버겁다는 말도 할 수 없었다.

일 년에 두세 번, 병원 식구들과의 회식은 그녀에게도 유일한 일탈이었다. 일탈을 용납하지 않겠다는 듯 검은 승용차는 사라지지 않았다. 반말을 해대던 녀석의 조소와 경멸, 까닭을 알 수 없는 분노를 담은 얼굴이 자꾸 어른거렸다. 그녀의 불안한 한숨이 자동차 안을 채워갔다. 누구에게든 무슨 말이라도 해야 할 것 같았다.

"승우야 최 선생님 가셨니?"

"혼자 있어요. 승우 무섭다. 빨리 와요."

"승우야, 엄마 가는 중이야. 어떻게 하고 있어야 하지?"

승우는 한참 동안 적당한 대답을 찾지 못하고 침묵했다. 입력된 데이터에서 대답을 끄집어내려면 시간이 걸릴 것이다.

"얌전하게, 가만히 앉아 있어, 알았지?"

"얌전하게, 가만히 앉아 있을게요."

별 기대 없이 말했지만 역시 기대를 저버리지 않고 집은 난장판이 되어 있을 것이다.

그녀는 어디로 가야 할지 떠오르지 않았다. 여전히 어디인지 모를 곳을 달리고 있었다. 정신을 차리고 창밖을 두리번거렸지만 도무지 알 수 없는 도로를 달리고 있었다. 좌회전을 할지 우회전을 할지 망설였다. 망설이다 뒤차가 울리는 경적 소리에 밀려 또 직진을 했다. 다행히 검은 승용차는 어느 순간부터 안 보이는 듯했다. 어떻게 집으로 갈 것인가. 그녀는 이제껏 직진으로 왔으니 유턴을 한다면 집으로 가는 길이 나올 것이라 생각했다. 밖의 낯선 풍경은 점점 아득했다. 도대체 어디로 가고 있는 것일까. 뒤차의 경적 소리에 밀려 또 직진을 했다. 눈앞에 고가도로가 펼쳐졌다. 그녀는 고가도로를 피해 고가도로 옆길로 차선을 변경했다.

다리를 건너는 것을 봤는데. 그녀는 고가도로를 오를 때마다 어린 시절, 마을과 마을을 이어주던 다리가 떠올랐다. 교각에 용이 그려지고 다리가 길어서 허공에 떠 있는 듯 보이던 다리였다. 그녀의 아버지를 보았다던 외삼촌의 말이 무색하게 아버지는 보름 만에 주검으로 발견되었다. 술에 취해 다리 위에서 시퍼런 강바닥으로 곤두박질쳤던 모양이었다. 삼복더위에 부패되어 뭉그러진 아버지를 본 이후 그녀는 고가도로를 지나가면 다시는 돌아오지 못할 것처럼 두려웠다. 그녀는 급하게 고가 밑에서 유턴을 하고 달렸다. 어느새 도로는 쌍방향이 텅 비어 깜깜한 어둠만 기다랗게 누워있었다. 그녀의 눈에 승우가 행동치료를 받는 클리닉 건물이 들어왔다. 빌딩 9층 옥상에서 내려다보는 성당 십자가도 눈에 들어왔다. 소망부동산에서 우회전을 하고 한마음 슈퍼에서 다시 좌회전을 해서 그녀가 살고 있는 조붓한 골목으로 접어들었다. 그녀의 집인 골목 맨 끝 빌라에 차를 세웠다. 드디어 집에 도착했다는 안도감이 들었다. 올려다본 305호에도 불빛이 환하게 밝혀 있었다. 도착했다는 안도와는 다르게 집으로 들어가기 겁이 났다. 승우가 벌여놓은 광경이 눈에 선했기 때문이었다. 자동차에 장착된 전자시계에서 10시 31분이란 숫자가 반짝거렸다. 중식당에서 나온 뒤 2시간이 지난 시각이지만 며칠 먼 곳을 헤맨 듯 나른했다.

그녀는 차 문을 열고 내려 크게 심호흡을 했다. 후덥지근한 공기가 가슴으로 들어와 답답했다. 순간, 앞 빌라 건물 앞에 검은 승용차가 조용하지만 위엄 있게 미끄러지듯 들어왔다. 그녀는 하마터면 놀라 주저앉을 뻔했다. 뒷걸음질을 쳐 화단 경계석 모퉁이로 숨었다. 숨이 멈추는 듯 가슴이 답답해졌다. 짙고 두터운 어둠 때문에 검은 승용차에 탄 사람의 얼굴 따위는 보이지 않았다. 승용차는 주차도 하지 않고 미동도 없이 서있었다. 저 검은 승용차가 남자의 승용차라는 증거는 어디에도 없었다. 아니라는 증거도 없었다. 확인을 해야만 했다. 그래야 대상 없는 공포에서 벗어날 수 있을 것 같았다. 그러나 공포는 쉽게 가시지 않았다. 여기까지 따라왔단 말인가. 집으로 들어갈 수가 없었다. 일부러 여기까지 쫓아온 것이라면 무슨 일을 벌일지 몰랐다. 그녀는 주먹을 쥔 손과 후들거리는 발에 힘을 주고 용기 내어 자동차 쪽으로 걸어갔다. 서너 발짝을 떼어내는 동안도 앞으로 더 가야 할지 멈춰야 할지 망설였다. 그녀가 한 발을 더 떼려는 순간 자동차는 급하게 꼬리를 앞 빌라로 넣었다 들어왔던 방향으로 사라져 갔다. 주저앉고 싶었다. 그녀는 차가 완전히 사라진 것을 확인하고도 본드로 붙여 놓은 인형처럼 바닥에 들러붙어 있었다. 3층이 우리 집인데 내가 그곳에 살고 있는지는 모를 거야. 아냐, 이 건물에 살고 있다는 것만 알아도 나를 어찌할 수도 있을 거야. 어떡하면 좋지. 검은 승용차는 사라졌지만 그녀의 불안은 사라지지 않았다. 그녀는 검은 차 차 번호도 모르고 운전자의 얼굴도 헷갈렸고 어디 사는 누구인지도 모른다. 그러나 남자는 이미 그녀에 대해, 그녀의 집까지 다 파악하고 있을지도 모른다는 생각이 들었다. 소름이 돋았다.

거실에는 평소와 달리 쓰러지도록 술에 취하지 않은 남편이 앉아 있었다.

"여보, 앳된 남자였어요."

"뭔 소리야."

"그 애가 따라왔다고요. 얼마나 무서웠는지, 아직도 내 목소리가 떨리잖아요."

"당신을 따라올 만큼 한가한 사람 없어. 승우나 봐."

"그게 아니라 검은 승용차가, 검은 승용차가 집 앞까지, 지금도 심장이 뛰고 무서워요."

"진짜 무서운 건 모두 다 엉망이 되어 가고 있다는 거야."

남편은 답답하다는 듯 이마를 구겼다. 남편의 말을 듣는 순간 복사기가 훑고 지나갈 때의 그 빛이 아직도 남아 가슴 한쪽을 쓰리게 훑고, 마침내 그녀의 가슴 한복판을 복사하고 한 장의 종이로 거실

바닥에 나뒹구는 기분이 들었다. 남편의 눈은 잘 다려진 바지 줄처럼 날이 서 있었다.

가족이 같은 공간에 모인 것은 아주 오랜만이었다. 그것도 맨 정신의 남편은 더욱 드문 일이었다. 침묵이 이어졌다.

"배고파요."

승우가 먼저 입을 열었다.

"선생님하고 먹었잖아."

승우의 배고프다는 말에 그녀는 남편을 쳐다보았다.

"입만 열면 먹을 거 내놓으라니 원!"

남편의 눈을 피하듯이 주방으로 간 그녀가 간단하게 밥을 차리는 동안, 누구도 누구에게도 말을 걸지 않았다. 남편의 눈은 텔레비전에 고정돼 있었고 그녀는 계란 부친 것을 돌돌 마는 것에 열중했다. 승우가 자동차를 마룻바닥에서 드르륵 끌고 다녔다.

"아랫집 시끄러워."

그녀가 뱉어낸 말은 절규에 가까웠다.

"그만해. 그만하라고. 무서운 아저씨 쫓아온다고."

남편과 승우는 귀를 닫은 사람 같았다. 그녀의 얼굴은 금방이라도 물이 뚝 떨어질 것같이 젖어 있었다. 그녀가 하는 말은 이미 말이 아니었다. 그들에게는 단순한 소리였다. 그녀가 낸 소리는 거실에 떠다니는 습기처럼 집 안을 둥둥 떠다닐 뿐이었다. 승우는 더 세게 자동차를 드르륵거렸고 남편은 텔레비전에 더 깊이 집중했다. 텔레비전 화면에는 점퍼를 머리까지 뒤집어쓴 존속 살해범이 머리를 숙이고 죄송하다는 말을 반복하고 있었다. 죄송하다고? 누구한테 죄송하다는 거지? 죽었잖아. 정작 죄송하다는 말을 들었어야 할 사람은 이미 네가 죽였잖아. 세상 밖으로 나오게 한 구멍의 주인을 죽여 놓고 죄송하다고? 미안해요, 성질이 불같아서. 이해해 줘, 회사 일만도 벅차. 사랑한다고 말해 주세요. 그녀는 텔레비전을 보고 있는 남편 얼굴을 바라보며 중얼거렸다. 남편은 텔레비전 화면 속을 바라보는 것처럼 무념하게 그녀를 쳐다보았다. 나와는 아무 상관없는 일인 듯 쳐다보는 남편의 눈을 피해 그녀는 승우 쪽으로 고개를 돌렸다.

"제발 조용히 하라고."

승우는 바닥에 드르륵거리던 자동차를 집어 던졌다.

"뽀로로 볼 거야. 뽀로로 보고 싶어."

승우가 매일 반복해 보던 텔레비전 프로였다. 남편은 아무 소리도 듣지 않기로 작정한 사람처럼 텔레비전을 들여다보고 있었다. 마치 투명 유리 방음벽 안에 있는 사람 같아 보였다.

"엄마 배고파요."

"다 됐어."

"엄마, 사랑한다고 말해주세요."

"그래, 사랑해."

핑퐁게임처럼 같은 말을 던지고 받는 그녀와 승우를 보던 남편이 방으로 들어갔다. 승우는 달려가 뽀로로를 틀었다. 그녀는 계란말이와 소시지 부침과 어묵 볶음이 올려있는 밥상을 승우 앞에 놓았다. 승우의 휘둥그레 뜬 눈이 뽀로로와 밥상으로 바쁘게 오고갔다. 승우는 화면이 정지될 때마다 무릎걸음으로 가 텔레비전 머리를 손바닥으로 탁탁 쳤다. 신경질을 내느라 볼이 터지도록 밀어 넣은 씹다 만 음식이 튀어나와 마룻바닥이 하얗다. 야! 승우는 뽀로로가 정지될 때마다 소리를 내질렀다. 꽝. 무너지는 소리가 들렸다. 야, 늘릴 대로 늘린 고무줄처럼 팽팽하던 신경이 끊어지면서 그녀는 자신도 모르게 비명을 지르며 주저앉았다. 그녀의 비명 소리에 놀라 승우가 울어대기 시작했다. 남편이 뛰어나왔다.

"당신, 왜 그래?"

거실 바닥에는 승우가 던져버린 텔레비전이 괴물처럼 뒹굴었다.

"아! 정말 오늘은 왜 이렇게……."

그녀는 두 손으로 얼굴을 거머쥐고 널브러져 있었다.

"이러니 맨 정신으로 집에 들어오고 싶겠어?"

남편은 술 취해 집에 들어와 주는 것만도 다행인 줄 모르느냐는 말투였다. 그녀는 한동안 신음을 냈다.

"제발 정신 좀 차립시다."

남편은 위로인지 충고인지 모를 말을 흘리고 방으로 들어갔다. 여전히 남편은 그녀와 승우를 한 축으로 엮어 승우 문제에 늘 그녀에 대한 책망이 깔려 있었다. 거실에는 여전히 박살 난 텔레비전 잔해가 그녀의 엉망이 된 하루처럼 나뒹굴었다.

"뽀로로가 안 나온단 말야. 안 나온단 말야."

"……."

"안아주세요. 안아주세요. 사랑한다고 말해주세요."

승우는 그녀에게 안겼다. 12살 승우는 그녀보다 키가 5센티는 커져 있었고 잡힌 손을 빼기에 역부족일 만큼 힘도 세져 있었다. 승우는 고집스럽게 제 얘기만 반복했다. 안아주세요. 사랑한다고 말해주세요. 그녀는 승우에게 잡혔던 손을 가까스로 풀고 자리에서 일어났다. 승우는 앞으로 나이가 들 것이고 힘도 세질 것이니 그녀가 감당하기에 점점 힘에 부치게 될 것이다. 그녀도 나이가 들 것이고 힘이 빠져갈 것이니 승우에게는 더 만만한 존재가 될 것이다. 이제 그만 죽어줬으면 좋겠어요. 최 선생의 절박했던 목소리가 오래 묵은 헌 책갈피에서 잠자던 꽃잎처럼 화르르 그녀에게 날아들었다. 그녀는 흠칫 놀라 고개를 완강하게 흔들었다.

승우가 반복해서 보는 뽀로로 프로가 제때에 나오지 않을 때마다 텔레비전을 내던졌다. 두 번은 새것으로 샀고 두 번은 수리가 가능했다. 그럴 때마다 묶음으로 끌려 나오는 최 선생의 젖은 목소리가 그악스럽게 들러붙었다.

승우는 벗어놓은 세탁물처럼 후줄근하게 주저앉아 졸고 있었다. 그녀는 승우를 먼저 씻기고 방에 뉘였다. 지금처럼 날이 밝아오지 않을 것 같은 두터운 어둠을 바라보듯 승우를 바라보던 그녀는 아득했다. 승우는 꼭 채운 배를 내놓고 곤한 잠에 빠져있었다. 남편도 잠이 들었는지 조용했다.

그녀는 텔레비전 잔해를 쓸어 담았다. 아침 일찍 공터에 버려야 할 것 같았다. 언제 쓰레기가 저렇게 많이 쌓였지. 멀리 공터에 쌓인 쓰레기가 처음으로 눈에 들어왔다. 깔깔거리는 웃음이 어느 창에서인가 새어나왔다. 의자와 장롱이 부서진 채 수문장처럼 공터 입구를 지키고 서 있었다. 침대 매트리스도 안온했던 누군가의 잠자리를 기억하며 함부로 누워있었다. 밖을 무심하게 훑던 그녀의 눈에 들어온 것은 빌라 주차장에 세워진 검은색 승용차였다. 그때 빠져나간 게 아니었단 말인가! 어느새 다시 와서 내 집을 엿보고 있었단 말이지! 겨우 진정된 줄 알았던 불안이 다시 차올랐다. 그녀도 승우처럼 텔레비전이라도 부수고 싶었다. 이 공포, 이 불안을 없앨 수만 있다면 뭐든 할 수 있을 것 같았다. 당장 숨을 쉬기가 어려웠다. 궁지에 몰린 쥐처럼 그녀는 불쑥 검은 승용차에 알 수 없는 적의가 솟았다. 내가 뭘 잘못했는데. 왜들 자신만 가지고 그러는지 그녀는 알 수 없다고 생각했다. 내가 그렇게 우습게 보였단 말이지. 또 따라왔단 말이지. 적의를 넘어 분노가 솟구쳤다. 그녀는 주섬주섬 카디건을 걸쳐 입고 현관을 나섰다. 그녀가 층계를 내려설 때마다 센서 등이 그녀에게 보내는 경고등처럼 환하게 불을 쏘았다. 불빛 아래 그녀의 다리가 미세하게 후들거렸다. 낮부터 시작한 오한 때문인지 한여름인데도 떨려왔다. 그녀는 밖으로 나와 주위를 두리번거렸다. CCTV는 어디에도 없었다. 공터 앞 가로등 불빛이 형광부표처럼 환하게 빛났다. 폐 장롱의 흰 포마이카 칠에서 반사된 빛 때문에 그녀는 눈을 먼 곳으로 돌렸다. 순간 그녀는 손으로 입을 막고 비명을 질렀다. 공터 뒤쪽에 버려진 침대 매트리스 위에 여자가 누워 있었다. 긴 머리칼에 드레스를 입은 여자는 미동도 없는 채였다. 왜 저러고 있지? 저 여자는 왜 한데로 쫓겨났을까? 죽은 여자인가? 인형인지 사람인지조차 알 수 없었다. 그녀는 가슴을 쓸어내리고 쓰레기 잔해에서 날카로운 돌을 주워들고 재빠르게 자리를 떴다. 뾰족한 돌 끝을 검지 끝에 댔다. 이상하게, 날카로운 돌의 감촉에 안도감을 느꼈다. 검은색 승용차로 바투 다가서 유리창에 이마를 대고 안을 들여다보았다. 검은 유리창은 어둠을 닮아 아득했다. 아무도 없어 보였지만 검은 유리가 자르르 내려올 것 같아 머리카락이 쭈뼛 섰다. 그녀는 돌을 쥔 손에 힘을 꽉 주어 검은 자동차 옆구리를 죽 그어갔다. 어둠 속으로 쇳소리가 스며들었다. 그녀는 검지로 자국을 따라 훑어갔다. 푹 파인 줄은 길고도 선명했다. 뭔가 뿌듯했다. 그녀는 지금의 상황을 부인하듯 움켜 쥔 돌을 놓아 버렸다. 돌이 시멘트 바닥에 떨어지는 소리가 어둠에서 선광처럼 퍼져나갔다. 그녀는 기이하게도 웃음이 비어져 나왔다. 미안해. 그녀는 차에게 다독이듯 말했다. 웃는 동안 원장과 남편의 얼굴이 지나갔다. 승우와 앳된 남자의 얼굴도 스쳤다. 계단을 올라오는 내내 누군가에 의해 등이 떠밀리듯 그녀의 걸음이 빨라졌다. 좀 전까지 오한을 느끼던 그녀는 머릿속에서 땀이 솟았다. 그녀는 세찬 물줄기를 맞으며 샤워하는 동안에도 자신도 모르게 웃음이 삐져나왔다. 뜨거운 재스민차를 한 입 물었다. 거실 불을 껐다. 적당한 어둠이 안온했다. 창밖은 어둠 속에서 검은 승용차가 조용히 엎어져 있을 뿐, 아무도 없었다. 자국이 선명했어. 그녀는 어둠에 대고 읊조렸다.

소설 부문 동상

유리산누에나방

현정원(현금순)

　기쁩니다. 가만히 있어도 웃음이 나옵니다. 정말 다행이다, 싶기도 하고요. 소설습작을 시작하고 얼마 되지 않아서인지 불안했었거든요. 제가 쓰고 있는 글이 과연 다른 사람들에게 소설로 읽힐까, 싶어서요. 이제부터는 안심할까 봐요. 상까지 받았으니 제 글이 길을 벗어나 있지는 않은 거라 생각할까 봐요.

　그런데 문득, 그동안의 제 노심초사가 애초 쓸데없는 것이었다는 생각이 드네요. 어느 분의 말처럼 예술이란, 제게는 문학이겠지만, 나 스스로 넘치는 것이고 내가 꿈꾸는 세상이 드러나는 것이며 스스로 감동하는 것인데 말이지요. 그랬으면 된 것을 제가 안달을 부렸던 거지요. 이런, 뒷간 갈 적 마음과 올 적

마음이 다르다더니 지금의 제가 딱 그 꼴일까요. 수상을 뒷간에 빗대는 불경까지 저지르면서요. 너무 좋아 흥분했나 봅니다. 어리보기 풋내기가 상을 탔으니 그럴밖에요.

좋은 기회를 주신 〈삶의향기 동서문학상〉에 감사드립니다. 뽑아주신 심사위원님들께도 꾸벅 절을 올립니다. 앞으로 열심히 쓰겠습니다. 결과에 대한 걱정 같은 것 날려버리고 제 스스로 넘치고 감동하면서 제 세상을 드러내겠습니다. 그리고……, 오늘만큼은 하하호호 숨김없이 맘껏 기뻐하려고요. 그러다 우쭐우쭐 거들먹댈지도 모르겠어요.

유리산누에나방

현정원(현금순)

천천히 샤워를 하고 창틀액자가 있는 방으로 간다. 여전히 눈이 내리고 있다. 오렌지 빛 현관 등, 그 은은한 빛살 속에서 함박눈이 내리고 있다. 뜰이 문득 민들레 꽃씨들로 가득한 세상으로 변한다. 아니, 하늘로 날아오르는 어린 해파리들의 세상이 된다. 눈 내리는 광경이 이토록 아름다운 것은 땅속에서 창틀액자를 통해 보기 때문일 것이다. 가만, 무슨 소리가 들리는 것 같지 않은가. 숨을 죽인 채 귀를 기울여본다. 조용하다. 아무 소리도 들리지 않는다. 눈 내리는 소리만 소리 없이 들릴 뿐이다. 혼란스럽다. 내가 내 자신을 알 수 없다. 그를 보낸 지 얼마나 됐다고 그를, 아니 그의 발자국 소리를 기다리고 있다는 말인가. 한 번의 섹스로 사랑을 믿어버리려는 이 마음은 대체 뭐란 말인가. 그래, 이런 마음도 다 내가 땅속에 있어서일 것이다. 불현듯 의문이 든다. 아버지는 엄마에게 기생벌이었을까 하는. 그리고 아버지의 딸인 나 또한 기생벌에게 방금 산란관을 꽂힌 것은 아닌가 하는. 마음이 산산이 부서져 흩어져 간다. 귓속이 처음 이 집에 오던 날의 매미 소리처럼 왕왕거리기 시작한다.

강남으로의 출퇴근이 가능하고 방 두 개가 있으면 족했다. 목욕탕과 부엌이 따로 있으면 더 좋고 비어 있어 언제든 이사할 수 있으면 금상첨화였다. 물론 월세는 싸면 쌀수록 좋았다. 마침 적당한 집을 발견했다. 인터넷을 통해서였다. 전화를 해봤다. 보고 간 사람이 있다며 주인은 마음이 있으면 빨리 와보라고 했다.

과연, 주인의 설명대로 전철역 출구를 나오자마자 산 쪽으로 왕복 2차선의 도로가 보였다. 도로는 왼편에 좁은 개천을 두고 꼬불꼬불 뻗어나가면서 오른편으로 크기도 모양도 색깔도 다른 집들을 골목골목 담고 있었다. 산허리에 걸린 늦여름의 태양이 검붉은 노을을 걸치고 있는, 그 노을빛에 음영이 깊어가는 조용한 주택지…… 아파트 촌뜨기였던 내게는 그곳이 큰맘 먹고 찾아가는 휴양지처럼 보였다.

내가 찾는 집은 낮은 담장으로 둘러싸인 푸른 대문의 2층집이었다. 파란 지붕과 하얀 서까래, 붉은 벽돌이 갓 칠한 듯 선명했다. 열린 대문 사이로 기웃거리는 내가 보였던지, 잔디에 물을 주고 있던 남자가 수도를 잠그고 다가왔다. 그를 따라 담장의 오른편으로 갔다. 조그만 철 울타리가 보였다. 지하로 내려가는 쪽문이었다. 울타리를 밀자 5개의 계단과 밑쪽에 나란히 붙어있는 문 두 개가 나타났다. 둥근 손잡이가 울타리를 통해 들어오는 희미한 빛을 황금빛으로 반사하고 있었다.

빛을 등지고 있어서인지, 열쇠 구멍이 작아서인지 아저씨는 쉽게 문을 열지 못했다. 등 뒤에서 아저씨가 하는 양을 지켜보고 있으려니 갑자기 모든 것이 어이없게 느껴졌다. 한 번도 와본 적 없는 이곳, 이 어둠 속에서, 일면식도 없는 사람과 함께 무언가를 하고 있는 내 자신이 너무도 낯설었다. 드디어 문이 열렸다. 그때 훅 하고 달려들던 진한 어둠덩어리, 아니 어둠의 냄새. 두렵기도 하고 역겹기도 하여 나는 순간적으로 얼굴을 돌리고 말았다. 역시 방을 줄이는 일이 있더라도 지하방은 안 되겠다, 생각할 때였다. 아저씨가 재빨리 현관 등을 켰다. 그리고 신발을 벗고 성큼성큼 안으로 들어가 방문을 활짝 열어 재꼈다. 아, 그때 보았다. 사각의 창문 안에 고스란히 들어와 있는 뜰의 정경을. 커튼도 없는 창은 말 그대로 한 폭의 그림이었다.

창문으로 빨려들듯 다가갔다. 잔디 저 너머, 옆으로 가지를 한껏 내뻗은 감나무와 단풍나무가 있고 바로 눈앞에 진고동 땅과 푸른 잔디와 국화꽃이 층을 이루고 있는 창. 그것은 창이 아니었다. 움직이는 그림을 담은 액자였다. 액자 속에서 물기를 조롱조롱 매달고 있는 잔디의 초록과 잔뜩 봉오리를 오므리고 있는 국화의 초록은 닮은 듯 달랐다. 더 생각할 것도 없었다. 주의 사항을 늘어놓기 시작한 아저씨가 마음에 걸리기는 했지만, 뜰을 이렇듯 살뜰하게 가꾸는 사람이니 어련할까 싶기도 했다. 나이답지 않게 해맑은 표정을 짓고 있는 주인아줌마에게 차까지 얻어 마시면서 나는 땅속 생활자 계약

서에 도장을 찍었다. 4개월 전, 그러니까 엄마와 영이별하고 두 달이 지난 때였다.

그동안 나는 엄마와 단둘이서만 살았다. 사실 내게는 처음부터 아버지가 없었다. 어려서부터 엄마는 아버지 얘기를 꺼내지도 못하게 했다. 친구나 친척을 집으로 불러들이는 일도 없었다. 아버지에 관한 정보를 얻을 길이 없었다. 궁금해 미칠 것 같은 적도 있었다. 하지만 알고 싶지 않은 것도 사실이었다. 파렴치하고 비열한 아버지라면 모르는 것이 나았다. 어쨌든 나는 사진으로도 아버지를 본 적이 없다. 엄마가 왜 그렇게 철저히 서로에게 서로를 숨겼는지는 지금도 의아하다. 어쩌면 엄마는 스스로도 속아 넘어갈 구실이 필요했는지도 모른다. 아버지가 우리를 찾지 않는 것이 아니라 우리가 너무 잘 숨어 있어 못 찾는 것이라는 핑계가.

그동안 엄마는 한 번도 경제활동을 한 적이 없다. 생활은 궁핍하지 않았다. 집안의 반대를 무릅쓰고 사생아를 낳아버린 외동딸에게, 할아버지는 호적을 파간다는 조건으로 뭉텅이 돈을 주었다. 구멍 속 쥐처럼, 받은 유산을 조금씩 갉아먹으며 죽은 듯 살았다. 엄마는 내게 많은 것을 바라지 않았다. 평범하게, 아니 엄마처럼 눈에 띄지 않으며 살아가길 바랐는지도 모른다. 조용하지만 무난하게 자라 대학을 졸업했다. 인력을 파견하는 조그만 회사지만 취직도 했다. 구멍 밖을 오가는 나를 따라 엄마도 조금씩 세상 밖으로 나오기 시작했다.

집 안에만 있어 운동 부족이었을까 아니면, 자기 전 습관적으로 마시던 알코올이 문제를 일으킨 걸까. 병원 출입조차 싫어했던 엄마가 오랫동안 자기 병을 참아온 건지도 모르겠다. 모녀가 바깥나들이에 재미를 붙여갈 무렵, 엄마의 몸이 삐거덕거리기 시작했다. 병원에 갔을 때는 이미 엄마의 뼈 마디마디마다, 고관절에까지 염증이 생겨있었다. 나빠지는 속도는 또 얼마나 빠르던지 엄마는 곧 앉아도 서도 힘든 상태가 되고 말았다. 결국 엄마는 수술한 보람도 없이 앉은 뱅이가 되고 말았다. 그러면서 동시에 팽팽하게 당기고 있던 정신력도 허물어졌다. 치매 초기증상이었다.

하루 종일 휠체어에 앉아 멍하니 베란다만 바라보고 있을 엄마를 생각하면 회사에서도 일이 손에 잡히지 않았다. 그렇다고 직장을 그만둘 수도 없었다. 앞으로 병이 어떻게 진행될지, 병원비가 얼마가 들지 모르는 일이었다. 엄마를 요양병원에 맡겼다. 병원으로 퇴원하고 병원에서 출근하는 생활이 시작되었다. 주말에는 함께 집에 와서 지낼 수 있는 것이 다행이라면 다행이었다. 다시 생활에 규칙이 생기기 시작했다. 그 나름 평안을 되찾았다. 그런데 그도 잠깐, 엄마가 갑자기 죽은 것이다. 영영 내 곁을 떠나버린 것이다. 감기가 급하게 폐렴으로 번져 손써볼 틈도 없었다.

침대도, 식탁도, 의자도, 옷도, 숟가락과 칫솔 하다못해 커피 잔도, 모든 것이 그대로인데 사람만 사라진 상황은 겪어본 사람만 알 것이다. TV는 아무렇지도 않게 웃고 떠들고, 사람들은 여전히 분주하고 바쁜데 나만 혼자 얼굴에 유리병을 쓴 채 물속에 가라앉아 있는 기분이었다. 병원비와 장례비를 치르느라 무리해서인지 경제적 상황도 좋지 않았다. 우울증과 카드 빚에서 벗어나기 위해 집을 옮겨야 했다.

최소한의 것만 가져왔는데, 배반감에 시달리며 엄마의 물건을 버렸는데, 새집은 그 알량한 짐조차 받아주지 않았다. 포장 이사가 소용없이 세간이 뒤죽박죽 엉켜버리고 말았다. 짐을 든 채 이리 옮기고 저리 버리기를 거듭했다. 결국 책장과 책상과 1인용 소파는 창틀액자가 있는 큰 방, 침대는 현관 쪽의 작은 방에 놓기로 했다. 창틀액자가 있는 방이 땅과 하늘의 경계에서 감성을 누리는 공간이라면 침대가 있는 방은 완전한 어둠 속에서 안식을 맛보는 공간이 된 셈이었다. 큰 것이 자리를 잡자 나머지는 쉬웠다. 드디어 추석연휴의 마지막 날, 이사 후 2주 만에, 짐 정리가 완전히 끝났다.

　내 자신을 축하해 주고 싶었다. 당장 나가 와인과 치즈 등의 안주를 샀다. 계단을 내려가는데 내가 땅 속으로 들어가고 있다는, 무덤 속으로 들어가고 있다는 착각이 들었다. 무섬증을 느낀 것은 아니었다. 결국 엄마와 나는 이렇게라도 함께 있구나, 라는 생각이 든 것뿐이었다. 그러면서 망고 씨가 생각났다. 곡옥(曲玉) 같게도, 혹은 웅크린 태아 같게도 보이는 속 씨를 가진.

　언젠가 병원에서 엄마와 망고를 먹고 그 씨앗을 보관한 적이 있다. 망고 씨는 정말 특이했다. 그 크기도, 실패처럼 길쭉 넓죽한 모양새도, 씨앗 표면에 붙어있는 수염도, 씨앗으로 상상하기는 어려운 것들이었다. 싱크대를 정리하다 망고 씨를 씻어보았다. 수염에 매달려있던 육질을 떼어내는 것도 쉽지 않았지만 그 미색 섬유질은 철수세미로 애를 써도 한 터럭 떼어낼 수 없었다. 자기 아기를 보호하고픈, 이 야무진 구조물의, 이토록 완강한 충성심이라니! 나는 이 독특한 녀석들을 갖기로 했다. 키친타월 위에 망고 씨들을 올려놓았다. 1주일

후 다 마른 망고 씨를 만져보니, 미색의 따뜻한 색감과는 달리, 삼베나 거친 한지 같았다. 문득 껍질 속 아기의 모양이 궁금했다. 하나를 골라 조심스레 양편으로 갈라보았다. 그 속에 들은 것은 커다란 밤색의 곡옥이었다. 아니, 자궁 속에 웅크리고 있는 태아였다.

망고 씨의 색상과 질감을 다시금 느낀 것은 엄마가 죽고 수의를 고를 때였다. 엄마는 내가 고른 미색의 싸개로 손과 발이 묶여진 채 망고 씨처럼 길쭉 넓적하게 뭉쳐져 갔다. 문득 인간은 동물로 살다가 식물로 죽는 것이라는 생각이 들었다. 노년의 엄마는 초겨울의 들꽃 같았다. 풍화되어가는 들꽃처럼 엄마 내부의 그 무엇도 조금씩 휘발되어가는 듯했다. 결벽증으로 가꾸던 살림살이에의 관심도, 평생 유지하던 고운 모습도, 막무가내 고집스럽던 자기주장도 더 이상 엄마에게 남아 있지 않았다. 병원에 입원하면서부터는 침대에 멍하니 누운 채 평생 당신을 위로하던 책도 읽지 않았다. 그때 엄마는 불어오는 바람에 이리저리 흔들리는 삭정이만 남은 들풀이었다. 그리고 엄마는 씨앗이 되어 씨앗으로 묻혔다. 동물로서의 활보의 기억과 유보된 시간이 담겨 있는 씨앗으로. 언젠가 때가 되면 엄마의 씨앗도 다시 새싹으로 피어날 것이다.

결국 그날, 그러니까 이사를 마친 날, 나는 와인 한 병을 다 마시고 말았다. 그리고 조금은 엉뚱한 계획을 세웠다. 그것은 망고 씨 침낭, 말하자면 자궁을 만드는 것이었다. 다음 날 당장 퇴근길에 동대문 시장으로 달려갔다. 먼저 기모가 풍부한 미색 천과 밤색의 긴 지퍼, 침낭 겉면을 장식할 것들을 샀다. 집에서 넉넉한 크기로 천을 재단한 후, 옷 수선을 부탁하던 세탁소에 가져갔다. 아줌마는 내 설명을 듣고 그대로 박아주었다.

시간이 날 때마다 침낭을 장식했다. 엄마에게 하고 싶은 말을 색실로 새겨놓기도 하고 색 천으로 아플리케도 하면서. 마음이 내키면 침낭 속에 들어가 눕기도 했다. 그러면 엄마와 나는, 땅 속 미색 수의로 여전히 함께인 것 같은 생각이 들었다. 하지만 내 망고 씨는 생각만큼 따뜻하고 아늑하고 포근하지 않았다. 추운 날에는 침낭 위에 다시 이불을 덮어야 할 정도였다. 이불이 봉분 같다는, 아니 봉분에 입힌 잔디 같다는 생각이 처음 떠올랐을 때 나는 침낭 속에서 혼자 웃고 말았다.

바람이 이는지 눈송이들이 후루룩 몸을 뒤채기 시작한다. 투명하게 반짝이며 이리저리 몰려다니기도 한다. 희붐한 빛살 속에서 눈송이들이 누에나방의 동그란 무늬처럼 빛나고 있다. 창문을 밀어본다. 창틀이 얼어서인지 창문이 밀리지 않는다. 창문에 매달린 채 있는 힘껏 밀어본다. 삐끼긱, 이상한 소리와 함께 방 안으로 축축하면서도 싸한 공기가 밀려든다. 코끝에 감겨드는 공기가 상쾌하게 느껴지는 걸 보니 바깥 기온이 생각보다 춥지 않은 것 같다. 어쩐지 맨몸으로 푸른 고치에 들어가 있어도 춥지 않다 싶었다. 푸른 고치는 망고 침낭을 만들고 얼마 후 내가 만든 것이다. 내가 다시 침낭을 만들게 된 것은 산에서 따 가지고 온 고치 때문이었다.

회사 산악회를 따라 등산을 가던 그날은 아침부터 눈이 내렸다. 친구와의 약속 때문에 나서기는 했지만 산에 오를 자신은 없었다. 밑에서 산책이나 하며 일행을 기다릴 작정이었다. 하지만 그들은 나를 내버려두려 하지 않았다. 한 남자 직원은 업어서라도 내려오겠다며 등을 내밀기까지 했다. 산은 온통 눈 천지로, 길도 보이지 않았다. 푹푹 빠지는 눈 속에서 우람한 허벅지들이 길을 만들고 있었다. 휘청휘청 허적대는 내 가느다란 다리가 그때만큼 안쓰러운 적도 없었다. 걸을 때마다 키가 커졌다. 등산화에 끼어놓은 아이젠에 눈이 뭉쳐져서였다. 흔들리고 있는 무엇을 본 것은 돌에 대고 아이젠을 털 때였다. 푸른빛 고치였다. 가지 끝에서 푸른 고치가 조그만 초롱처럼 흔들리고 있었다.

그동안 내게 벌레는 예쁘고 귀엽기는 해도 직접 만지고 싶은 마음이 들지는 않는, 조금은 떨떠름한 존재였다. 그럼에도 그 고치는 보자마자 손을 뻗었을 만큼 앙증맞고 예뻤다. 만져보니 조직이 제법 치밀하고 딱딱했다. 고치 가운데 큰 구멍이 나 있는 게 비어 있는 것도 같았다. 갖고 싶었다. 하지만 얼마나 야무지게 붙여놓았는지 떼어낼 수가 없었다. 가지째 따서 배낭끈에 꽂았다. 그 후에도 같은 고치를 두세 개는 더 보았지만 욕심을 내지는 않았다. 고치는 하루 종일 내 배낭에 매달린 채 종처럼 흔들려야 했다.

집에 돌아오자마자 푸른 나방을 검색어로 인터넷을 뒤졌다. 원 세상에, 태어나서 처음 본 그것을 많은 사람들이 카페에, 블로그에, 사진과 글을 올려놓고 있었다. 자루 모양의 연둣빛 고치는 팔마구리라고도 하는 유리산누에나방의 번데기 방이었다. 늦가을 연둣빛 고치에서 나온 유리산누에나방은 근처 나뭇가지에 산란을 하고 알은 노출된 상태로 월동을 하는데 다행히 알이 자동차 부동액과 같은 글리세론 성분으로 단단히 싸여있어 영하의 추위에도 잘 견딜 수 있다는 설명도 붙어있었다. 알은 이듬해 봄에 부화해 유충이 되어 벚나무, 밤나무, 상수리나무, 느릅나무 등의 잎을 먹으며 6월 중, 하순에 성숙해 입에서 실을 뽑아 예의 연둣빛 고치를 만들고 그 속에서 번데기가 되어 늦가을에 다시 유리산누에나방으로 우화한다고 했다.

그런데 그 예쁜 고치에서도 끔찍한 일이 벌어지고 있었다. 기생벌이 유리산누에나방의 애벌레에게 산란관을 꽂아 알을 낳기도 한다는 것이었다. 기생벌들의 알이 부화되면 그 애벌레들이 나방의 번데기를 먹어치우고 성충이 되어 구멍을 뚫고 날아간다고 했다. 내 고치에도 구멍이 뚫려 있으니 기생벌에게 해코지를 당한 것이 틀림없었다. 끔찍했다. 온몸에 소름이 돋았다.

자려고 누웠는데 머릿속에서 고치의 설계도가 맴돌기 시작했다. 침낭으로도 쓸 수 없을 고치를 왜 갖고 싶어 하는지, 그 이유는 알 수 없었다. 어쩌면 푸른빛 고치, 그 자체가 너무 예뻐서인지도 몰랐다. 과거와 과거의 사람에게서 벗어나 미래를 꿈꾸는 공간이 필요했던 건지도 몰랐다. 그런데 고치는 나방의 집이었다. 새가 무서워 밤에만 날아다닌다는. 나비가 아닌 나방이란 게 잠깐 마음에 걸리기는 했지만, 빛이라는 그 짧은 황홀을 위해 제 몸을 불태울 줄 아는 나방이기에 더욱 멋지다는 생각도 들었다.

고치는 연둣빛 물을 들인 수채화용 도화지와 화선지를 틀에 붙여 만들 참이었다. 그러려면 틀을 먼저 만들어야 했는데 방법이 없었다. 이것저것 해보다 옆방의 노부부가 버린 항아리를 이용하기로 했다. 크고 작은 항아리 두 개를 골라 깨끗이 씻은 뒤 포개어 놓고 그 위에 석고를 발랐다. 생각보다 많은 양의 석고가 필요해 여러 번 문방구를 들락거린 탓에 표면이 매끄럽게 되지는 않았지만 틀이 만들어졌다.

석고가 마른 뒤 항아리는 부수어내고 틀 안팎으로 푸른 종이를 찹쌀 풀로 한 겹씩 붙여나갔다. 색깔이 선명하지 않았다. 다시 여러 겹 덧발랐다. 가장 어려운 것은 위와 아래에 큰 구멍, 작은 구멍을 내는 것이었다. 진짜 고치의 위쪽 구멍은 한쪽 편은 넓고 한쪽 편은 좁게 벌어져 있었다. 비슷하게 만드느라 애를 썼지만 실제 만들어진 것은 얼핏 커다란 땅콩 같기도 하고 우주선 같기도 한, 그저 그런 원통이 되고 말았다. 어떻게든 예쁘게 다듬어야 했다. 겉면에 잔결을 만들어 가며 연둣빛 아사를 붙였다. 제법 그럴듯한 것이 만들어졌다. 마지막 고민은 가운데 구멍을 뚫어야 할지 말아야 할지였다. 섬쩍지근한 것은 사실이지만 구멍이 없으면 답답할 것도 같았다. 눈높이에 조그만 구멍을 뚫었다. 이렇게 고치를 만드는 데는 꼬박 3주가 걸렸다.

고치를 만들기 시작할 즈음부터 본채에 식구가 하나 늘었다. 기러기 경력 3년이라는 주인집 아들이 들어와 살게 된 것이다. 주인아줌마 말로는 중학과정 3년만 마치면 오겠다던 며느리와 손자가 기약도 없이 기간을 연장하는 바람에 그리되었다고 했다. 문제가 생겼다. 밤마다 뜰을 서성대며 담배를 피우는 주인아들 때문에 창틀액자가 무용지물이 되고 있었다. 고치를 말리느라 난방을 세게 틀어 땀을 뻘뻘 흘리면서도 창문은커녕 커튼조차 열 수 없었다. 혼자 남겨진 사람의 외로움은 내 자신, 알고도 남았다. 그래도 그렇지……. 하지만 커튼을 통해 그를 훔쳐본 뒤로는 참아주기로 했다. 그의 외로움이 내 자유보다 훨씬 심각하고 절절해 보였기 때문이었다. 탄식으로 뱉어지는 담배 연기는 하늘로 오르지 못하고 땅에 스며드는 것임을 처음 알았다.

고치가 완전히 마른 것은 지난주 토요일이었다. 끝과 시작에 의식이 없을 수 없었다. 그날 나는 천천히 샤워를 하고 애벌레가 된 기분으로, 홀딱 벗은 채, 화단액자 오른편에 놓아둔 고치 속으로 들어갔다. 이제 꿈을 꿀 차례였다. 천천히 눈을 감았다. 하지만……. 꿈은커녕 그 어느 것도 떠오르지 않았다. 아무것도 없다는 느낌도 느낌이고, 텅텅 비었다는 생각도 생각이라면 모를까, 아무런 느낌도 생각도 들지 않은 것이다. 억지로라도 날개를, 나방을, 자유를, 빛을 떠올려야 했다.

몸이 떨려오기 시작했다. 오래 벌거벗고 있기에 방이 추운 탓도 있지만, 그 공허한 느낌이 무섭기도 했다. 조그맣게 노래를 부르기 시작했다, 이것저것 생각나는 대로 아무 노래나 불렀다. 점점 기분이 나아졌다. 고치 속에서 웅웅웅 울리는 노랫소리가 재미있기까지 했다. 구멍 밖으로 노래를 보내려 얼굴을 내밀었다. 창틀액자에 시커먼 그림자가 붙어 있었다. 저절로 입이 다물어졌다. 그림자가 황급히 사라졌다. 고치에 난 조그만 구멍으로는 그가 누구인지 구별해 낼 수 없었다. 숨을 죽인 채 기다렸다. 누군가가 다시 또 들여다볼지도 모를 일이었다. 그림자가 누구인지, 왜, 언제부터 내 방을 들여다본 것인지 궁금했다. 제발 벌거벗고 고치 속으로 들어가던 때만은 아니기를, 주인아들이 내 엉덩이만은 보지 않았기를 빌었다. 그럴 바에는 숫제 내가 푸른 우주선을 타고 온 외계인이 되는 것이 나을 것이었

다. 문득 그 누군가가 노랫소리를 듣고 다가왔을지도 모른다는 생각
이 들었다. 웅웅거리는 소리는 이상했을 것이었다. 그렇다면 그는 위
기에 처해있는 누군가를 도와주려 다가왔는지도 몰랐다. 그가 누구
였는지 다시 궁금했다.

그림자는 다시 돌아오지 않았다. 기다리던 나도 고치 밖으로 기어
나왔다. 배가 고팠다. 늦었지만 오랜만에 밥을 해서 먹었다. 포만감
때문인지 그 누군가, 아니 주인아들을 용서할 수 있을 것도 같았다.
미국에 있다는 아내와 아이들이 그리워 몸서리치는, 달밤에 뜰을 거
닐며 담배라도 피워 물어야 잠을 잘 수 있는, 그 남자에게 잠깐의 호
기심으로나마 그 외로움을 잊게 했다면 그것은 복 받을 일이라며 나
는 내 자신을 위로했다.

여전히 눈이 내리고 있다. 소리도 없이 함박눈이 내리고 있다. 뜰
에서는 아무런 소리도 기척도 느껴지지 않는다. 몸이 으스스 떨려온
다. 아무래도 창문을 닫아야겠다. 여는 것도 쉽지 않더니 닫는 것도
쉽지 않다. 힘껏 창문을 밀어본다. 끼기긱, 가까스로 창문을 닫는다.
창틀액자에 붙어 내 방을 들여다보던 사람이 주인의 아들임을 안
것은 그 일이 있은 다음 날이었다.

그날따라 출근이 늦어져 허둥지둥 서둘러 가며 걷고 있었다. 단독
주택지가 으레 그렇듯 내가 사는 집은 큰 도로에서 떨어져 있다. 15
분 정도만 걸어 내려와야 전철을 탈 수 있는 것이다. 잘된 일이었다.
억지로나마 걸을 수 있었으니 말이다. 하지만 늦잠을 자버린 날까지
운동을 하고 싶지는 않았다. 툴툴거리며 걷는데 뒤에서부터 차가 내

려오는 느낌이 들었다. 길옆으로 비켜설 수밖에 없었다. 스스륵 미끄러지듯 내려오던 차가 내 앞에서 멈추어 섰다. 그리고 창문이 내려지더니 한 남자가 상반신을 창밖으로 내밀며 물었다.

"서초동으로 출퇴근한다고 들었는데 타시겠어요? 저도 그 근처에 사무실이 있거든요."

순간적으로 놀랐지만 금세 그가 주인집 아들임을 알았다. 이 주변에서 나에 대해 알 만한 사람은 주인 내외밖에 없는 것이다.

사실 나는 남자가 호의를 보일 때 어떻게 해야 할지 잘 모르겠다. 엉뚱한 마음이 숨겨져 있는 호의를 덥석 받아들이면 싸구려 여자가 되고 말 것 같아서다. 그렇다고 거절하기도 어려운 게 만약 그 사람이 순수한 마음이었다면 친절의 대가를 무안으로 갚는 셈이 될 것이었다. 해서 나는 십이면 팔구 호의를 받아들이는 편이다.

"아, 아드님이시군요. 초면에 도움을 받아도 되는지 모르겠네요. 안 그래도 오늘따라 늦잠을 자서 서두르고 있었는데, 그럼 죄송하지만 감사합니다."

잠시 망설였지만 역시 나는 차에 올라타는 쪽을 택했다. 어쩌면 예상보다 더욱 선량해 보이는 그의 눈빛 때문이었는지도 모른다. 동병상련의 측은지심이 불러일으킨 호기심이었는지도 모르고. 대화를 나누지는 못했다. 라디오에서 흘러나오는 음악이 없었다면 서로 무척이나 거북했을 것이다.

오후 근무는 백화점에서 때웠다. 크리스마스와 연말, 부서 직원들에게 나누어줄 선물을 골라오라는 전무님 심부름 때문이었다. 선물을 골라놓고, 포장과 배송까지도 부탁해놓고, 백화점 안을 돌아다

넜다. 그런데 이런 우연이 있을까. 주인집 아들을 다시 만난 것이다. 먼저 발견한 쪽은 그였다. 선물 코너에서 오르골을 돌리며 음악을 듣고 있는데 그가 옆에 다가와 말을 걸었다. 근처 거래처에서의 일이 생각보다 일찍 끝나 셔츠나 한 장 살까 싶어 왔다고 했다.

그가 이끄는 대로 2층의 카페에 가서 앉았다. 그는 내게는 묻지도 않은 채, 자기 몫으로는 아메리카노를 내 몫으로는 카페라떼를 주문했다. 그런 그에게서 오히려 편안함을 느끼는 심리는 또 뭔지……. 잠깐이지만 이런 사람의 아내가 되면 얼마나 좋을까, 하는 생각까지 했다. 커피를 마시면서는 여전히 할 말이 없었다. 자꾸 푸른빛 고치와 발가벗은 내 몸, 창에 어리던 그림자가 떠올라 난감하기만 했다. 괜스레 전무님께 전화를 걸었다.

"수고 많았어요. 오늘은 그냥 거기서 퇴근하도록 해요. 그럼 내일 봅시다."

옆에서 듣고 있던 그가 잘됐다며 눈을 찡긋했다. 짤막하고 사무적인 전무님의 말투에 왠지 모를 섭섭함을 느끼고 있던 내게 말이다. 카페를 나와 함께 그의 셔츠를 골랐다. 물론 그의 부탁 때문이었다.

"부인과 아드님께 보낼 선물은 사셨나요? 부부들은 보통 크리스마스에 어떤 선물을 주고받는지 궁금해요."

"마침 잘됐네요. 아직 사지 못했는데 골라주실래요? 아내는 제가 고른 선물을 좋아하지 않더라고요. 제가 보는 안목이 없나 봐요. 여자 맘을 모르는 건지도 모르겠고……."

결국 그는 아들 선물은 나중에 사겠다며, 아내에게 보낼 하얀색 토끼털 조끼만 샀다. 다시 난감해졌다. 그가 함께 집에 가는 것을 당연히 여기는 듯했기 때문이다. 그럼 이만 가보겠다며 돌아서는 나를, 내 손을 그가 잡았다. 까닭 없이 친근하게 구는 그에게 나는 맥없이 끌려다니고 있었다.

집이 가까워오자 그가 아예 저녁을 먹고 들어가자는, 새로운 제안을 했다. 전철역 근처에 있는 패밀리레스토랑으로 갔다. 장소는 달랐지만 같은 이름의 레스토랑에서 엄마와 지루하도록 오래 기다렸던 기억이 떠올랐다. 지쳐가는 엄마를 보며 다시는 이런 곳 오지 않으리라 마음먹었었는데, 시간이 일러서인지 평일이어서인지 생각보다 한산했다. 안내를 받으며 그의 뒤를 따라 들어가는데 이상한 자부심이 솟아올랐다. 내가 생각해도 바보, 멍텅구리가 따로 없었다. 기껏 패밀리레스토랑에서 애인도 남편도 아닌, 유부남 주인집 아들과 저녁을 먹으러 가면서 자부심이라니 말이다. 식사를 하면서는 실없는 이야기를 주고받았다.

창문을 들여다본 사람은 역시 그였다. 방에 연두색 모형이 있던데 그게 뭐냐고 묻는 바람에 알게 되었다. 사실대로 말해주었다. 그가 보지 못했을 망고 씨 침낭도 있다며 덧붙이기까지 했다. 어찌나 이야기를 진지하게 들어주던지 하마터면 발가벗은 내 몸을 봤느냐고 물을 뻔했다. 그가 화장실에 간 사이 그의 핸드폰 번호를 확인 해 주인남이라는 이름으로 저장했다. 이런 칙칙한 용기가 내 몸 어디 숨어 있었는지는 나도 모를 일이었다.

집에 가려고 나와 보니 밖은 어느새 완전히 어두워져 있었다. 집 근처에서 먼저 내렸다. 그가 내 손에 억지로 쇼핑백을 쥐어주었다. 아내 선물이라며 산 토끼털 조끼였다. 터벅터벅 집을 향해 걷는데 눈물이 쏟아졌다. 아니, 웃음이 터져 나왔다. 방에 들어와 옷도 벗지 않은 채 침대에 누웠다. 그리고 설핏 잠이 들었던 것 같다.

어디선가 소리가 나고 있었다. 톡톡, 톡톡, 톡톡톡. 작지만 집요한 그 소리에 언젠가부터 계속 잠을 방해받고 있었다. 화들짝 일어났다. 짚이는 데가 있었다. 창틀액자가 있는 방으로 갔다. 소리는 계속됐다. 점점 빠르게 그리고 점점 크게. 톡톡톡, 톡톡톡, 톡톡톡톡.

예상대로 소리는 창틀액자에서 나고 있었다. 주인집 내외가 보면 어떡하려고, 겁이 덜컥 났다. 창문 밑에 바짝 웅크린 채, 창문 밖 주인집 아들임에 분명할 그에게 속삭였다. "여보세요. 누구세요?" 창문에 비친 그림자가 고개를 숙이며 말했다. "저예요. 외계인이 보낸 문자를 이제야 봐서요." 그렇다면 담배를 피우러 마당에 나왔다가 내 문자를 본 것이리라. 뜻밖의 선물을 받고 감사 인사 삼아 문자를 보낸 것인데…… "네에, 그랬군요." "오늘 잠깐 댁에 들어가 보면 실례가 될까요?" "어머, 이 밤에 왜요?" "그냥. 궁금해서요." "뭐가요?" "그냥 망고 씨 침낭도 그렇고 고치도 그렇고." "어머, 안 돼요. 이렇게 갑자기, 그것도 이렇게 늦은 밤에. 안 돼요, 정말 안 돼요." "역시 그렇지요. 알겠습니다. 잘 자요." 잠시 머뭇거리는가 싶더니 그림자가 기둥처럼 길게 늘어났다. 그러고는 곧 잔디 밟는 소리와 함께 사라졌다.

갑자기 허기가 느껴졌다. 라면을 끓여 TV를 보며 먹었다. 그런데 그때 왜 나는 뜨거운 면을 무릎에 흘리고도 소리를 지르기는커녕 입을 막아가며 참았던 걸까. 아니, 입을 막아가며 창틀액자를 살폈던 걸까. TV볼륨은 들리지도 않게 줄여놓고 말이다.

그 후로도 우리는 가끔 만났다. 별다른 일은 없었다. 친구처럼 담백한 대화를 나누는 정도였다. 출근을 같이하기도 하고 퇴근을 같이하기도 하면서 말이다. 그런데 오늘 일이 생기고 만 것이다. 크리스마스 이브여서였는지도 모른다. 아침부터 그가 문자를 보내왔다. '약속 없으시면 오늘 함께 지낼까요?' '네, 좋아요.' '지난번 레스토랑에서 5시 30분에 만나면 어떨까요.' '좋아요, 그렇게 하지요.'

마음이 싱숭생숭했다. 행복한 것 같기도 하고 슬픈 것 같기도 했다. 몇 번을 갈아입다 빨간 반코트를 입고 출근했다. 회사가, 아니온 세상이 온통 크리스마스 분위기에 취해 있었다. 붕붕 떠오르는 마음을 눌러 앉혀야 했다. 주인집 아들은 주인남일 뿐이다, 더욱이 그는 아내와 아들이 있는 유부남이 아닌가, 하면서.

레스토랑에서 나눈 대화는 별다른 것이 없었다. 익숙하지 않은 남녀가 나누기 십상인 뻔하디뻔한 이야기들을 주고받으며 조금 실망을 느꼈던 것도 같다. 집으로 돌아오는 길, 그가 물었다. 밤에 침낭들을 보러 가도 되느냐고. 잠시 망설였지만 그러라고 했다. 나는 다른 사람이 내 호의나 친절을 구할 때 어떻게 해야 할지 모르겠다. 덥석 들어주자니 내가 싸구려 여자가 되는 것 같고 거절하자니 그 사람이 무안을 느낄 것 같아서다.

집에 돌아오자마자 서둘러 청소를 했다. 청소라고 했지만 사실 치울 것은 별로 없었다. 지난번 창문에서 말을 주고받은 뒤로 틈만 나면 쓸고 닦았기 때문이었다. 게다가 그의 관심사는 오직 침낭 두 개이지 않은가. 먼저 망고 씨 침낭의 장식부터 예쁘게 손봤다. 장식 하나하나를 만져 주름을 편 채 침대 위에 깔아놓았다. 고치 침낭은 먼지를 털어내고 향수까지 뿌렸다. 그러고도 시간이 많이 남아 샤워를 했다. 시간이 더디게 흘렀다. 창틀액자로부터 톡톡 하는 소리가 들려왔다. 왜 그는 문으로 오지 않는 걸까. 창문에다 대고 현관으로 와달라고 속삭였다.

드디어 그가 집으로 들어섰다. 사실 주인남은 내 집에 들어온 첫 남자였다. 그것만으로도 기분이 이상해졌다. 휘휘 방을 둘러보더니 그가 고치부터 보고 싶다고 말했다. 그를 데리고 창틀액자가 있는 방으로 갔다. 그가 고치를 유심히 살폈다. 만져보기도 하고 두드려보기도 하면서. 고치가 작아 들어가 볼 수 없는 게 아쉽다며 나보고 들어가 봐 주겠냐고 물었다. 나중에요, 라고 말했던 것 같다. 푸른 고치는 벌거벗고 들어가야 하기 때문이었다. 커튼을 걷자 창틀액자가 모습을 드러냈다. 마침 사각창문 가득 함박눈이 안개꽃처럼 흩어지고 있었다. 역시 창틀액자는 그에게도 놀라운 것이었다. 흡족함이랄까, 기쁨이랄까, 좋은 선물을 준 것처럼 가슴가득 기분 좋은 그 무엇이 차오르기 시작했다. 그의 손을 잡고 침대 방으로 갔다. 그가 망고 씨 침낭을 쓸듯 만지며 물었다. "저도 한 번 들어가 보고 싶은데 괜찮을까요?" 대답대신 지퍼를 열어 주었다. 벌거벗은 채 고치침낭 속을 드나들던 나를 봐서일까, 그가 웃옷을 벗었다. 스스럼없는 태도였다. 그러고는 이어 바지를 벗었다. 내가 할 수 있는 행동은 다른 쪽으로 시선을 돌리는 것뿐이었다. 그러다 얼떨결 뒤돌아보다 본 그것은……. 세상에 태어나 처음으로 본 그것은 신비하지도 멋지지도 않은, 오히려 거북하고 낯설고 흉측하기까지 한 모습이었다. 그가 엎드려 침낭의 입구를 벌렸다. 구부린 그의 등과 엉덩이가 참으로 가난하게, 외롭게 느껴졌다. 그가 드디어 침낭 속으로 완전히 들어갔다. 지퍼를 닫아 주었다. "불을 한번 꺼 봐요." 불을 끄자 잠시 후 그가 말했다. "당신 말대로 땅 속에 묻힌 느낌이 드는군요. 수의를 두르고 관 속에 누워있는 기분이에요."

그런데 왜 그러는 것일까. 가슴속에서 무엇인가가 복받쳐 오르면서 그를 안아주고 싶어지는 것이었다. 침낭 위에서 조심스레 그를 안았다. 그도 움직이지 않은 채 그대로 있었다. 침낭 안쪽에서 전해지는 그의 숨결이 따뜻하고도 어색했다. 한참을 그냥 그렇게 있었다.

"당신 지금 무슨 생각해요?" 그의 물음에 나는 옷을 벗었다. 그리고 지퍼를 열었다. 그가 침낭 안으로 나를 끌어들였다. 사랑의 행위는 벌에게 쏘이는 아픔이었다.

뜰을 비춰주던 현관 등마저 꺼지고 만다. 이제 밖은 완전한 어둠, 내 방의 형광등만이 밖의 어둠을 밝혀줄 뿐이다. 이렇게까지 내가 눈 내리는 광경에서 눈을 떼지 못하는 것은 다 창틀액자 때문일 것이다. 그리고 의문과 두려움 속에서도 이렇게 그를 그리워하는 것은 내가 땅속에 있기 때문이고. 문득 내 속에서 무언가의 작은 움직임이 느껴진다. 그것은, 산란관이 꽂힌 한 마리 유리산누에나방 애벌레가 이윽고 날개를 꺼내는 몸짓일 것이다.

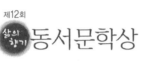
제12회 삶의 향기 동서문학상

수필 부문

수필 부문 금상

몽당연필

최선자

　수상자 발표 다음 날, 동학사에 다녀왔습니다. 미리 예정된
여행이기도 했지만 젖은 숲을 보고 싶은 마음은 찬비도 막지
못했습니다. 산문에 들어서자 제 예상은 여지없이 빗나갔습니
다. 흠뻑 젖어 울고 있으리라 생각했던 나무들은 음악 감상 중
이었습니다. 바람과 비, 바위와 물이 오케스트라를 연주하고
있었지요. 꿈같은 현실이 믿기지 않아서 서성이던 축하 메시지,
카카오톡, 전화벨 소리가 덩달아 기쁨의 연주를 시작했습니다.
나무들은 색색의 엽서에 축시를 써서 제 머리 위에 뿌려주었지
요. 바람이 엽서 한 장을 고목의 상처 위에 올려놓자 꽃이 되었
습니다. 저도 문학으로 상처에 꽃을 피우는 법을 배워 나가겠습

니다. 그동안 수없이 담금질을 하시며 저를 다듬고 계셨던 하나님께 영광을 돌리며 부모님께 감사드립니다. 제 인생의 환승역이 되어주신 충북예고 정진명 선생님께 감사드리며 이 여행이 결코 헛되지 않도록 하겠습니다. 배준석 선생님께도 감사드립니다. 오랜 세월 잠들지 못했던 제 슬픔의 현을 잠재워주신 심사위원님들께 진심으로 감사드리며, 더 열심히 하라는 격려로 알고 초심을 잃지 않도록 노력하겠습니다. 축하를 아끼지 않은 주위의 모든 분들도 감사합니다.

몽당연필

최선자

　모시 적삼을 생각나게 했던 날씨가 지쳤는지 수그러들었다. 가는 곳마다 솔 향 가득한 강릉, 혼자서 떠나온 이 박 삼 일간의 여행 마지막 날이었다. 아쉬운 마음을 접고 숙소를 나오자 해변에서 들었던 파도 소리가 귓가를 맴돌았다. 아침 산책길에 만났던 청설모도 눈에 아른거렸다. 문학의 발자취를 찾아보는 것도 좋았지만 자연에 흠뻑 취할 수 있어 더 좋았다. 모처럼 혼자만의 여행은 나 자신을 돌아보는 기회이기도 했다.

　김시습 기념관을 가기 위해 들렀던 버스정류장에서 있었던 일이다. 세월의 발자국 가득한 얼굴, 닳고 닳아버린 손톱에 눈길이 멈췄다. 순간, 낯선 할머니 손을 덥석 잡고 만지자 마음이 손등을 타고 마음으로 건너갔다. 할머니는 빙그레 웃으며 그윽한 눈으로 내 얼굴을 쳐다봤다. 아! 할머니는 손이 언어였다. 모음과 자음이 다 들어 있는 손, 허공에 긴 문장을 쓴 몽당연필이었다. 말을 못하는 장애를 가진 할머니는 눈빛으로, 나는 울컥하는 마음으로 많은 이야기를 나눴다.

평생 허공에 문장을 쓰며 살아야 하는 손, 내 마음이 어떻게 한눈에 그 손을 알아봤는지 알 수 없는 일이었다. 집에 돌아와서도 며칠 동안 가슴이 먹먹했다. 친정엄마는 외할머니의 아픈 손가락이었다. 몽당연필이 되어버린 손을 가슴에 얹고 먼 길을 떠났다. 십일 남매를 키우면서 수없이 허공에 쓴 사랑의 단어들, 엄마의 말을 우리 형제들은 눈으로 들었고 천둥소리를 듣지 못하는 엄마도 자식들 숨소리를 눈으로 들었다. 세월이 흐르면서 엄마의 연필은 점점 몽당연필이 되어갔다. 하지만 친정을 가는 것도 사치일 만큼 힘든 생활 속에서 엄마는 항상 뒷전이었다. 나는 입으로 말하고 내 아이들은 귀로 들으면서 잊어가고 있었다.

부모는 기다려주지 않는다는 것을 그때는 까맣게 몰랐다. 형편이 나아지면 엄마한테 효도하리라 미루며 자식들에게만 신경을 썼다. 엄마는 언제나 우리 곁에 있을 것으로 생각했다. 위암 말기로 삼 개월의 시한부 삶이 남았을 때 당신의 증세를 몽당연필로 허공에 쓰는 것을 보고서야 나는 제정신이 들었다. 그동안의 불효에 뒤늦게 후회하며 통곡했지만 소용없는 일이었다. 엄마는 그렇게 내 곁을 떠났다.

서른여섯 살의 아내와 어린 딸들을 두고 떠난 외할아버지는 마지막에 외할머니 손을 잡고 엄마를 평생 데리고 있어 달라고 부탁했다고 한다. 보기 드문 미인이었던 외할머니는 수절한 채 외할아버지의 유언을 지켰다. 우리 자매들이 청상과부인 미인을 보쌈해가지 않았다고 그 시절 남자들을 원망하자, 개가하려고 맘을 먹었다면 했겠지만 딸들 눈에서 눈물 흘리게 할 수 없었다고 했다. 외할머니가 재혼하지 않은 이유 중에 엄마의 영향이 제일 크지 않았을까 하는 생각이 든다.

엄마는 두세 마디의 말문이 트이고 청력을 잃었다고 했다. 홍역을 앓으며 심한 고열에 시달린 후 더는 소리를 듣지 못했다. 외할머니는 병마를 떨치고 일어나준 딸이 대견해서 기쁜 나머지 처음에는 청력을 잃었는지도 몰랐다고 한다. 아무리 불러도 돌아보지 않은 딸을 보고 하늘이 무너지는 것 같았다고 했다. 사방팔방 용하다는 의원을 찾아다녔지만 허사였다. 외할아버지는 애꿎은 담배 연기에 한숨을 실어 보냈고 외할머니는 수없이 눈물을 쏟았다고 한다. 어린 딸의 손이 허공에 언어를 쓰는 연필로 변해가는 것을 속수무책 지켜봤을 부모의 마음을 어찌 짐작할 수 있을까. 평생 가슴에 피멍을 안고 살았으리라.

외할머니는 말 못하는 딸을 둔 죄로 사위 때문에도 한없는 속울음을 울었을 것이다. 아버지는 농번기에도 주막에 진을 치고 오가는 사람들을 불러 술을 사주었다. 오죽했으면 날아가는 까마귀도 술을 사준다고 소문이 났을까. 주사 또한 심했지만, 외할머니는 멀쩡한 사위가 당신 딸하고 사는 것만으로 모든 허물을 덮어 주었다. 유년시절 아버지의 기억은 술에 취해 있지 않으면 항상 책을 읽는 모습이었다. 나는 술이 과한 아버지를 늘 원망했다. 그러던 어느 날 아버지를 조금 이해하게 된 계기가 있었다.

숫눈 같은 마음에 입은 상처는 평생 잊히지 않은 것 같다. 초등학교 오 학년 때 일을 지금도 생생하게 기억한다. 삼반은 선생님이 공석이어서 남자는 일 반, 여자는 우리 반에서 수업을 받았다. 날마다 청소시간에 삼반들은 자기 교실에 가서 놀았다. 그날도 마찬가지여서 두 반 여자애들이 잠깐 말다툼을 했다. 청소 감독을 맡은 부반장이었던 내가 청소하기 싫으면 수업도 우리 교실에서 하지 말라고 했다. 청소시간이 끝나자 언제 그랬냐는 듯 재잘거리며 하교했다.

일은 다음 날 터졌다. 그 시절 우리는 사적 세우는 아이라는 말을 했다. 치맛바람을 날리는 엄마 덕분에 선생님들이 편애하는 아이라는 뜻이다. 소문난 편애 받는 여자아이가 삼반이었다. 나는 학창시절 처음이자 마지막 매를 그때 맞았다. 교무실에서 찾는다기에 갔더니 교무주임이 다짜고짜 뺨을 세 대나 후려쳤다. 눈에서 번갯불이 번쩍했다. 영문도 모른 채 닭똥 같은 눈물이 뚝뚝 떨어졌다. 삼 반 아이들을 우리 교실에 못 오게 했다고 나를 퇴학시키겠다고 협박했다.

이유는 한 마디도 묻지 않은 채 때리고 협박했던 교무주임이 야속했다. 또 당신 딸 말만 듣고 일방적으로 말했을 치맛바람 엄마도 미웠다. 하지만 미움보다 더 큰 슬픔이 어린 내 가슴을 흔들었다. 내가 왜 그런 말을 했는지, 우리 엄마는 항변해 줄 수 없기 때문이었다. 아버지도 나처럼 슬퍼서 술을 마실 것이라고 생각했다.

허공에 언어를 쓰는 엄마였지만 눈썰미가 좋아서 길쌈, 바느질, 음식 솜씨까지 근동에 소문이 자자했다. 아이스크림처럼 입안에서 사르르 녹던 산자 맛은 지금도 잊을 수 없다. 꼭 전수받고 싶었는데 삶에 쫓기다 보니 뜻을 이루지 못했다. 엄마는 대가족의 뒷바라지에 농한기에도 온종일 종종걸음 치고, 밤이면 등잔불 아래서 수를 놓고 바느질을 했다. 물레 소리, 베 짜는 소리가 자장가였다. 무명천에 곱게 염색해서 자식들 옷을 해주었다. 외할머니와 아버지는 여름이면 모시 한복, 겨울이면 명주 한복, 명주 두루마기를 입고 외출했다. 엄마 정성이 듬뿍 담긴 천연재료로 만든 이불을 덮고 자고 옷을 입었지만, 시장에서 산 기성복을 입은 친구들이 부러웠다. 아침 일찍 일어나고 밤늦게 잠자리에 들었던 엄마, 한 번도 잠든 모습을 보지 못하고 자랐다. 하나둘도 아니고 형제들의 사춘기도 제각각이어서 엄마가 허공에 썼던 긴 문장을 지나가던 바람이 주워 먹는 일도 있었다. 하지만 하나같이 잘 자라준 것도 따뜻한 품과 몸소 자식들한 테 보여준 부지런함 때문일 것이다.

말을 할 수 없으니 아무리 속이 상해도 다른 사람에게 털어놓지 못하고 늘 혼자 삭혔으리라. 가장의 짐을 지고 허덕이는 딸을 보며 눈물도 많이 흘렸을 것이다. 하지만 나는 엄마가 떠나고 십 년이 지나서야 세 아이를 남부럽지 않게 키워놓고 만학도가 되었다. 무서리가 흠뻑 내린 중년의 끝자락에 방송대 국어국문학과에 입학한 것이다. 흐뭇해하며 이제는 한시름 놓았다고 몽당연필을 들어 허공에 쓰는 엄마 모습을 상상해본다.

한 번도 엄마와 여행을 하지 못한 딸의 한을 알았을까. 낯선 여행지에서 난생처음 덥석 잡아본 손의 임자가 엄마를 닮은 사람이었다니, 아직도 믿기지 않고 가슴이 뭉클하다. 뒤주 밑이 긁히면 밥맛이 더 난다는 속담은 무엇이 없어진 다음에야 그것이 더 간절하게 생각난다는 뜻이다. 불효자에게 그것이 부모인 다음에야 오죽하겠는가. 차마 용서해 달라고 말하지 못하고 눈물이 볼을 타고 흐른다. 엄마가 몽당연필로 문장을 썼던 허공을 본다. 거기, 환하게 웃는 엄마 얼굴이 있다.

수필 부문 은상

다리

김미향

  한 통의 전화가 잠들었던 세포를 모두 깨워놓습니다. 생각지도 못한 수상 소식은 아직도 어리둥절하여 햇살마저 주춤거리게 합니다. 정신을 차리고 나니 그제야 어머니가 보입니다. 아픈 다리를 애써 숨기며 지금까지 나를 지탱시켜 준 어머니. 지난 세월을 써 내려가자면 책 몇 권으로도 부족한 어머니. 여식은 날로 좋은 시절을 맞고 어머니는 나날이 세월을 먹어갑니다. 오늘은 그 어머니를 꼭 안아드리고 싶습니다. 잊은 척 미루어 두었던 꿈이 있었습니다. 꿈에 노력을 더하니 웅크리고 있던 글이 종이 위에서 꿈틀거렸고, 정수리에는 뜨거운 기운이 일었습니다. 발부리에 차인 작은 돌이 내는 소리에도 숨은 언어를 찾으

려 애를 썼고, 신선한 새벽의 낱말들을 가슴속에 묘사하며 걸음을 이어간 적도 많았습니다. 짙어 가는 가을밤, 이 밤이 참으로 고요하기만 합니다. 자만하지 않고 차분히 다시 글 세상에 한발을 들여놓기 위해 고심의 밤을 새워 볼까 합니다. 부족한 글이지만 선에 올려주신 심사위원님께 감사드립니다. 더 정진하겠습니다. 그리고 늘 응원해주는 어머니와 형제자매에게도 고마움을 전하고 싶습니다.

다리

김 미 향

아릿한 통증이 인다. 키 큰 나무 아래서 또다시 멈춰서고 말았다. 무릎 속의 반란으로 그 자리에 앉은 게 몇 번째인지 모르겠다. 몸무게가 화근이었을까. 잠잠하더니 이내 또 욱신거린다. 오십여 년 동안 나를 굳건히 지탱해 준 다부진 다리, 절름거리는 걸음이 어색하여 잠시 몸을 벤치에 내맡긴다. 몸과 머리만 늙나 보다 했던 생각들은 망각이었을까. 나이는 비켜가는 곳 없이 온몸 구석구석을 집어먹고 있었다. 건망증이 일고, 육신이 피로해질 무렵 뜻하지 않은 무릎이 나를 주저앉히고 만다.

이태 전, 어머니는 성치 않은 무릎에 결국 칼을 대셨다. 견디고 견디다 더는 견딜 수 없는 통증이 팔순 노모의 발목을 잡았다. 치미는 아픔도 숨기고 살아왔던 어머니. 돌아보면 당신의 삶은 고단함이 전부였던 것 같다. 영원히 변치 않으리라 믿었던 젊음의 단단한 뼈도 세월에 바람이 들고, 물컹하던 연골도 말라갔다. 세월을 한탄할 수는 없으나 어머니의 지나간 삶이 자꾸만 목이 메도록 아파온다. 어디로 갔을까. 어머니의 젊음도, 육신의 단단하던 버팀목들도.

수술을 권하는 의사와 죽어도 받지 않겠다는 어머니 사이에 작은 실랑이가 벌어졌다. "바닥을 기어 다니는 한이 있어도 나는 병원 신세 안 질 거요." 큰아들뻘 되는 의사 앞에서 손사래를 치며 진료실 문을 박차고 나오는 어머니의 기세는 죽지 않았다. 팔순에도 늙지 않는 자존심, 어머니의 당당한 기세가 좋았다. 지금 생각해 보니 그렇게 되돌아 나온 것은 아마 수술비 때문이었는지도 모른다.

고향집으로 돌아온 어머니의 거동은 날로 힘들어 보였다. 아무리 설득을 해도 고집은 한결같았다. 언니들도 어머니의 고집을 꺾지 못하고 눈치만 살폈다. 여동생들의 설득을 지켜보던 큰오빠가 지금껏 하지 못했던 말을 건넨다. 더 나빠져 걸을 수 없을 때, 객지에 사는 자식들 집에는 어떻게 올 것이며, 대소변은 누가 받아낼 것이냐고 단호하게 말했다. 어머니의 눈빛이 조금씩 누그러들고 있었다. 다음 날 아침 어머니는 묵묵히 짐을 꾸렸다. 자식들과의 단절이 두려웠던 것일까. 못 이긴 척, 어머니는 그렇게 쇠고집을 꺾고 수술대 위에 몸을 뉘이셨다. 아버지가 돌아가시고 점점 노쇠해가는 당신을 큰오빠에게 의지하고 있는 어머니. 어머니에게 있어 큰오빠는 지아비이자 자신의 분신과도 같은 존재였으리라.

두려움은 잠시였다. 현대 의학이 어머니의 무릎을 매만졌다. 몇 개의 인공 관절이 옹기종기 들어앉아 허물어져 가는 어머니의 육신을 가볍게 돌려놓았다.

젊었을 때, 어머니는 행상을 다니셨다. 생선이 귀한 산골 마을도, 오불꼬불한 언덕길을 지나는 작은 마을도 생선 대야를 이고 드나들었다. 어느 날부턴가 우리에게 수시로 다리를 주무르라고 일렀다. 철이 없었던 나는 손으로 몇 번 조몰락거리고는 잠이 들곤 했다. 수차례 끙끙 앓는 소리를 잠결에 들었고 벌떡 일어나 다리를 두드리기도 하셨다. 민간요법으로 풀뿌리를 짓이겨 동여매는가 하면 다리를 밟게도 했다. 작은 손보다는 체중을 실어 꾹꾹 누르는 두 발이 더 시원했나 보다. 고달픈 삶의 무게가 무릎을 짓눌렀을까. 어머니의 무릎은 갈수록 제 기능을 잃어갔다.

자식들의 눈에 어머니의 다리는 왜, 세월을 거스르는 튼튼한 다리로만 보였을까. 새색시에서 억척스레 살아가는 강인한 여인의 모습으로 바뀌었어도 마냥 건강한 줄로만 알았다. 크게 내색하지 않고 오히려 아픔을 보람으로 승화시켰던 어머니. 버텨온 세상의 무게를 감히 짐작이나 할 수 있을까. 머릿속이 복잡해진다.

어머니는 마당 넓은 기와집에서 곱게 자란 아기씨였다. 몸종을 부릴 만큼 윤택했던 집안의 맏딸이 가난한 아버지에게로 시집을 왔다. 궁핍에서 벗어나고자 발버둥을 쳐도 살림살이는 나아지지 않고 더 무거운 짐이 쟁여졌다. 행여 자신의 처지가 걱정을 끼칠까 봐 차츰 친정집도 멀리했다. 꽃 같은 나이에 궁한 집안의 며느리가 되었고, 오 남매를 둔 어머니는 힘겹게 삶을 일구어 나갔다.

말은 하지 않았지만 아픈 다리를 숨기며 지금까지 보여준 사랑을 깊이 되새긴다. 어머니의 어머니에게서 물려받은 건 생명력 강한 삶이었다. 어머니는 생선 대야를 이고 낯선 골목골목을 헤매며 자식들의 미래를 궁리했을 것이다. 생활이 힘겨운 만큼 뼈는 내려앉았고 애간장이 녹아내리는 만큼 관절액은 메말라갔을 터이다. 잘려져 나간 어머니의 관절은 희로애락이 엉겨 붙어 있는 팔십 년 세월의 축소판이었다.

고되었던 일들을 이제는 웃음으로 이야기할 수 있는 어머니. 돌이켜보면 흘러간 추억으로 기억된 그 순간이 생에서 가장 환히 빛나던 때였으리라. 식구들 배 곯리지 않겠다는 신념으로 하루 종일 이 고개 저 고개를 오르내리느라 얼마나 휘청거렸을까. 홀로 산을 넘자면 그 산은 아마 태산보다 더 높아 보였을 것이다. 가난했던 시절의 이야기는 어머니의 휘어진 두 다리에 고스란히 아로새겨져 있었다. 엊그제 일처럼 아직도 생생한데 이제는 기억 속의 일이 되었다고 주름보다 더 깊은 미소를 짓는다. 빛바랜 한 장의 사진처럼.

한때는 휘어진 다리가 부끄럽다며 긴 치마만을 고집하던 어머니가 요즘은 바지를 즐겨 입는다. 일자로 쭉 곧아진 다리가 자신감을 불어넣어 주었으리라. 키도 더 커진 것 같다며 활짝 웃는다. 새색시 적 고운 다리는 아니지만 인공적으로 곧아진 다리가 이제라도 어머니의 자존심을 꼿꼿이 지켜주게 되어 다행이다.

지금은 내 걸음보다 더 늦어진 어머니의 발걸음을 위해 일부러 걸음나비를 맞춘다. 앞서거니 뒤서거니 몇 걸음이나 뗐을까. 나는 다리가 아프다며 응석을 부린다. 아직 젊은데 뭐 그리 아프냐며 어머니가 먼저 벤치에 걸터앉는다. 나도 슬쩍 옆에 앉아 어머니의 마음속으로 촘촘히 걸어 들어간다.

쉼을 바라보는 나는 홀로서기를 하며 세상의 풍파를 더러 만났다. 길 위에 서 있는 나에게 중요한 건 속도가 아니라 방향이었다. 저 너머에 있는 게 아니라 바로 이 순간에 있기 때문에 좌절과 절망이 온몸을 옥죄어올 때는 두렵기까지 했었다. 막막한 세상 속을 어떻게 헤쳐 나갈 것인가 고민할 때나 세상을 향해 울분을 흘려보낼 때도 어머니는 아픈 무릎에 나의 고단한 머리를 얹게 해 주었다.

어머니의 마음 위에 설익은 나의 마음을 올려본다. 나는 이 다리로 혼자 버티기에도 힘겨운데 온 가족을 지탱한 어머니의 다리는 얼마나 고단했을까. 어머니에 비하면 내 삶의 무게는 티끌에 지나지 않는다는 것을 당신의 아픈 다리를 통해서 깨우친다. 앙상해진 어머니의 다리를 지금까지 한 번이라도 따뜻이 만져준 적이 있었던가. 생각이 거기에 미치자 앉은 자리가 바늘방석 같다. 얼른 일어난다. 욱신거렸던 다리가 풀리기 시작한다.

저 멀리서 아기씨 적 앳된 모습의 어머니가 코스모스처럼 한들한들 걸어오고 있다.

수필 부문 은상

포대기

이혜경

   한때는 문학의 꿈을 꾸던 소녀였습니다. 책장을 넘기다 마음에 드는 글귀가 나오면 밑줄을 그으며 가슴이 두근거렸습니다. 문예반 활동을 하면서 확신이 깊어졌고, 꿈을 살찌우기 위해 다양한 맛의 책을 골라 꿀꺽 삼켰습니다. 대학 때 국문학을 전공으로 택한 것이 저에게는 너무도 당연한 일이었습니다.

   학교를 벗어나 사회의 울타리로 나오면서 책에서 점점 멀어지기 시작했습니다. 가정을 꾸려 아내와 엄마라는 이름표를 단 뒤부터는 문학이라는 꿈을 꾸었다는 사실조차 잊고 지냈습니다. 서점에 가면 소설책보다 동화책에 먼저 손이 가고, 시집보다는 아이들 참고서에 먼저 눈이 가는 지극히 현실적인 아줌마로 변해버렸습니다.

뒤늦게 수필을 만나면서 다시 꿈이 생겼습니다. 다양한 사연이 담긴 글을 찾아 읽으면서 감탄사를 쏟아내기도 하고, 가슴이 먹먹해져 한동안 말줄임표로 멈춰 있기도 했습니다. 그러는 동안 다른 사람의 글을 읽는 것에 그치지 않고 내 이야기를 글로 엮어 보고 싶다는 욕심이 고개를 들었습니다.

내가 잊고 지냈던 기억의 조각들을 꺼내 새롭게 맞춰가는 경험은 묘한 중독성이 있었습니다. 수필을 쓰는 일이 즐겁기도 했지만 새삼 아프고 괴로운 순간도 있었습니다. '포대기'는 가장 애착이 가면서도 가장 저를 아프게 했던 글이었습니다. 그래서 수상 소식을 들었을 때 날아갈 듯 기쁘면서도 마음 한구석이 시큰거렸습니다.

제 글에 눈 맞추어 주시고 뽑아 주신 심사위원 선생님께 감사의 말씀을 올립니다. 꿈을 향해 나아갈 수 있도록 멋진 기회를 주신 동서식품에도 고맙습니다. 마지막으로 옆에서 늘 응원을 아끼지 않는 가족들에게 사랑한다는 말을 전합니다.

포대기

이 혜 경

몇 번의 실랑이 끝에 큰엄마는 기어이 내 주머니에 봉투를 밀어 넣었다.

"애 낳을 때 못 와서 미안하다. 이걸로 포대기라도 하나 사거라."

물기 오른 눈빛 앞에서 뿌리치던 손이 스르륵 풀리고 말았다. 얼마나 오랫동안 품고 다녔으면 각진 모서리가 보들보들 허물어졌을까. 빈 봉투를 채우기까지 성치 않은 다리로 아파트 계단을 오르내리며 걸레질했을 모습이 떠올라 코끝이 뜨거워졌다.

사람 좋기로는 동네에서 큰엄마를 따라올 사람이 없었다. "때마다 밥을 먹으니 사람인 줄 알지, 그렇지 않으면 부처라고 믿을 사람"이라는 말을 들을 정도였다. 넉넉지 못한 살림에도 이웃들에게 선뜻

밥솥을 열었고, 마을 경조사가 있으면 내 일처럼 부엌데기를 자처했다. 햇볕에 그을린 주름진 얼굴이지만 찔레꽃을 닮은 미소에서는 은은한 향기가 묻어났다.

부드러운 인상과 달리 삶의 여정은 거칠기 짝이 없었다. 젊어서부터 혼자 몸으로 어떻게 살림을 꾸려왔는지 모를 일이다. 이상한 것은 집 안 어디에서도 큰아버지의 흔적을 티끌만치도 찾을 수 없다는 점이었다. 빛바랜 사진 한 장조차 남아 있지 않았다. 그런데 큰아버지가 어떻게 돌아가셨느냐고 물을 때마다 대답이 조금씩 달랐다. 전에는 월남전에서 실종되었다고 하더니 어떤 날은 교통사고로 돌아가셨다고 했다. 말의 앞뒤가 맞지 않았지만 그 얘기만 나오면 그늘이 드리워지는 모습에 더 물을 수도 없었다.

젖먹이 시절부터 나는 유난히 큰엄마 치맛자락에 매달려 다녔다고 했다. 엄마를 제쳐 두고 큰엄마에게 포대기를 끌고 가 업어 달라 떼를 썼단다. 포대기 밑으로 다리가 쑥 빠져나올 만큼 자랐어도 큰엄마 등에 업혀 동네 마실을 다녔다. 내가 아프기라도 하면 몇 시간이고 등에 업고 달래면서 재우기도 했다. 늘 내 차지였던 따뜻한 등이 있었기에 동생이 태어나서 엄마를 빼앗겨도 별로 시샘이 나지 않았다.

초등학생 때는 방학만 되면 아예 큰집에서 살다시피 했다. 엄마의 따가운 잔소리를 피해 마음대로 놀 수 있으니 천국이 따로 없었다. 동네 아이들을 불러 모아 집을 난장판으로 만들어 놓아도 큰엄마는 미간 한 번 찌푸리는 일이 없었다. 꾸지람은커녕 나와 친구들을 위해 이것저것 간식을 내왔다. 나를 위해서라면 어떤 수고도 마다하지 않던 내 편이 있어서 어린 마음에도 얼마나 든든했는지 모른다.

사춘기 무렵, 우연히 어른들이 나누는 이야기를 듣고 내 귀를 의심했다. 지금껏 큰엄마로 알고 있던 분이 실은 큰아버지 부인이 아니었다. 더욱 놀라운 것은 아버지와 처음 결혼을 한 분이라는 것이었다. 집안의 삼 대 독자인 아버지가 결혼한 지 몇 해가 지나도 자식을 보지 못하면서 두 분의 사이가 멀어졌다. 결국 아버지는 엄마와 재혼해 늦은 나이에 자식을 얻었다. 비록 부부로 이어진 줄은 끊어졌지만 인연은 끝난 게 아니었다. 집에서 멀지 않은 동네에서 혼자 지내던 큰엄마와 왕래가 이어졌기에 우리 남매들은 그분을 친척이라 믿었다. 유독 큰아버지 얘기만 나오면 말끝이 흐려지는 이유가 궁금했는데 그럴 수밖에 없는 사연이 숨겨져 있었다.

그 시절은 툭하면 사소한 일에도 감정이 폭풍처럼 휘몰아치던 사춘기였다. 엉킨 실타래처럼 복잡한 가족사는 내 마음을 더 꼬이게 만들었다. 이제껏 큰엄마로 알았던 분이 아버지의 전(前) 부인이라는 것을 하루아침에 받아들이기는 힘든 일이었다. 아버지의 이중성에 혼란스럽기만 했다. 가족들에게 늘 다정다감한 미소를 보여주는 아버지가 큰엄마 가슴에 못을 박은 장본인이었다니 믿을 수가 없었다.

엄청난 비밀을 감추고 계속 왕래를 해 온 엄마와 큰엄마도 이해가 안 가기는 마찬가지였다. 부엌에서 나란히 앉아 제사 준비를 하던 두 분의 모습은 자매라 해도 믿을 정도로 다정해 보였었다. 어찌 그리 태연한 얼굴로 속 이야기를 털어놓고 지냈는지 내 깜냥으로는 받아들이기 힘들었다.

친엄마 이상으로 마음을 기댔었지만 모든 사실을 안 이후로는 전처럼 허물없이 대할 수 없었다. 괜찮은 척하고 싶어도 마주하는 순간부터 얼굴이 굳어지고 말문이 닫혀 버렸다. 그분의 잘못이 아닌 걸 알지만 더 이상은 아무것도 모르던 때로 돌아갈 수 없었다. 눈조차 마주치지 않으려는 나에게 큰엄마는 아무 말도 하지 않았다. 그저 어떤 말로도 형용할 수 없는 처연한 눈빛으로 나를 바라볼 뿐이었다.

한 남자의 아내가 된 후에야 비로소 같은 여자의 입장에서 큰엄마를 바라볼 수 있었다. 사방 천지에 말 한마디 섞을 가족 한 사람 없이 지냈으니 그 허전함은 무엇으로도 채워지지 않았으리라. 껍데기 뿐인 빈 둥지에서 얼마나 외로운 시간을 보냈을까? 어쩌면 나에게 아낌없이 사랑을 쏟은 것도 지독한 외로움을 달래보려는 슬픈 몸부림이었는지 모르겠다. 차갑게 굳었던 마음이 조금씩 풀려갔다. 아무것도 모르던 시절로 돌아갈 수는 없지만 그럴 수밖에 없었던 어른들의 입장을 헤아려 보려 노력했다. 설사 이해할 수 없다고 해도 있는 그대로 받아들이는 것 말고는 내가 할 수 있는 일이 없기에 가벼운 마음이 되고자 했다.

여자로서 새 생명을 품지 못하는 것보다 끔찍한 형벌은 없다. 그 아픔을 누구보다 잘 아는 분이라 그런지 내 임신 소식을 듣고서 누구보다 기뻐했다. 나에게만은 당신과 같은 아픔이 비켜가기를 누구보다도 바랐을 것이다. 꼭 잡은 손끝이 떨릴 정도로 감격하는 모습에서 평생 동안 지울 수 없었던 상처가 희미하게 전해졌다.

큰엄마가 놓고 간 돈으로 포대기를 하나 장만하기로 했다. 이미 손에 익은 아기띠가 있지만 포대기를 사라던 큰엄마 말이 귀에 쟁쟁해서 동네에서 제법 멀리 떨어진 큰 시장으로 향했다. 알록달록한 색상에 주머니가 여러 개 달린 요란한 모양새의 아기띠와 달리 포대기는 생김새부터 무척 단순했다. 촘촘하게 누빈 직사각형 몸판에 달랑 긴 띠 두 개가 붙어 있는 것이 전부였다.

덜컥 사 오긴 했지만 초보 엄마가 익숙한 아기띠 대신 포대기로 아이를 업는 일은 불안하기 짝이 없었다. 거울을 보면서 아이를 등에 올려야 할 정도로 손놀림이 서툴렀다. 포대기로 둘러업고 집안일을 하다가 아이를 떨어트릴 뻔한 아슬아슬한 순간도 여러 번이었다. 엉성한 솜씨에도 불구하고 아이는 포대기에 업히는 것을 좋아했다. 이유 없이 칭얼거리다가도 포대기에 싸이기만 하면 까르르 웃음을 쏟아냈다. 밀쳐 둔 포대기가 눈에 띄기만 하면 업어달라는 신호를 보냈다. 엄마의 자궁처럼 온몸을 감싸주는 포대기에는 마음을 편안하게 만드는 특별한 힘이라도 있는 모양이다.

아이가 커 가는 모습에서 내가 기억하지 못하는 어린 시절의 퍼즐을 하나씩 찾아낸다. 기억의 조각을 맞출 때마다 내가 그동안 큰엄마로부터 얼마나 특별한 사랑을 받았는지 새삼 깨닫는다. 비록 배 안에 품어서 낳은 자식은 아니지만 큰엄마는 포대기로 감싼 넉넉하고 푸근한 등을 내 주었다. 남들처럼 불룩한 배를 가질 수 없는 대신 남들보다 훨씬 깊었던 큰엄마 등에 업혀 어린 나는 달콤한 꿈을 꾸며 잠들었으리라.

등 뒤에서 얼굴을 파묻은 채 쌔근쌔근 잠든 아이의 숨소리가 들린다. 포대기는 몸만 감싸는 것이 아니라 마음까지 하나로 이어준다. 엄마 등에 심장을 나란히 맞댄 아이는 온몸을 밀착해 깊은 잠에 빠져든다. 그 옛날 큰엄마의 포근한 등에 업혀 행복한 꿈을 꾸었던 나처럼.

수필 부문 동상

고리

정지우

'고리'는 어둠에서 빛을, 절망에서 희망을, 불가능에서 가능성을 보게 해 준 작품이다. 세상에서 살아가야 할 이유를 몰랐던 내게 삶의 필요성을 알게 해 주었고, 소소한 재미도 가르쳐 줬다. 그리고 동상의 영예를 안으면서 내가 아는 모든 이들과, 세상 앞에, 하늘에 계신 그분 앞에 앞으로 펼쳐질 수많은 날들을 긍정적이고 적극적으로 살아가겠다는 묵시적 약속이 되어 버렸다.

당당하게 살겠습니다.
멋지게 살겠습니다.

　혹 다시 인생에 대하여 물음표를 달지 않도록
대찬 느낌표를 찍는 삶을 살겠습니다.

　꿈을 포기하지 않고 쉼 없이 도전하는 엄마를 존경해 주는
우리 딸 고맙고,
　나의 가치를, 나의 능력을 과소평가하지 말라고 늘 응원해 줬
던 당신, 고마워.

　꽃이 아름다운 것은 꽃을 보는 사람의 아름다운 마음 때문
입니다.
　세상을 아름답게 만드는 것은 세상을 아름답게 보는 우리의
긍정적인 시각입니다.
　그 시선 하나하나가 세상을 더 밝혀 주기를 바랍니다.

고리

정지우

　색깔도 모양도 용도도 재질도 다양하다. 공통적인 것은 고리를 사용하는 사람들은 그것을 너무도 필요로 한다는 데 있다. 필요에 의해 만들어진 조형물 중 이만큼 깜찍하고 유용한 것도 없다. 문고리, 열쇠고리, 액자 고리, 가방 고리……. 고리는 서로 연관된 것끼리 이어주는 이음매가 된다. 자칫 방향을 잃고 헤맬 수 있는 것도 고리에 연결하면 안정적이 된다. 우왕좌왕 질서 없이 너저분해질 수 있는 것이 고리 덕분에 질서 정연하고 깔끔해진다. 때문에 우리는 인생을 사는 동안에도 삶의 동아줄을 어떤 고리에 걸 것인가에 대한 쉼 없는 갈등을 한다.

처음으로 자살을 시도한 것은 열한 살 때였다. 나름대로는 치밀한 계획에 의해 진행이 됐다. 몸이 아프다는 핑계로 학교를 가지 않았고, 모든 가족들이 집을 비우기를 기다렸다. 모두가 삶의 터전으로 나간 시간, 기다렸다는 듯 실행을 했다.

먼저, 죽어서 천국에 올라가면 하나님께 예쁘게 보이겠다고 장롱속에서 제일 예쁜 원피스를 꺼내 입었다. 머리도 곱게 묶고, 할 수 있는 한 최대한 깔끔하고 예쁘게 단장을 했다. 천국에 계시다는 그분을 만날 준비가 완료됐다.

자살 도구는 줄넘기 줄이었다. 텔레비전에서 자살을 하는 사람들이 곧잘 천장에 줄을 매달아 거기 매달려 죽곤 했던 것을 생각해냈다. 줄넘기 줄을 들고 안방 천장을 올려다봤다. 반질반질한 하얀 천장에는 줄을 매달 만한 고리라고는 찾아볼 수가 없었다. 고리가 있을 법한 곳을 두리번두리번 찾기 시작했다. 장롱에도 흔한 고리는 없었다. 방 안을 빙 둘러 고리를 찾다가 나무로 된 창문에 달린 손잡이가 눈에 들어 왔다. 둥근 직사각형 모양의 고리였다. 거기면 줄넘기 줄을 매달 수 있을 것 같았다. 줄넘기 줄을 창문 손잡이에 꼭꼭 묶었다. 그리고 반대편 끝을 목에 감아 묶었다. 문제는 줄이 수직이 돼야 하는데, 수평이 된 것이었다. 여기서부터 자살 시도는 어긋나고 있었다. 힘을 줘 줄다리기를 하듯 줄넘기 줄을 당겼다. 나는 창문 손잡이와 팽팽하게 맞섰다. 줄은 목을 꽉 조여오기는 했지만 숨구멍을 막지는 못했다. 아무리 당겨도 목만 아플 뿐, 당최 나를 천국으로 데려가 주지 않았다. 계속되던 힘겨운 줄다리기는 결국 나의 패배로 끝이 나고 말았다.

누구에게나 고리가 필요하다. 그것은 삶을 연결시켜 줄 고리일 수도 있고, 인간관계를 이어주는 고리일 수도 있다. 또 지난날 나를 천국으로 이어 줄 고리가 필요했던 것처럼, 필요에 따라서는 비희망적인 고리가 필요하기도 하다. 사실은 가족과 이어줄 고리가 필요했다. 이 세상에 나란 존재가 존귀하다는 희망의 고리가 필요한 것이었을 수도 있다. 그것이 어떤 고리이든 고리를 찾는 자는 누구보다 간절하고 진지하다.

첫 자살 시도의 실패 이후에도 나의 시선은 줄곧 이승이 아니라 저승으로 연결해줄 고리를 찾는 데 고정되어 있었다. 살아야 할 이유보다 죽어야 할 이유가 당위성이 있었다는 것은 내게 참 불명예스러운 일이다. 그때부터 이 세상을 살아야 할 이유를 찾는 것이, 그 연결 고리를 찾는 것이 삶의 큰 목표였다.

그 고리는 스무 살이 넘어서야 찾게 됐다. 첫 번째 고리는 사랑하는 사람이 생긴 것이었고, 두 번째는 그 사이에서 사랑스러운 아이가 생긴 것이었다. 내가 누군가를 위해서 무언가를 해줄 수 있다는 것, 내가 책임져야 할 누군가가 있다는 것으로 삶과 이어주는 고리에 처음으로 나를 걸었다. 이후로 둘째 아이와 셋째 아이를 낳으면서 내 삶의 고리는 네 개가 되었다. 저승을 향한 가느다란 한 개의 고리보다도 이승에서 함께해야 할 네 개의 고리가 나를 더욱 힘차게 끌어당기고 있었다.

가족이라는 이름으로 나는 당분간 행복이라는 것, 사랑이라는 것과 친하게 지낼 수도 있게 되었다. 그러나 팍팍한 살림살이에 세 아이를 키워나가는 것은 생각만큼 행복한 일만은 아니었다. 전업주부라는 명패가 빛바래 갈수록 내게는 그것보다 더 강력한 고리가 하나 필요했다. 책임감만으로 연결된 고리는 한계가 있다. 오롯이 나라는 인생이 없이 책임감과 의무감만으로 연결된 고리는 큰 힘이 없다.

매일 아침 남편을 굶기지 않고 출근시키기 위해 새벽부터 졸린 눈을 부비며 식사를 준비하는 것도, 그의 건강을 위해 녹즙을 준비하는 것도 그가 없으면 무의미한 일이 된다. 남편이 출근하자마자 정신없이 아이들을 깨워 학교로 유치원으로 보내는 일도 아이들이 가면 더 이상의 의무는 없어진다. 가족들을 모두 보내고 집 안에서 청소를 하고 빨래를 하고 먹을 것을 만들어 놓고……. 그렇게 흘러가는 시간이 나는 못내 아쉽다. 주부의 인생이 그것이 전부라면 그것을 바라보며 행복이라 말할 수 있을까? 그들이 없을 때 나의 인생은 무엇이라 말할 수 있을까? 가족들이 중요하지 않다는 것을 말하고 싶은 것이 아니다. 주부들이 주로 하는 일이 무의미한 것이라는 것을 말하고 싶은 것도 아니다. 나, 바로 나의 인생도 소중하다는 말을 하고 싶다.

아직도 집 안에서 남편의 뒤치다꺼리를 하며 그의 건강을 위해 시간을 할애하고 있는가? 자신의 옷은 당연하게 만 원짜리, 오천 원짜리에 손을 뻗으면서 남편 것은 몇십만 원짜리에도 덥석 손이 가는가? 아직도 힘은 들어도 아이들 잘 키워 놓으면 나중에 엄마의 노고를 잊지 않고 보상해 줄 것이라고 생각하는가? 이번만은 나만을 위해 돈 써봐야지 작정을 하고 나가서도 결국 첫째 아이 옷, 둘째 아이 신발, 셋째 아이 기저귀에 남편의 와이셔츠를 사들고 집으로 돌아오는가? 적어도 지금까지의 나는 그랬다. 당신의 장바구니 안에 당신 것은 몇 개나 있는가? 당신을 위한 것은 몇 가지나 되는가? 이제는 아련해진 일이지만, 내게도 꿈이 있었고 하고 싶은 일도 있었다. 나는 모든 전업주부들에게 당장 운전면허증부터 따라고 말하고 싶다. 자신의 인생은 자신이 직접 운전을 해야 한다. 누군가 운전해주는 차 안에 보조석의 주인공이 되어서는 안 된다. 특히, 그런 삶이 오히려 익숙하고 편한 모든 주부들에게 고한다. 자신만의 빛나고 화려한 고리를 잡으라. 자신 안에 내재된 수많은 가능성을 찾아내어 맘껏 발휘하라. 더 이상 직업란에 소심한 손길로 전업주부, 혹은 기타에 체크하지 않게 될 것이다. 직위 및 직책에 쓸 것이 없어 비워 놓는 일도 없을 것이다. 그 어떤 불상사 앞에서도 꿋꿋이 삶을 이어 나갈 수 있는 힘을 길러 놓아야 한다.

이제 나는 그 누구의 소유도 아니고, 누구의 대리인도 아닌 한 여자로서 나만의 브라보 라이프를 위한 크고 튼튼한 동아줄을 희망의 고리에 걸려고 한다. 그리고 희망한다. 남편과 아이들에게 건 고리보다 내 이름을 건 고리가 더 튼튼하고 빛나기를 말이다. 네 개의 고리보다 오직 나라는 이름을 건 고리가 더 값지고 훌륭한 것이 되기를 바란다. 그것 때문에 살고 싶고, 그것 때문에 살맛나게 되기를 바란다. 비로소 저승보다 이승이 낫다는 말을 실감하게 되기를 간절히 바란다.

고리, 그것은 인간의 필요에 의해 만들어진 조형물이다. 이 세상을 좀 더 현명하고 효율적으로 살아가기 위해 만들어진 도구가 바로 고리이다. 때문에 사실 고리는 이 세상에 더 많다. 그것은 희망이 많다는 뜻이다. 저승으로 연결하는 고리는 달랑 죽음 하나뿐이지만, 이 세상에 존재하는 고리는 선택의 폭도 넓고 다양하다. 색깔도 모양도 용도도 재질도 다양한 고리처럼 말이다. 살다 보면 그 수많은 고리보다 저승으로 향하는 하나의 고리를 붙잡고 싶을 때가 훨씬 많을 수도 있다. 그렇지만 생각해보라. 알 수 없는 미지의 세계, 그래서 두렵고 무서운 곳보다는 어디로 튈지 모르는, 그래서 흥미롭고 기대되는 곳이 더 낫지 않겠는가? 어떤 가수는 이렇게 노래했다. '세상이 그대를 속일지라도……'

싸움에서 이기는 방법은 적의 의도와 반대로 대응하는 것이다. 세상이 나를 속일 때는 속지 않는 것이 이기는 방법이다. 혹은 세상이 나를 속일지라도 무너지거나 주저앉지 않고 다시 일어나 활개 치는 것이 곧 이기는 것이다. 희망의 고리를 잡아라. 이기는 고리를 잡아라. 그 고리는 결코 당신을 속이지 않을 것이다.

그날, 안방 천장에 줄넘기 줄을 매달 고리가 없었던 것은……

수필 부문 동상

날 개

최영선

　오래전 글쓰기를 꿈꾸던 적이 있다. 밥벌이에 전념하기 위해 글쓰기를 포기했다. 밥벌이든 글쓰기든 내게는 둘 중 하나만 잘해내기에도 벅찬 일이었다. 밥벌이는 글쓰기보다는 쉬웠다. 십수 년 작은 기업을 경영하며 수많은 실용문을 읽고 쓰는, 지극히 실용적인 삶을 살았다.

　무직으로 귀환하고도 언감생심, 다시 문학으로서의 쓰기를 해보겠다는 엄두는 내지 않은 채 여러 해를 보냈다. 건성으로 책장이나 뒤적거리던 어느 날 수필을 이렇게도 쓰는구나, 정신이 번쩍 들게 하는 좋은 수필을 만났다. 학창시절 이후 수필을 읽어본 적조차 거의 없었으니 그것이 정통수필로서도 좋은 수필인지는 알 수 없던 때의 일이고, 지금도 모르기는 매한가지다. 그렇더라도 그 수필과의 조우가 새삼 글을 쓰고 싶게 한 계기가 된 것만은 분명하다.

작년 봄에 H, S, 두 분 선생님께서 맡아 계시는 수필창작대학에서 한 학기를 꼬박 수강했다. 수필이 금기시해야 할 일과 수필이니까 꼭 해야 할 일을 충분히 가르쳐 주셨지만 송구하게도 나는, 수필이 다른 장르의 글과 구분되어야 하는 지점에서, 여전히 모호하다. 오래전의 글쓰기, 실용문 쓰기, 수필 쓰기, 세 종류의 쓰기가 턱없이 이종(異種)결합을 하는 것 같기도 하다.

글을 쓰는 순간이 가장 행복하다는 이들의 말에 공감하지 않는다. 글을 쓰는 순간은 외롭고 슬프고 아프다.

다시 글쓰기를 시작해도 될는지 두루 여쭙고 싶은 마음 바빠 자족에도 이르지 못하는 글을 응모했다. 주신 상은 답으로 곰곰 새겨보아야 할 터. 자리를 마련해 주신 동서식품과 가르쳐주신, 그리고 뽑아주신 선생님들께 감사드린다.

날 개

최 영 선

감꽃이 피었다. 자잘한 꽃이야 잎에 가려 잘 보이지 않지만 열어둔 창을 통해 은은한 향기가 전해 온다. 네 장의 꽃잎을 활짝 열고 꽃술을 내밀어 달고 큼지막한 열매를 맺을 준비에 한창일 게다. 거실을 지척으로 마주보고 서 있는 감나무, 무성한 잎들이 봄비에 젖는다. 감나무 아래에서 나를 기다리시던 할아버지. 내 오래된 기억에도 새 잎이 돋아 당신 생각에 젖는다.

내가 중학생이 되던 때까지 우리 가족은 외할아버지와 함께 살았다. 슬하에 딸만 둘인 외할아버지에게 어머니는 큰딸이었다. 아버지가 데릴사위를 자청하며 청혼을 하셨다 한다.

나는 벌레를 유난히 무서워했다. 사물을 채 분간하기도 전인 아기 적에도 기어 다니는 것들만 보면 오금을 못 펴고 숨이 멎을 듯이 자지러지게 울어댔다고 한다. 외할머니가 살아계셨더라면 상황은 좀 달라졌겠지만, 외할아버지는 한시도 내 곁을 떠나지 못하셨다. 부부 교사인 부모님은 출근하셔야 했고, 어머니를 도와 집안일을 하던 언니는 남은 자식들 양식과 맞바꾸자고 제 집 가난이 뿌리째 뽑아 보낸 열서너 살짜리 아이였다.

여름의 시골은 지천이 벌레였다. 쌀독에도, 배추 잎 속에도, 습한 담벼락 아래에도. 걸음마를 떼기 시작할 무렵부터는 아예 할아버지 등이나 옆구리에 껌 딱지처럼 달라붙어 다녔다. 초등학교에 입학해 성적으로 증명해 보이기까지, 이웃들은 그런 나를 사람 구실 못하게 될 아이라도 되는 양 오며가며 가여운 눈빛을 보냈다고 한다. 일요일이나 방학 때가 되어 부모님께 짬이 생겨도 터울이 별로 지지 않는 세 명의 남동생들 탓에 맏이인 나는 쭉 할아버지 몫이었다.

우리 집 대문 앞에는 넓은 공터가 있었다. 공터 둘레에 이름은 기억나지 않지만 아름드리 고목 몇 그루와 감나무들이 있었고, 길게 뻗은 가지들이 손을 맞잡고 품을 넓혀 공터 전체에 그늘을 만들었다. 가운데 평상이 놓여있는 그곳은 밤이 되면 동네 어른들이 모여 앉아 한여름 땡볕보다 지글지글한 서로의 삶에 그늘을 드리워 주는 곳이었지만, 낮 동안은 비어 있었다. 노인들까지도 채마밭에 나가 김을 매느라 등이 호미처럼 꼬부라지던 시절이었다.

감꽃이 지고, 콩알만 하던 감이 밤송이만 해질 즈음이면 공터의 나뭇가지에는 여기저기 시퍼런 벌레들이 거미줄을 몸에 감고 간당간

당 매달려 있었다. 거미가 쳐놓은 덫에 걸렸다가 필사의 탈출이라도 한 것인지, 다시 나무 위로 오르려 하는 것 같은 안간 몸짓으로 버둥거리다 땡감 떨어지듯 툭 떨어져 내리기도 했다. 더러는 누군가의 발에 밟히고 뭉개졌다.

할아버지는 그곳에서 학교에서 돌아오는 나를 기다리셨다. 멀리서 할아버지, 부르며 다가가면 들고 계시던 우산을 펴서 그 아래 나를 숨기듯이 싸안은 채 공터를 지나 집 안으로 데리고 들어가셨다. 객식구가 오면 묵던 사랑채를 지나, 마당을 지나, 안채에 당도하기까지 할아버지는 우산을 접지 않으셨다. "우리 강아지는 더 크지 마라. 그냥 할아버지하고 맨날 요만하게 살자." 나를 싸안았던 팔을 풀어 머리를 쓰다듬어 주시며 곧잘 말씀하셨다.

지금 생각하면 그때 할아버지께서는 내가 어른이 되는 일이 두려우셨던 게다. 거미줄처럼 얽히고설킨 세상사, 천지 사방이 덫인 생애를 아득바득 살다 가는 인간이야말로 벌레와 다를 바 없는 한낱 미물에 지나지 않음을 내가 깨닫게 되는 일이 두려우셨던 게다. 덫의 살의와 맞서 싸우기에는 턱없이 유약해 보이는 나를 남겨두고 혼자 가야 하는 길이, 두려우셨던 게다. 벌레가 사라지는 계절이 올 때까지 나는 우산 없이 공터를 지나본 적 없었다.

내 벌레공포증은 집 안의 풍경까지도 바꾸어 놓았다. 사랑채 맞은편 할아버지가 잉어를 키우시던 연못은 메워졌고, 연못가의 세 그루 버드나무도 베어졌다. 비가 오면 지렁이가 기어 나오는 흙 마당은 시멘트로 포장되었다.

바닥을 기어 다니는 것들에 대한 내 태생적 공포는 어디에서 기인

한 것일까. 어쩌면 인간의 무의식에, 바닥은 더는 내려갈 곳이 없는 하강의 마지막 지점이라고 각인이라도 되어 있는 것인지 모를 일이다. 그래서 고개를 바닥으로 떨구고 저무는 공원 벤치에 앉아 있는 사람의 뒷모습은 곧 꼬꾸라질 것처럼 위태로워 보이는지도 모른다. 보호색으로 위장한 채 바닥에 엎어져, 바닥을 운명으로 받아들이는 자세로 굼뜨게 기어 다니는 모든 것들을 통칭하여 나는 '벌레'라고 이름 붙였다.

신기하게도, 비록 해충이라 할지라도 날개가 달린 것들은 무섭지가 않았다. 나비나 잠자리는 물론, 풍뎅이나 메뚜기도 무섭지 않았다. 모기나 파리조차도 성가시고 더럽기는 하나 무섭지는 않았다. 잠시 바닥에 내려앉았다가도 금세 바람의 등에 업혀 뭉게구름까지 날아오를 수 있을 것 같은 그것들이 부러웠다. "두려워하지 마라, 아가. 세상에서 가장 아름다운 날개를 가진 나비도 기실은 애벌레였단다." 할아버지께서 수도 없이 말씀하셨지만 내 병증은 치유되지 않았다.

집을 나서 동네를 조금만 벗어나면 탁 트인 들판과 냇가가 있었다. 또래 아이들이 따가운 햇살 속을 뒹굴며 제 몸을 영글게 하느라 분주해졌다. 내 마음보다 앞장서 할아버지께서도 들판으로, 냇가로 길을 트셨다. 어망을 놓아 잡은 민물고기로 끓여 주시는 매운탕을 먹으며 감나무의 감처럼 내 볼도 탱글탱글 익어갔다. 집으로 돌아오는 긴 둑길에서 할아버지라는 바람에 업혀 나직이 들려주시는 전래동화를 들을 때, 마음은 뭉게구름까지도 날아올랐다. 마음속에, 더 멀고 높은 곳을 향한 알 수 없는 바람 같은 것이 일렁거렸다.

중학교에 입학하던 해였다. 감꽃이 피던 무렵이었고, 하굣길이었다. 마당에 삼삼오오 낯익은 얼굴들이 모여 있었다. 안방에서 어머니의 곡소리가 들려왔다.

할아버지가 초점 잃은 눈을 허공으로 향한 채 베어진 버드나무처럼 누워 계셨다. 당신의 가슴팍에 착 달라붙어, 나도 그만 숨이 멎고 싶었다. 곧 감꽃이 질 텐데⋯⋯. 어머니가 나를 떼어 내며 어서 눈을 감겨 드리라고 했다. 뇌졸중으로 손쓸 겨를도 없이 가셨다고 했다. 떼어 내지지 않으려고 악을 쓰며 울었다. "네가 보내드려야 편히 가실 수 있다." 어머니도 악을 쓰며 나를 떼어 냈다. 아니 뜯어냈다. 어딘가에 오래 붙여놓은 껌을 떼보면 안다. 말랑말랑하나 끈끈하게 달라붙은 그것을 온전히 떼어 내는 일은 불가능하다.

봄비치고는 빗줄기가 제법 굵다. 봄비의 몸을 빌려, 지금 당신께서 더께로 내려앉은 내 마음의 먼지를 씻기고 계시는 중은 아닌지. 필시 감꽃 같은 사람이 되기를, 공터의 감나무보다 튼실하게 자라서 세상의 그늘이 되기를 바라셨을 터인데. 마음에 부는 바람 따라 날개를 퍼덕이며 훨훨 날기를 바라실 터인데.

당신께서 염려하셨던 대로 사람 사는 바닥은 만만치가 않다. 절대 어느 발아래에서도 기지 않으려고 기는 것보다 더한 짓을 하지는 않았는지. 밟혀 죽지 않기 위해 밟아 죽이는 일도 마다하지 않는 '벌레만도 못한 인간'이었던 적은 없는지.

두려움을 감추기에 오만함만 한 것은 없다. 사람이나 짐승이나 작고 힘없는 것들이 앙칼지고 성마른 것도 그 때문이다. 바닥도 이런 바닥이 없다 싶던 때, 기어볼 바닥조차 없어 버둥거리던 때, 그 또한 내 모습임을 겸허히 받아들이지 않았다. 무엇이, 누가 내 날개를 꺾어 이 바닥에 주저앉혔나. 세상 탓, 남 탓으로 마음은 쩍쩍 갈라 터지고 타들어가는 긴 가뭄 끝 논바닥이었다. 자초한 바닥임을 인정하고, 바닥에 순응하며, 바닥의 절망을 온몸으로 인내해 본 자만이 바닥을 벗어나기 위한 비상을 꿈꿀 수 있게 되는 법이거늘. 바슐라르*의 말처럼 '날개가 있어서 나는 것이 아니라, 날고 싶은 우리의 욕망이 날개를 만든다.'

이제 할아버지 등에서 내릴 수 있겠다. 세상에서 가장 아름다운 날개를 가진 나비도 기실은 애벌레가 아니었던가.

* 가스통 바슐라르 : 프랑스의 철학자, 시인 (1884~1962)

아동문학 부문

아동문학 부문 금상

프레셔스,
넌 하이에나가 아니야

박미정

　먼저 정말 감사드립니다. 작년 겨울 처음으로 글을 배우겠다고 문화센터에 등록한 후로 저에게 삶의향기 동서문학상은 목표이자 희망이었습니다. 어떤 사람들이 동서문학상을 받는 건지, 어떻게 하면 탈 수 있는 건지 정말 궁금했습니다. 그런데 제가 지금 수상 소감을 적고 있다니, 정말 세상은 늘 저라는 인간의 기대를 넘어서서 펼쳐집니다.

　저는 궁금했습니다. 제가 글을 쓸 만한 자질이 있는지, 혹은 조금이라도 그런 운이 있는지 알고 싶었습니다. 동서문학상을 받으면 알 수 있을 거라 생각했습니다. 하지만 받고 보니 오히려 더 모르겠습니다. 그저 큰 상에 걸맞은 사람이 되어야 한다는

책임감과 감사하는 마음만 생겨날 뿐입니다.

직장을 그만두고 꿈을 이루라고 격려해 준 남편, 고맙습니다. 오지 않는 것보다 지각이라도 하는 게 낫다고 웃으시며 지도해 주신 범초 선생님 감사드립니다. 동화에 대한 열정을 알려주신 선배님들, 동료 수강생 여러분들 모두 감사드립니다. 그리고 이 모든 것을 마련해 주신 여호와 하나님께 정말 감사드립니다.

부지런히 주변을 둘러보고 저 자신을 살펴보며 연구하겠습니다. 그리고 열심히 쓰겠습니다. 삶의향기 동서문학상에 누가 되지 않도록 노력하고 발전하는 작가가 되겠습니다. 다시 한 번 감사드립니다.

프레셔스, 넌 하이에나가 아니야

박미정

일 년 전 나는 아프리카 나미비아의 에토샤 국립공원으로 왔다.
그곳에는 코끼리, 얼룩말, 물소, 개코원숭이, 영양, 하이에나, 표범
등 많은 동물들이 있었다. 우리 아빠는 이런 동물들을 관찰하는 연
구원으로 오셨다. 그리고 우리 가족 모두 아빠를 따라 아프리카로
왔다. 엄마는 출발하는 날까지도 걱정만 하셨다.

"아프리카에서 어떻게 산담. 제대로 된 병원이나 있는지 모르겠네.
준영이 공부도 문제고. 정말이지 너무해."

사실 엄마는 아빠 혼자서 아프리카로 가길 원하셨다. 하지만 아
빠는 새로운 세상을 볼 수 있는 기회라며 같이 가자고 하셨다. 특히
나를 위해서 꼭 가야 한다고 하셨다. 그렇게 몇 개월간 엄마를 설득

하셨고 결국 우리는 아프리카로 오게 되었다. 만약 내가 조금만 더 평범했더라면 엄마와 난 그냥 한국에서 살았을 것이다.

처음엔 에토샤 국립공원이 그저 넓은 초원으로만 보였다. 동물들이 가득한. 그런데 몇 달 지나고 보니 동물들의 학교 같았다. 아, 지긋지긋한 학교. 정말 학교랑 다름이 없었다. 세상에나!

나는 일주일에 두세 번씩 아빠를 따라 차를 타고 초원으로 나갔다. 아빠가 다른 연구원 아저씨랑 같이 동물들을 관찰할 때마다 나도 차 뒤에 앉아 동물들을 구경했다. 처음엔 그저 동물들이 신기했다. 동물원 속 동물들이 눈앞에 있었으니까. 그런데 계속 지켜보니 동물들의 생활이 보이기 시작했다. 그 모습은 끔찍했던 학교생활과 너무나 비슷했다. 매일매일 산수 문제를 풀고 영어 단어를 외워야 하는 아이들. 매일매일 풀잎과 열매를 찾아다니는 영양 무리. 힘 센 아이들과 약한 아이들. 힘 센 사냥 동물들과 연약한 초식 동물들. 반장과 반장을 따라다니는 아이들. 대장 원숭이와 대장 눈치만 보는 다른 원숭이들. 남이 한 숙제를 그대로 베껴서 내는 아이들. 남이 사냥한 고기만 노리는 하이에나 무리. 정말 비슷했다.

많은 동물 중에는 막 어른이 된 표범이 있었다. 아빠와 연구원 아저씨는 이 표범을 프레셔스라 불렀다. 영어로 소중하다는 의미였다. 프레셔스는 엄마 표범을 떠나 혼자가 된 상태였다. 원래 표범들은 어른이 되면 혼자서 산다고 한다. 프레셔스도 혼자 살 장소를 구하고 있었다. 특히 낮잠을 잘 나무를 찾고 있었다.

"준영아, 저기 프레셔스가 나무를 골랐구나. 표범은 밤에 사냥을 하고 낮에는 나무에서 잠을 잔단다."

아빠는 프레셔스의 행동에 대해 설명해주셨다. 그날 이후 아빠는 프레셔스를 주로 관찰하기 시작하셨다.

"프레셔스 주위에 개코원숭이들이 보이지? 원숭이들이 프레셔스를 쫓아내려고 하고 있어. 자기 새끼들을 해칠까 봐 걱정하는 거지."

개코원숭이들이 프레셔스의 나무 주위로 몰려드는 게 보였다. 개코원숭이들은 프레셔스를 향해 깩깩 소리를 질러대기 시작했다. 대장 원숭이가 프레셔스의 나무줄기를 흔들어댔다. 프레셔스는 나무 위에 바짝 엎드리고 앉아 고개만 내밀고 있었다. 제발 저리 가 달라는 눈빛을 하고서. 개코원숭이들은 프레셔스를 더욱 몰아세우고 있었다. 그러자 프레셔스는 이빨을 드러내고 으르렁거리기 시작했다.

"준영아, 프레셔스는 지금 겁을 먹었단다. 그래서 온 힘을 다해 저항하는 거야. 저리 가라고 외치는 거지."

나는 개코원숭이들이 얄미웠다. 아빠 말에 따르면 표범은 원숭이를 사냥하는 일이 거의 없다고 한다. 그런데도 원숭이들은 프레셔스의 겉모습만 보고 미리부터 공격을 해대고 있었던 것이다. 사실 프레셔스는 이제 막 어른이 된 순둥이 표범인데.

어느 초등학교 5학년 3반 교실에도 개코원숭이 같은 녀석들이 있었다. 내가 처음 부산으로 전학 갔을 때는 몰랐지만. 처음부터 아이들은 서울에서 온 나를 경계하기 시작했다.

"김준영! 서울에서 왔다고?"

"서울 어디?"

난 그때까지만 해도 서울에서 왔다는 게 특별한 일인지 몰랐다. 진호 녀석이 내게 말을 걸 때까지도 몰랐다.

"서울에서 왔어도 까불면 안 된다. 내가 여기서 대장이거든. 내 말대로만 해라."

진호는 나를 향해 씩 웃었다. 물론 기분 좋은 웃음은 아니었다.

"진호가 대장이다. 서울에서 온 게 뭐 별거가? 진호 밑에 붙어라."

어떤 아이가 나에게 말했다. 나는 갑자기 겁이 났다. 이렇게 많은 아이들이 나를 주목할 줄은 생각지도 못했기 때문이다. 사실 나는 친구들과 잘 어울리지 못하는 편이었다. 서울에서도 조용히 혼자 있는 날이 많았다. 특히 어떤 무리에 속해 본 적은 한 번도 없었다.

"저기 프레셔스가 나무에서 내려오는구나. 개코원숭이들 좀 보렴. 원숭이들은 두목이 하는 대로 따라 할 거야. 두목이 프레셔스를 공격하면 같이 공격하겠지. 하지만 두목이 물러난다면……."

그때였다. 프레셔스가 나무에서 내려와 두목 원숭이를 째려보기 시작했다. 갑자기 모든 원숭이들이 순간 정지하였다. 그리고 프레셔스와 두목 원숭이를 조용히 지켜보기 시작하였다. 폭풍 전의 고요함이란 게 이런 걸까? 정말 무슨 일이 일어날 것만 같았다. 먼저 두목 원숭이가 행동에 나섰다. 돌을 집어 들었다. 그러자 프레셔스는 두목 원숭이를 향해 빠르게 달려갔다. 두목 원숭이는 매우 당황하기 시작하더니 엉뚱한 방향으로 돌을 던지고 말았다. 그러고는 아이처럼 울부짖으며 멀리 나무 위로 도망하였다. 이것을 지켜본 다른 원숭이들 사이에는 큰 난리가 일어났다. 다들 도망갈 나무를 찾으며 뛰어다녔다. 프레셔스는 원숭이들을 뒤쫓으며 으르렁거렸다. 프레셔스의 승리였다.

"준영아, 봤지? 모두들 두목 원숭이만 따라하는 거. 따라쟁이들이야."

부산으로 전학 온 다음 날, 난 큰 결심을 했다. 이제 나도 아이들과 어울려 다니기로 말이다. 나도 잘나가는 무리에 들어가 보고 싶었다. 그리고 어차피 주목을 받았기 때문에 더 이상 조용히 지낼 수도 없었다. 그래서 난 등교하자마자 진호에게 반갑게 인사를 했다. 그리고 진호 주변 친구들에게도 인사를 했다. 며칠간 진호 무리에게 좋은 인상을 심어주기 위해 무진장 노력했다. 어떤 이야기에도 웃었고, 어떤 게임이든 열심히 참여했다. 심지어 밤새 정리한 필기도 보여주었다. 그렇게 난 진호 무리가 되었다.

진호 무리에 어느 정도 적응해 갈 무렵이었다. 가을 소풍을 가게 되었는데, 우리는 장기자랑을 준비하기로 하였다.

"우리 춤추는 게 어떻노? 각자 내일까지 노래 생각해오자!"

진호의 명령에 나는 밤새 열심히 인터넷을 뒤졌다. 알맞은 노래를 세 곡 정도 골라 휴대폰에 저장하였다.

다음 날 우리는 교실 뒤편에 모여서 어떤 노래를 선택할지 의논하였다. 몇몇 아이들도 노래를 골라 왔는데, 내가 보기엔 내 노래가 제일 나은 듯했다. 진호는 대충 노래 제목을 보더니 한 아이의 노래로 골랐다. 난 실망하였다. 밤새 고민하여 실컷 골라왔는데 진호는 제대로 들어보지도 않았기 때문이다. 나는 진호에게 불만을 털어놓았다.

"진호야, 근데 넌 내 노래도 안 들어봤잖아. 다시 결정해!"

진호는 나를 한 번 힐끔 보고는 비꼬며 말했다.

"다 결정된 건데 왜 니만 까다롭게 구는데."

"아니 내 말은, 전부 다 들어보고 결정하자는 거야. 맘대로 하지 말고……."

내 말이 끝나기도 전에 진호는 크게 화를 냈다.

"아, 서울말 진짜 거슬리네! 이래서 아무나 끼워주면 안 된다."

진호가 교실 문을 세게 열고 복도로 나갔다. 갑자기 교실 전체가 조용해졌다. 모두들 나만 쳐다보았다. 진호 무리도 진호를 따라서 밖으로 나갔다. 나는 조용히 내 자리로 가서 앉았다. 갑자기 눈물이 솟아나기 시작했다.

그날 이후로 나는 재수 없는 서울 아이가 되었다. 진호 무리는 나만 보면 괴롭히려 안달이었다. 내가 앉은 의자에 물감을 쏟아 놓고, 내 책상에 쓰레기를 버렸다. 수업 시간에는 선생님이 안 보실 때마다 우유갑을 내 머리로 던져댔다. 나는 가만히 버텼다. 반 전체가 나를 비웃는 것 같았다.

'아……. 차라리 투명 인간일 때가 나았는데.'

나는 서울에서 조용히 지내던 때가 그리웠다.

하루는 진호가 나를 화장실로 불러냈다. 하지만 나는 가지 않았다. 진호와 그 무리는 화가 난 채 교실로 들어왔다. 그러고는 나를 둘러싸고 소리를 질러댔다.

"니가 그렇게 잘났나? 오라면 올 것이지. 왜, 무섭드나?"

진호 무리는 나를 밀쳐대기 시작했다. 나는 내가 왜 이런 대접을 당해야 하는지 이해할 수 없었다. 슬슬 짜증이 나기 시작했다. 솔직히 진호는 무서웠지만 몇몇 아이들은 전혀 두렵지 않았다. 괴롭힘에도 진절머리가 나던 터였다. 나는 밀쳐대는 아이 중 하나를 노려보았다. 그리고 그 아이의 얼굴을 머리로 박아버렸다. 안경을 쓴 아이였다. 순식간에 난리가 났다. 진호는 바로 내 배를 발로 찼고, 다른 아이들도 나를 때리기 시작하였다. 나도 계속 이리저리 발차기를 하였다. 그리고 몇 분 후 선생님이 오셨다. 안경을 쓴 아이는 피를 흘리며 병원으로 갔다.

다행히도 안경 조각이 눈은 피해 갔다고 했다. 얼굴에 상처는 남겠지만.

그날 이후 진호와 그 무리들은 나를 더 괴롭혔다. 학교 밖으로까지 따라와서 서울놈이라 놀려댔다. 선생님은 나를 문제 학생으로 생각하시는 듯했다. 진호 무리와 싸운 이후 나는 전교 왕따이자 전교 문제아가 되었다.

"전학이라도 시켜야 할까 봐요. 혼자서 얼마나 힘들었을까."

엄마는 이리저리 전학 갈 학교만 알아보고 다니셨다. 그러던 중 아빠가 아프리카로 가자고 하셨다. 나 때문에 우리 가족은 반년 만에 부산을 떠나게 되었다.

"준영아, 프레셔스가 꼭 너 같지 않니?"

어두운 밤, 아빠와 나는 지프차에 앉아 야간 망원경으로 초원을 지켜보고 있었다. 프레셔스는 사슴을 사냥 중이었다. 낮에는 잠만 자더니 밤이 되자 초원을 누비고 다녔다.

"표범들은 혼자 사냥을 하지. 어떤 사람들은 외롭겠다고 하더라. 하지만 잘 생각해봐. 외로운 건지 자유로운 건지."

자유롭다는 말이 내 마음을 휘저어 놓았다. 그때였다.

"프레셔스가 사냥에 성공했어!"

아빠는 흥분에 찬 목소리로 속삭였다. 프레셔스는 허겁지겁 사슴 고기를 먹기 시작했다. 바람을 타고 피비린내가 밀려왔다.

"프레셔스한테는 맛있는 냄새겠지?"

아빠는 멋쩍게 웃으며 내 표정을 살피셨다. 그런데 우리만 이 냄새를 맡은 게 아니었다. 저 멀리 많은 눈동자들이 프레셔스를 향해 다가오고 있었다.

"하이에나들이 왔어."

아빠는 더욱 더 흥분하셨다.

"프레셔스 좀 보렴. 먹이를 꽉 물고 도망가는구나."

하이에나 무리가 프레셔스를 쫓아갔다. 프레셔스는 사슴을 질질 끌면서도 절대 놓지는 않았다. 난 프레셔스가 먹이를 뺏길 것이라 생각했다. 그때였다. 프레셔스는 먹이를 물고 나무에 오르기 시작했다. 한 발 한 발 힘겹게 올라갔다. 그리고 두꺼운 나무줄기에 먹이를 내려놓았다.

"준영아, 하이에나들이 졌구나. 날카로운 발톱이 없으니 올라갈 수가 없지."

어린 하이에나들은 앞발로 나무를 긁어대며 안간힘을 쓰기 시작했다. 하지만 나무에 오를 수는 없었다. 어른 하이에나들은 나무 주위를 빙빙 돌며 으르렁댔다. 그래도 프레셔스는 꿈쩍도 하지 않았다. 그렇게 얼마간 시간이 흘렀다. 하이에나 대장은 무언가 결심을 한 듯 발을 굴러 모두의 시선을 모았다. 그리고 다른 방향으로 몸을 돌리더니 걸어가기 시작했다. 드디어 포기한 것이다. 나는 무리지어 걸어가는 하이에나들을 바라보았다. 모두들 대장 하이에나를 따라 열심히 걷고 있었다. 왠지 하이에나들의 뒷모습이 안쓰러워 보였다.

"무리 생활이 쉬운 게 아니란다. 모두들 대장을 따라야 하지. 같이 행동해야 하고. 먹이도 자기 차례를 기다려서 먹어야 해. 하지만 외롭지는 않단다. 그리고 서로 보호해 줄 수도 있고."

아빠는 나를 쳐다보며 말을 이으셨다.

"그런데, 준영아……. 넌 표범이란다. 하이에나가 아니라. 넌 혼자 결정하는 걸 좋아해. 그리고 혼자서도 잘할 수 있는 일이 많고. 남들보다 외로움도 덜 타는 편이지. 그래서 늘 친구는 한두 명이면 충분했잖니? 그런데 표범이 하이에나 무리에 들어갔으니……. 얼마나 힘들었겠니?"

그 순간 나는 마음이 확 트이는 것을 느꼈다. 내가 표범이었다니. 그래 난 5학년 3반의 표범이었던 것이다. 잠시 무리 생활이 좋아 보여서 내가 누구인지 잊어버렸던 것이다. 사실 진호 무리와 지내는 동안 늘 답답했었다. 너무 많은 아이들이 한꺼번에 다니다 보니 자유가 없었다. 그저 진호 눈치만 보았다. 다른 아이들은 어떨지 몰라도 난 불편하기만 했었다. 난 한 명의 진실한 친구만 있으면 어떤 외로움도 이겨낼 수 있는데. 무리 따윈 필요 없는데. 난 표범인데.

그날 밤 아빠와 대화를 나눈 이후 나는 행복한 아이가 되었다. 이제는 내가 누구인지, 내가 행복해질 수 있는 방법이 무엇인지 잘 알고 있다. 그리고 나는 지금…… 행복하다.

아동문학 부문 은상

풍물놀이

김희동

　어느 때던가 강 둔치에 앉아 새들의 군무를 바라본 적이 있습니다. 수만 마리가 일사불란하게 무리를 지어 날아다니는 것이 여간 신기하지 않았습니다. 원을 그렸다 흩어졌다 다시 일자로 솟구쳤다 일제히 곤두박질치곤 했습니다. 가을 하늘을 마당 삼아 새 떼들이 상모를 돌리는 듯 보였습니다. 자진모리로, 중모리로, 감았다, 풀었다, 문득 새들도 풍물놀이를 하는구나 하고 생각했습니다.

　'어른들은 누구나 처음엔 어린아이였다. 그러나 그것을 기억하는 어른은 별로 없다.' 〈어린 왕자〉에 나오는 말입니다. 우리는 너무 빨리 어린아이였던 시간을 잊어버리고 맙니다. 생텍쥐

페리의 어린왕자나 양철북의 오스카처럼, 저의 마음은 영원히 어른이 되고 싶지 않았습니다. 세상의 가치에 물들지 않는 아이들이 마냥 좋았습니다. 꽃 한 송이, 나무 한 그루, 새 한 마리에도 감동하는 동심의 세계는 저를 지탱해주는 삶의 활력소였습니다.

언제나 근방에서 맴돌기만 하던 내게 '삶의향기 동서문학상' 수상의 영광을 안겨주신 심사위원님들께 감사드립니다. 동시의 세계로 인도해 주시고 오랫동안 지켜봐주신 조동화, 박숙희 선생님께 늦은 감사의 말을 전하며, 무엇보다 모자라는 생각들을 이끌어주신 김영식 선생님께 한량없는 고마움을 전합니다. 늦깎이 대학원생을 흐뭇한 미소로 지켜봐주시는 이임수 교수님 고맙습니다. 함께 문학의 길을 걸어가고 있는 〈시거리 문학회〉, 〈초록숲 동인〉 모두 사랑합니다. 나의 동심을 샘물처럼 길어 올려주는 병석, 유정, 유라 삼 남매와 이 기쁨을 함께 나누며 무심한 듯 더없는 관심을 보내주는 남편에게 새삼 고맙다는 말을 전합니다.

풍물놀이

김 희 동

울산 태화강에
수만 마리 가창오리떼
풍물놀이 한다

자진모리로 감았다
굿거리로 늘어졌다
상모를 휙휙 감으며
휘모리로 둥글게 돌아간다

앞서가는 대장새
하늘 길을 열면
어디선가
꽤앵 꽤앵
꽹과리 소리 들리고
구름이 깃발처럼 펄럭인다

덩더꿍덩더꿍
바람의 춤사위에 맞춰
들썩이는 들녘
내년에도 풍년 들겠다

아동문학 부문 은상

독서용 안경

최혜련

어른이 되고 나서 펼쳐본 동화책. 어린아이에게 읽어주기 위해서도 아니었고 어린 시절의 추억을 떠올리기 위해서도 아니었다. 어른이 되고 나서 삶의 난관 앞에서 공허함을 느낄 때, 무엇으로도 삶의 생기를 불러일으킬 수 없다고 생각될 때 우연히 몇 권의 동화를 만났다. 그리고 나는 어찌할 수 없는 막막한 공허, 그 벌판 위에서 웅크리고 있는 내 안의 작은 아이를 발견했다. 그 아이를 위해서 동화를 읽었다. 그리고 그 아이만을 위한 이야기를 써본 것이다. 나의 첫 동화, 독서용 안경에서 책을 읽다가 엎드려 잠들어버렸던 기억은 나의 어느 휴일과 닮아있다. 내 안에는 책을 좋아하지만 마음이 약하고 여린 아이가 있었다.

그 아이는 나의 세상살이로 다독여주지도 못했고 신경 써주지도 못했다. 하지만 나와 마음속의 그 아이에게는 책이 있었다. 책을 만난 행복이 동화를 쓸 수 있도록 한 것이다. 그러면 나의 기쁨이 이제 다른 어린이들에게도, 때때로 동심의 위로를 받아야 할 어른들에게도 전해질 수 있지 않을까. 그 질문에 선뜻 대답하지 못할 때 수상의 소식을 들었다. 머릿속의 물음표들이 느낌표로 솟아오르는 가슴 벅찬 순간이었다. 삶의향기 동서문학상 심사위원 선생님들께 진심으로 감사드린다. 가족들과 친구들에게도 고마움을 전한다.

독서용 안경

최 혜 련

　서점에 갔다. 서가에 꽂혀있는 책들은 알록달록한 벽돌처럼 보인다. 판매대에 나열된 책들 주변에 둘러서서 저마다 책을 보고 있는 사람들은 마치 침묵의 식탁에 초대받아 음식에만 집중하는 손님들의 얼굴이다. 서점에서 책과 사람들이 만나고 있다. 찾고 있던 책을 발견한 사람들의 반가운 얼굴을 본다. 만나기로 약속한 사람들이 서로의 얼굴을 보고 밝게 웃으며 즐거워한다. 책의 첫 장과 기다렸던 사람들의 얼굴이 어딘가 닮아있는 걸까. 책과 사람을 만난 그들의 얼굴에 묻어나는 표정은 비슷해 보인다.

　서점에서 우리는 책을 보거나 사람을 만난다. 그러나 나에게는 그뿐만이 아니다. 나의 만남은 K섹션 벽면 네 번째 칸에서 이루어진다. 인문학 서적들이 촘촘히 쌓인 곳. 꼭 찾고 싶은 책이 있는 것처럼 손을 뻗는다. 그러나 나는 책을 찾으러 온 것이 아니다. 책장 깊숙이 쌓여진 책 위로 눈에 띄지 않는 안경. 나는 그것을 들어 얼른 안경집에 넣는다. 매일 서점에 오면서도 책 한 권 펼쳐보지 않고 간다. 대신 책장에 숨겨둔 안경을 찾아들고 간다. 스무 살이 된 내가 이렇게 매일매일 서점에 오리라는 것을 아무도 예상하지 못했다. 누구보다도 누나는 결코 예상할 수 없었을 것이다.

어린 시절, 초등학생인 나는 아침마다 한 살 터울인 누나를 깨워야 했다. 누나는 부르기 전까지 방에서 나오지 않았다. '책을 보고 있겠지.' 나의 추측은 틀린 적이 없었다. 내가 누나를 꿰뚫고 있다기보다는 누나가 항상 방 안에서 책만 보고 있기 때문이었다. 누나는 책을 좋아했다. 좋아한다는 말은 좀 부족하다고 느껴질 정도로 독서광이었다. 방문을 열었다.

"누나, 뭐 해?"

"뭐 하긴, 책 보지."

누나의 목소리가 어디서 나는지 알 수 없었다.

"어디서?"

"어디긴, 책상이지!"

창밖에서 비춰오는 햇살이 누나 대신 책상 의자에 걸터앉아 있었다. 책상의 왼쪽에는 책 더미가, 가운데는 책 한 권이 펼쳐져있었고 어디에도 누나는 없었다. 책 위에 있는 누나의 은테안경을 보면 누나는 방 안 어딘가에 있는 것이 분명했다. 아침마다 부르러 오니까 오늘 하루쯤 침대 밑이나 옷장 속에 숨어서 장난을 치는 거라고 생각했다. 약이 오른 나는 숨어있는 누나를 찾기로 했다. 옷장 문을 벌컥 열어보고 침대 밑으로 손을 뻗어 휘저어보았다.

"나가!"

술래를 잡지 못한 채 나만의 술래잡기가 끝나버렸다. 나는 누나의 날카로운 목소리에 귓속인지 마음속인지 알 수 없는 어딘가를 베인 것처럼 깜짝 놀랐다. 그대로 입을 벌린 채 서 있었는데, 자신을 놀라게 한 목소리가 어디서 나는지 알 수 없어서였다.

나는 부엌으로 달려가 엄마에게 말했다.

"방에 누나가 없어."

엄마는 하얀 사기그릇에 막 지은 고슬고슬한 밥을 푸면서 혼잣말을 했다. '아침에 나가는 거 못 봤는데.' 나는 엄마의 심심한 반응에 한마디 덧붙였다.

"그런데 누나 목소리는 있어."

엄마는 고개를 갸웃하며 나를 바라보았다. 책에 푹 빠져있는 누나를 불러내기 위해서 엄마는 아침마다 '나와, 밥 먹자, 학교 가야지'로 시작하는 돌림노래를 불러야 했다. 하지만 누나는 목소리만 먼저 내보냈는데, 문틈으로 새어나오는 대답은 언제나 '잠깐만'이었다. 누나가 책을 잡으면 책도 누나를 붙잡았다. 누나는 책에게 사로잡힌 포로였다.

방에 들어간 엄마는 넓지 않은 방 안을 천천히 둘러보며 누나를 불렀다.

"경희야, 너 어디 있니?"

"엄마까지 왜 그래? 조금만 더 보고 나갈 거란 말이야."

엄마는 누나의 목소리에 깜짝 놀라서 방 안을 샅샅이 살펴보았다. '누나가 어디선가 숨어서 투명인간인 척하고 있을 거야.' 나는 확신했다. 누나의 모습은 투명해졌다지만 신경질적인 목소리는 더욱 선명해지는 것 같았다. 엄마는 책상 앞으로 갔다. 목소리마저 들리지 않자 방 안에 누나가 없는 것 같았다. 책상 주변에서 두리번거리던 엄마는 책 위에 있는 안경을 들어 올렸다. 갑자기 책장이 찢어질 것처럼 날카로운 비명 소리가 들렸다.

"아악! 다리를 잡아당기면 어떡해. 아프잖아."

누나의 목소리는 아프다고 소리를 질렀고 엄마는 한 손으로 안경을 잡고 있었다. 얼굴이 하얗게 질린 엄마는 떨리는 손으로 안경을, 아니 누나를 내려놓았다.

누나는 안경이 되었다.

누나는 어제 새벽까지 책상에서 책을 보다가 갑자기 졸음이 쏟아져 잠깐 잠들었고 눈을 뜨자마자 다시 책을 읽었다고 했다. "책 위에 엎드려서 졸다가 일어난 거야." 엄마와 나는 누나의 안경을 보면서 이야기를 듣고 있었다. "잠에서 깼을 땐 몸이 가벼워진 느낌이었고 눈을 뜬 채로 계속 책을 읽었어." 안경이 말하고 있다고 믿을 수 없었지만, 그게 누나라고 생각할 수밖에 없었다.

나는 내 방으로 가서 컴퓨터를 켜고 투명인간을 검색했다. 이번에는 '안경인간'을 검색했다. 곧 '안경인간에 대한 검색 결과가 없습니다.'라고 떴다. 아마 지금까지 누구도 안경이 된 사람은 없었고, 안경이 되지 않을까 걱정했던 사람도 없었을 것이다. 나는 텅 빈 검색 결과 창을 보며 이제 무엇을 해야 할지 몰라 막막한 기분이 들었다. 엄마는 병원에 가야겠다고 생각했지만, 안과를 가야 하는 건지, 정형외과를 가야 하는 건지, 정신과를 가야 하는 건지 갈피를 잡지 못했다.

다음 날 아침. 나는 조용히 누나의 방 문을 열었다. 책상 위에 책한 권이 펼쳐져 있었고 그 위에 누나가, 아니 안경이 있었다. 안경다리가 펴졌고 휘어진 기울기를 이용해 안경이 세워졌다. 오른쪽 안경다리가 살짝 구부려지더니 책장을 넘겼다. 나는 깜짝 놀라 눈이 동그래졌다.

"대단하다."

날렵한 금속 테가 휘어지며 책장을 넘기는 모습을 머릿속에 다시 떠올려봤다. '어떻게 저런 걸 연습할 수 있지?' 대단하다는 말은 다리를 세운 안경보다 도무지 알 수 없는 누나의 속마음 때문이었다. 안경테를 세울 때 아무리 열심히 안경알을 바라봐도 어떤 기분인지 읽어낼 수 없었다.

누나는 안경이 되고 나서 전보다 더 많은 책을 읽었다. 밥을 먹지 않고 잠도 자지 않아서 하루 스물네 시간 내내 책상 위에 있었다. '하루 정도 안경이 돼서 텔레비전만 보면 어떨까. 학교도, 학원도 가지 않아도 되니까.' 하지만 옆에 있던 엄마와 눈이 마주치자 생각을 들킨 듯 부끄러웠고 누나에게 미안했다. 누나는 아프다는 이유로 결석을 하다가 의사인 외삼촌으로부터 가짜 진단서를 받아 중학교를 휴학하게 됐다.

안경이 돼서 수백, 수천 가지 일을 할 수 없지만 단 하나의 일, 독서를 할 수 있다면 누나에게는 불편과 불만이 없어 보였다. 어쩌면 책을 읽을 때 필요한 두 눈과 책장을 넘기는 집게손가락만 남긴 것처럼 보이기도 했다. 책만 읽는 마법의 주문에 걸린 독서광이 아닐까. 세상에서 단 하나뿐인 책 읽는 안경으로 태어나 모든 책을 읽어버리려는 것은 아닐까. 무엇보다도 누나는 안경이 되었다고 괴로워하거나 외로워하지 않았다. '안경이 되는 건 네가 상상하는 것만큼 불행한 일은 아닐지도 몰라.' 어디선가 누나의 목소리가 희미하게 들리는 것 같았다.

엄마는 출근하기 전에 누나의 안경알을 닦았다. 부드러운 벨벳 천으로 꼼꼼하게 먼지를 없애주었다. 누나는 엄마와 함께 있을 때마다 읽고 있는 책 이야기를 했다.

"엄마, 카프카의 〈변신〉 읽어봤어?"

"벌레가 되는 것 말이니?"

"결국 돌아오지 못하고 벌레인 채로 죽잖아."

"벌레가 아니라 안경이라서 다행이구나, 안경은 죽지 않아."

엄마는 방에서 나올 때면 눈이 빨개져있었다. 충혈된 눈으로 미소 지으며 내 어깨를 두드려주었다.

십 년이 지났다. 엄마의 말처럼 전보다 안경알이 조금 두꺼워진 것 같았다. '안경이 되도 조금씩 자라는 것일까.' 누나도 대답할 수 없는 질문이라는 것을 알기에 마음속으로만 상상해보았다. 누나는 돌아올 생각이 없는 건지 돌아오지 못한다는 걸 이미 아는 건지 안경으로서의 삶에 만족하는 것처럼 보였다. 책 읽기와 글쓰기뿐 아니라 안경의 모습으로 감정을 표현하는 데도 자연스러웠다. 누나는 기분이 좋을 때는 누워서, 그러니까 렌즈를 바닥에 깔고 다리를 세워 흔들기도 하고 다리 끝을 모아서 박수치듯 부딪치기도 했다. 그럴 때마다 누나는 '나 지금 기분 좋은 거야.'라고 친절하게 알려줬다. 나와 엄마를 부를 때는 책상 위의 작은 종을 안경다리로 밀어 바닥에 떨어뜨렸다. 몇 번은 부를 일이 없는데 심심하다며 장난 삼아 떨어뜨리기도 했다. 책을 많이 읽어서 피곤하면 직접 안경집으로 들어갔지만 대부분 책 위에 있었다. 누나는 엎드려서 책을 보는 중이라고 했다.

집에 있는 모든 책을 다 읽고 엄마는 누나와 함께 도서관에 갔다. 누나가 고른 책을 엄마가 대신 빌려왔다. 엄마는 안경이 된 누나를 머리 위에 걸쳐 올렸다. 사람들은 엄마가 선글라스로 멋을 낸 것처럼 보겠지만 내가 보기엔 누나가 무동 타듯 올라탄 것처럼 보였다.

"서점에 가고 싶어."

"읽고 싶은 책을 알려줘. 내가 사올게."

"아니, 서점에 가서 서가의 책들을 보고 싶어."

어려운 일은 아니었다. 나는 안경집에 누나를 넣고 서점에 갔다. 도심에 있는 대형서점이었다. 서가에는 수많은 책들이 꽂혀 있었고 사람들은 저마다 책장을 넘기며 책을 보고 있었다. 초등학교 때 엄마와 누나를 따라갔다가 만화책을 뒤적였던 기억이 났다. 누나가 안경이 되고 나서는 교과서를 잃어버렸을 때나 학원 교재를 사러 온 적밖에 없었다. 나는 안경집에서 누나를 꺼내 들고 다녔다.

"책 진짜 많다."

"수십만 권은 되겠다. 그치?"

안경알은 서가의 책들을 비추고 있었다. 하지만 누나는 섣불리 책을 펼치고 읽을 수 없었다. 안경다리를 세워서 책장을 넘기는 안경을 사람들에게 보여줄 수는 없는 일이다. 안경알에는 책제목들이 빠르게 지나갔다. 누나는 제목들을 읽고 있는 것이 분명했다.

"누나, 뭐 사면 되는지 알려줘. 폐점시간 십 분밖에 안 남았어."

"그냥 여기에 날 두고 갈래? 책장 구석에 숨겨놓고 가면 문 닫았을 때 조용히 책 읽고 있으려고."

"그러다 걸리면?"

"안경인데 분실물센터밖에 더 가겠니?"

폐점을 알리는 안내방송이 나왔다. 나는 누나의 부탁대로 사람들의 발길이 뜸한 서가를 찾았다. 책장의 네 번째 칸 구석에 안경을 숨겼다. 직원들이 책장의 책들을 살펴보는 것 같아서 불안했다. 나는 서점에서 가장 마지막으로 나간 사람이었다.

개점시간에 맞춰 서점에 갔다. K섹션 벽면 네 번째 칸에서 책을 찾는 척하며 안경을 찾는다. 누나는 『천개의 고원』 위에 안경다리를 접고 가지런한 자세로 자고 있었다. 두고 간 내 안경을 찾았다는 듯이 안경집에 넣었다. 누나는 꿈을 꾸고 있을까. 아니면 어젯밤의 황홀한 독서 시간을 떠올리고 있을까. 빈 서점에서 안경다리를 세워 책표지 위를 활보하는 안경. 마음에 드는 책 위에 멈춰서 책장을 넘기며 책을 읽는 안경. 아주 오랫동안 책을 읽을 독서용 안경.

아동문학 부문 동상

내 인생의 내비게이션

변선아

나의 북극성을 향해 떠나는 첫 길
—성장하는 모든 사람들을 위한 글을 쓰겠습니다.

가끔 이런 생각을 한 것 같아요. 너는 이 길을 가야만 해. 네가 할 일은 이 길뿐이야. 누군가 내가 해야 할 일을 콕 짚어서 정해준다면 얼마나 좋을까? 내비게이션처럼 가야 할 길을 정해준다면, 그렇다면 머릿속 잡념들을 떨쳐버리고 그 일만 매진할 수 있을 거라고요.

특별한 재능이 없고 평범한 제겐 더욱 절실했던 생각이었던 것 같아요. 아마도 내가 무엇을 원하는지 모르고 뭘 해야 하는

지 모르기 때문이었을 겁니다.

이번 동화는 그런 저에게 더욱 하고 싶었던 말이 아니었나 싶어요.

동화를 써야겠다는 생각을 굳히기까지 많이 혼란스러웠습니다. 하지만 동화를 써야겠다는 생각을 굳히고 나서는 종일 동화만 생각하면서 보냈습니다. 그러다 보니 처음엔 희미했던 길이 조금씩 또렷해지는 것을 느꼈습니다. 그리고 당선 소식을 들었을 때, 여전히 어둡고 헤매고 있는 제게 '봐, 너만의 북극성을.' 하면서 반짝여주는 듯했습니다.

앞으로 자신의 북극성을 찾아 헤매는 어린이들을 위한 글을 쓰고 싶습니다. 지치지 않고 꾸준히 걸어가겠습니다. 그 첫 발걸음을 떼어준 동서문학상과 심사위원 선생님께 감사한 마음을 전합니다.

많은 가르침을 주신 이해완 선생님과 함영연 선생님, 박현숙 선생님께 다시 한 번 감사의 마음을 전합니다. 또한 귀한 인연으로 함께 동화를 공부하고 있는 글벗님들께도 고마운 마음을 전합니다.

끝으로 묵묵히 응원해주는 남편과 사랑하는 예준아, 예은아! 미안하고 고마워. 친정엄마께는 아이처럼 인사하고 싶네요.
"엄마, 고마워. 사랑해."

내 인생의 내비게이션

변선아

"조민성, 영어 학원 등록해놨어."

몇 달 동안, 야구를 그만두라는 엄마와 싸우고 있다. 요 며칠 공부하라는 얘기가 없길래 야구를 계속할 수 있겠구나 생각했는데, 영어학원을 찾아보느라 바빴나 보다. 결국, 엄마가 이긴 거다. 어른이라는 권력에 나는 순한 양이 되어 엄마가 가자는 대로 끌려갈 수밖에 없나? 그래도 마지막까지 싸워봐야 하지 않을까?

"야구 계속한다고 했잖아, 안 가. 엄마가 등록했으니까 엄마가 가."

마지막 자존심처럼 엄마에게 소리를 질렀다.

"야구선수 되는 게 쉬운 줄 알아? 야구부 해 봤으니까 알 거 아니야. 취미로 그 정도 했으면 됐어. 내일 학원 첫날이니까 영어책이나 봐줘."

"내일? 내일은 야구부 캠프 날이잖아?"

해마다 야구부에서는 한 해를 마무리하고 새해 각오를 다짐하는 캠프를 간다. 그 캠프가 내일이다. 그런데 나한테 한마디 상의도 없이 영어학원을 등록하고, 더구나 내일이 첫 수업이라니……

"선생님께 넌 영어학원 갔다가 조금 늦게 출발한다고 했어. 마지막이니까 캠프에 가서 인사는 해야지. 그래도 그동안 가족처럼 지냈으니까."

엄마는 뭐든지 자기 맘대로다. 하긴 이럴 때 아빠도 내 편이 되어 한 마디 도와주지 않으니, 엄마는 그야말로 우리 집 절대 강자라고 생각하고 있겠지. 그게 더 화가 난다.

결국, 난 아침 일찍 영어학원에 갔다. 가자마자 수준별 실력 테스트를 했다. 하위권이었다. 당연한 결과다. 실력에 따라 반 배정이 됐고 첫 수업이 진행됐다. 첫날부터 원어민 선생님은 영어로만 수업하는데, 아무것도 알아들을 수가 없었다. 학원에 갔다 온 것만으로 나는 지쳤다.

"민성아, 원어민 선생님이 하는 말 알아들었어?"

캠프장으로 가는 차 안에서 엄마는 꼬치꼬치 물어보기 시작했다.

"몰라."

나는 퉁명스럽게 대답하다가 끝없는 엄마의 물음에 아예 입을 닫았다. 그러자 엄마는 나한테 투덜대기 시작했다. 그리고 다시 차 안은 조용해졌다. 아빠는 자고 있는지 아무 말이 없었다. 나는 창밖으로 시선을 돌렸다.

어느새, 해가 뉘엿뉘엿 지고 있었다. 엄마는 내비게이션이 안내하는 대로 운전에만 열중했다. 잠시 후, 캠프장에 가까워졌는지 길은 좁아지고 울퉁불퉁해졌다.

"내비게이션이 없었을 때는 어떻게 길을 찾아다녔는지 몰라."

엄마가 아빠를 슬쩍 곁눈질하며 말했다.

"당신은 너무 내비게이션을 믿는 게 탈이야. 땅 위에 길이 하나만 있는 것도 아닌데."

아빠가 대답하면서 차 안 분위기가 조금 부드러워졌다.

"그렇지. 길이야 많지. 그 많은 길 중에서 내비게이션은 빠르고 정확한 길을 안내해주잖아. 민성이, 너! 너도 엄마가 알려주는 대로 가면 고생 덜하고 좋은 길로 갈 수 있는 거야. 엄마가 네 내비게이션이야. 알았어?"

엄마가 백미러로 나를 바라보며 얘기했다. 쳇, 나는 고개를 돌려 창밖을 봤다.

엄마가 내 내비게이션이라고? 내 앞길이 창밖처럼 어두운 걸까? 그래서 내 인생에도 내비게이션이 필요한 걸까? 엄마가 내 내비게이션일까? 엄마가 하자는 대로만 하면, 난 처음 가본 길도 헤매지 않고 쌩쌩 잘 달릴 수 있나? 그럼, 그 길의 끝엔 무엇이 있을까? 엄마의 말 한마디에 머릿속이 복잡해졌다.

"어. 이상하네. 왜 자꾸 같은 자리를 돌고 있는 거지?"

한동안 운전만 하던 엄마가 두리번거리며 말했다.

엄마는 내비게이션과 도로를 번갈아 가면서 계속 차를 몰았다. 어두워진 길에는 우리 차밖에 없었다.

"당신 내비게이션 업데이트한 거 맞아?"

"어제 하는 거 봤잖아. 외진 곳이라 길을 못 찾나 보네."

아빠는 내비게이션만 믿는 엄마가 잘됐다는 투로 말했다.

"확실하게 해 놨느냐는 거지. 그렇지 않고서야 길을 잘못 안내할 리가 없잖아?"

엄마는 짜증을 부렸다.

"길을 잃을 수도 있지. 내비게이션만 의지하면 되겠어? 도로 표지판을 보면서 왔어야지."

아빠 목소리가 딱딱해졌다.

"당신이 업데이트만 잘했어도……."

엄마는 말을 하려다 아빠 얼굴을 보고 더는 말하지 않았다. 아빠 표정이 어떠했을 것인지 짐작이 갔다.

"내가 참고 말 안 하려고 했는데 당신, 내비게이션에 의존하지 말라고 했지? 그리고 왜 당신이 민성이 내비게이션이야. 당신 하나뿐인 아들을 바보로 만들고 싶어!"

자는 줄만 알았는데 아빠는 엄마 얘기를 다 듣고 있었나 보다. 엄마는 갑작스러운 아빠 말에 얼굴이 굳어 있었다.

"민성이 너도 잘 들어. 언제까지 어린애처럼 무조건 '야구 할 거예요.'라고 우기기만 할 거야? 왜 하고 싶은지, 왜 해야 하는지, 그거 하나 말도 못하면서 무슨 야구야? 너도 야구 그만둬!"

몇 달 동안 엄마와 내 싸움을 지켜보기만 했던 아빠가 말문을 열자 그동안 티격태격했던 엄마와 나는 말문을 닫았다.

어둠이 우리 차를 뒤덮는 것 같았다. 뭔가 답답하고 숨이 막혔다.

엄마한테 야구를 한다고 대들긴 했지만 난 왜 야구를 한다고 한 걸까? 내 앞날에 대해 진지하게 고민해 본 적이 없다는 걸 이제야 알았다.

엄마는 어두운 낯선 길에 겁을 먹었는지 핸들에 몸을 가까이 갖다 댔다. 그리고 차를 세우고 밖으로 나갔다.

잠시 열린 창문으로 차가운 공기가 들어와 정신이 번쩍 들었다.

"속상하지?"

엄마가 나간 사이 아빠는 등을 돌려 말했다.

"엄마는 네가 걱정돼서 그런 거야, 알지?"

나는 '네.'라고 짧게 대답했다.

"민성아, 옛날에는 한밤중에 길을 잃으면 어떻게 했는지 아니?"

나는 고개만 절레절레 저었다.

"하늘의 별을 보는 거야. 별을 보면서 방향을 알고 길을 찾아갔다는구나."

길을 찾아주는 별은 북극성이라고 했다. 카시오페이아와 북두칠성 사이에 있는 별. 그렇게 밝지는 않지만 길 잃은 사람의 길잡이가 되어 줬다고 한다.

"외딴곳이라 그런지 별이 잘 보이네. 요즘은 별 보기도 힘들지. 그래서 길 잃은 사람도 많고, 길을 찾는 것도 힘든가 보다."

아빠는 알 수 없는 말을 하면서 차에서 내렸다. 그리곤 엄마 어깨를 토닥여주더니 운전석으로 옮겨 탔다.

조금 달리다 보니 큰 이차도로가 나왔다. 그리고 길가에 조그만 가게도 보였다.

아빠는 가게 앞에 차를 세우고 들어갔다. 그리고 잠시 후, 환한 표정을 지으며 따뜻한 커피와 두유를 사왔다.

"가게 아저씨가 그러는데, 이 길을 따라 조금만 가면 된다고 하네."

아빠의 말 한마디에 마음이 놓였다. 20여 분을 더 가자 캠프장이 보였다.

폐교를 리모델링한 캠프장엔 미리 온 사람들이 모여 모닥불을 피워놓고 있었다. 우리가 도착하자 선생님과 다른 가족들은 이제야 도착했느냐며 자리를 내줬다.

우리는 노래도 부르고 지난 경기 얘기도 했다. 상원초등학교 야구부를 극적으로 이겼던 시합 얘기는 야구부 아이들 마음을 들뜨게 했다.

맞다. 그때 3 대 1로 지고 있었다. 새로 생긴 야구부라고 해서 얕봤는데 경기가 잘 풀리지 않았다. 모두가 진 게임이라고 생각했었다. 내가 마지막 만루 홈런을 쳤을 때까지는 말이다.

난 존재감 없는 선수였다. 누구보다 열심히 했지만, 공을 잘 던지지도, 공을 잘 치지도 못했다. 그렇다고 달리기가 빠른 것도 아니고, 수비를 잘하는 것도 아니었다. 그야말로 머릿수 채우는 정도의 존재. 난 그런 존재감에 대해 고민을 하지 않았던 것 같다. 물론 공을 잘 치는 친구가 부럽긴 했지만 말이다.

하지만 그날, 날아오는 공이 내 눈에 선명하게 보였다. 그리고 방망이를 휘둘렀고, 우리 팀에게 승리를 안겨준 홈런을 치게 된 거다. '탁' 하는 소리와 함께 공이 멀리 날아갔을 때, 그 짜릿함을 평생 잊지 못할 것 같았다. 그날 집으로 오면서 꼭 야구선수가 되겠다고 다짐했던 것 같다.

어느 정도 분위기가 무르익어 갔을 때, 선생님은 앞으로 계획을 얘기해보자고 했다. 그러자 주장인 현성이가 말을 했다.

"벌써 6학년이 된다는 게 믿어지지 않습니다. 야구부 훈련이 힘들 때도 있었지만, 선생님 지도로 많은 걸 배웠습니다. 야구부가 있는 중학교에 가서 꼭 야구선수가 되고 싶습니다. 그때 지금 우리가 다시 만날 수 있었으면 좋겠습니다."

현성이는 말도 잘한다. 다음엔 장난꾸러기 현수가 일어났다.

"나는 꼭 류현진 선수처럼 공을 잘 던져서 메이저리그에 갈 거다. 그때 내 사인 받겠다고 연락하지 말고 미리미리 받아 놔라."

모두 꿈을 꾸고 그 꿈을 남들 앞에 당당하게 얘기하고 있다. 엄마와 아빠, 친구들이 보는 앞에서 자신의 꿈을 말하는 친구들이 부러웠다. 그때 현성이가 내 다리를 쿡 찔렀다.

"민성아, 네 차례야."

아무 말도 할 수 없었다. 내 계획이 뭔지 깜깜하기만 했으니까.

그러자 선생님이 말을 이어갔다.

"모두 알겠지만 민성이가 야구부를 떠나게 됐습니다. 민성이 어머님이 민성이 앞날을 위해 어렵게 내린 결정입니다. 아쉽지만 보내야겠죠? 민성아! 이쪽으로 나와서 그동안 함께했던 친구들에게 하고 싶은 말이 있으면 해볼까?"

나는 여전히 아무 말도 못 하고 있었다. 차가운 밤공기 속에서 모닥불은 따뜻하고 밝게 빛나고 있었다.

나는 하늘을 올려다봤다. 북극성이 가물가물 빛나고 있었다.

길을 잃은 내가 가야 할 길을 안내해줄 별은 어디 있는 걸까? 야구가 북극성이 될 수는 없는 걸까? 나는 조심히 말을 꺼냈다.

"마지막이라고 하니까 이상해요. 좀 더 야구를 열심히 할걸 하는 아쉬움이 큽니다. 아마도 어른이 되면 야구를 잘하는 무언가가 되어 있을 것 같아요. 그동안 고마웠습니다."

짧은 얘기를 하는데 울컥 눈물이 났다. 야구를 잘하는 무언가가 되어 있고 싶지 않았다. 무언가를 잘하는 야구선수가 되면 안 되는 걸까?

말을 끝내고 자리에 앉자 현성이가 야구공과 글러브를 내게 줬다.

"이건 함께했던 시간을 잊지 말라고 우리가 준비한 선물이야."

야구공에는 친구들의 사인이 있었다. 훈련 끝나고 나중에 야구선수가 되는 걸 꿈꾸면서 연습했던 사인들이다.

나는 야구공과 글러브를 받아 품에 안았다. 그러자 알 수 없는 무언가가 가슴 저 밑바닥에서부터 올라오는 것 같았다. 만루 홈런을 치던 그날의 짜릿함이 다시 살아나는 것 같았다.

가슴이 마구 뛰었다. '이대로 집으로 가면 야구를 그만둬야 하는구나.' 하는 생각이 들자 누군가 가슴을 누르는 듯 답답하기도 하고, 상처를 낸 듯 아리기도 했다.

나는 친구들이 준 야구공을 봤다. 내 사인이 없는 야구공은 의미가 없다. 나는 공을 꽉 쥐고 벌떡 일어나 소리쳤다.

"엄마! 저 야구 할래요. 엄마 눈에 제가 야구에 소질이 없어 보여도, 지금부터 열심히 해볼게요. 엄마 아들 조민성, 한번 믿고 지켜봐

주세요."

엄마가 놀란 얼굴로 나를 봤다.

이렇게 큰 소리로 말하고 나니까 후련했다. 그리고 더한 용기가 샘솟았다.

"야, 박현수. 메이저리그는 내가 먼저 간다."

잠시 침묵이 흘렀고 현성이와 현수, 다른 친구들이 내게 몰려와 내 등을 두드렸다.

만루 홈런을 치고 돌아왔을 때도 친구들은 날 빙 둘러서서 내 등을 두드렸었다. 이건 널 믿는다. 잘했다. 고맙다는 우리 팀만의 응원이자 세리머니 같은 거다.

등이 얼얼했다. 난 고개를 들어 하늘을 봤다. 유난히 반짝이는 별하나가 또렷이 보였다. 내 앞길을 안내해 줄 나만의 북극성. 그 별아래 엄마가 미소 짓고 있었다.

아동문학 부문 동상

화성 탐사 로봇 3호·4호

이윤미

당선 통보 전화를 받은 날은 신기하게도 제 생일날이었습니다. 그날은 제가 일하는 직장 근처 호수에 러버덕이 국내에 처음으로 상륙한 날이기도 합니다. 잠실 석촌호수에 러버덕(대형 고무 오리)이 10월 중순부터 11월 중순까지 한 달간 떠 있었던 것이지요. 플로렌타인 호프만 작가는 세계 곳곳 사람들이 마음의 휴식을 얻기를 바라는 마음에서 러버덕 프로젝트를 진행하고 있다고 합니다. 저는 러버덕을 보면서 앞으로 제가 쓰는 글도 노란 오리처럼 누군가에게 위안이 될 수 있기를 바랐습니다.

'화성 탐사 로봇 3호·4호'는 우정에 관한 이야기입니다. 로봇 3호와 4호는 서로를 의지하면서 살아갈 힘을 얻습니다. 동화 속에 4호는 행방불명되지만 제 마음속에는 살아 있습니다. 4호는 그 존재만으로도 3호가 살아가는 이유이니까요.

제가 지금껏 글을 써온 원동력 역시 바로 로봇 3호·4호 같은 가족·친구가 있기 때문입니다. 상을 받고 난 후 여러 사람들의 축하를 받았습니다. 제 곁에 진심으로 저를 축하해주고 좋은 글 쓰기를 바라는 사람들이 있어 다행입니다.

사랑하는 우리 가족, 언니와 형부, 대박이, 천재·독립군 식구들, 글벗들, 정해왕 선생님과 어작교, 단토방 식구들에게 특히 감사의 마음을 전합니다. 모두 감사합니다.

화성 탐사 로봇 3호·4호

이윤미

"시스템을 강제 종료합니다……, 다시 시작합니다……, 시스템을 강제 종료합니다……, 다시 시작합니다……."

나는 지금 죽었다 다시 살아나기를 열한 번째 반복하고 있다. 모래 바람은 아까보다 더 강해졌다. 바람은 폭풍이 되어 내 온몸을 부서져라 때려댄다. 내 다리가 모래 속에 푹 잠긴다. 더 이상 버티기가 힘들다. '시스템을 종료합니다' 말 뒤로 다음 말이 들리지 않기를, 아주 길고 긴 잠을 잤으면……. 잠시였지만 그런 생각이 들었다. 눈을 감는다. 깊은 어두움이 찾아온다.

여기는 지구로부터 약 5,600만km 떨어진 곳*. 화성과 지구 각각

* 화성과 지구 각각 공전하고 있기 때문에 화성−지구 간 거리는 공전 시기에 따라 다르다. 여기서는 지구와 화성이 가장 가까웠을 때 측정한 거리이다.

공전하고 있기 때문에 화성-지구 간 거리는 공전 시기에 따라 다르다. 여기서는 지구와 화성이 가장 가까웠을 때 측정한 거리이다.

사람들은 이곳을 화성이라 부른다.

"3호야, 일어나! 제발 살아나라고!"

무언가 나를 친다. 나는 꿈틀거린다. 그와 동시에,

"다시 시작합니다."

소리가 나며 내 심장 버튼에 빨간 불이 들어왔다. 내 몸에 있는 시스템 자동 복구 파일이 작동했다. 나는 눈을 떴다. 로봇 4호가 나를 보고 다급히 묻는다.

"괜찮아? 죽은 줄 알았잖아."

"응. 모래 폭풍은 지나갔어?"

"다행히 위쪽으로 올라갔어. 그러게, 내가 올림퍼스 산* 바람이 심상치 않다고 그쪽으로 가지 말라니까."

"산꼭대기에 빛나는 게 있었어. 확인하고 싶어서."

"탐사도 중요하지만 네가 더 중요해. 조심, 또 조심해야 한다고. 너한테 뭔 일이 생기면 나 혼자 여기서 어떻게 지내."

4호가 잔소리를 한다. 내 유일한 친구 4호. 우리는 화성에서 2,546일을 살았다. 우리는 화성 곳곳을 탐사하고 본 것들을 사진 찍어서 지구로 보내주고 있다. 나와 4호는 산 입구를 내려간다. 협곡 꼭대기에는 모래 폭풍이 몰아치고 있다. 아마도 산꼭대기에선 지진이 났겠

* 올림퍼스 산 : 실제 화성 내 존재하는 산. 에베레트 산 3배 높이(25km)에 달하는 거대한 산이다.

지. 당분간 산에 오르지 못할 것이다. 산 정상에 뭔가 반짝거리는 것이 있었는데……. 나와 4호가 화성에 왔을 때부터 지금까지 땅에서 빛나는 것을 발견한 적은 단 한 번도 없었다. 가끔 햇빛에 모래가 반짝이기도 했지만 그런 종류의 반짝임은 아니었다. 바닥에서 나는 빛이었다. 빛이 있는 곳에 생명체가 살지도 모른다.

처음 우리가 이곳에 왔을 때가 생각난다. 해가 진 밤에 우리는 착륙했다. 밤의 화성은 세상의 모든 빛을 먹어버린 듯했고, 몹시 추웠다. 추위에 내 바퀴다리가 굳어서 움직이지 않았다. 나는 몇 걸음도 못 가고 그 자리에 앉아 있어야만 했다. 이대로 앉은뱅이가 되는 줄 알았다. 그런데 해가 뜨자마자 거짓말처럼 추위가 사라지고 따뜻해졌다. 온도가 급격히 올라가자 딱딱하게 굳은 바퀴다리가 흐물흐물 풀렸다. 바퀴다리는 다시 움직일 수 있게 되었다. 화성은 한낮에 20도, 한 밤에 −125도를 오르락내리락했다. 간질간질 따사로운 햇빛, 살랑살랑 얼굴을 스치는 바람, 무엇보다 졸졸졸 물이 흐르던 지구가 그리웠다. 화성은 물 한 방울 없는 사막이었다. 우리를 화성에 보낸 과학자들이 원망스러웠다.

내가 몸을 회복하고 태양 에너지를 충전하는 사이, 4호가 탐사를 나갔다가 큰 구덩이에 빠졌다. 4호는 사막이 끝도 없이 펼쳐져 구덩이가 숨어 있는지 미처 몰랐다고 한다. 4호는 구덩이에서 필사의 탈출을 했다. 구덩이를 오르다 떨어지고, 오르다 떨어지기를 반복했다. 그런데 내 목소리를 듣고 기적적으로 바퀴다리가 움직였다고 한다. 4호가 구덩이에 빠져있을 때 난 아무것도 할 수가 없었다. 나에겐 구덩이에서 4호를 끌어올려 줄 손이 없다. 나는 팔은 있지만 손이 없다. 손대신 팔 끝에 현미경이 붙어 있기 때문이다. 다리도 바퀴가 달려 있어 끌어올려 줄 수가 없다. 나는 구덩이 주변에서 "넌 할 수 있어. 나올 수 있어." 응원해준 것이 전부였다. 그런데 4호는 그 소리에 반드시 여기서 나가리라 마음먹었단다. 나를 걱정해주는 친구가 있어서 힘이 됐다고 한다. 예전이나 지금이나 4호는 참 강하다. 4호는 구덩이를 빠져나온 뒤로 신중해졌다. 여섯 바퀴다리를 땅에 모두 내딛기 전 반드시 앞에 두 바퀴로 먼저 사막의 모래나 돌을 걷어보았다. 돌에 걸려 넘어지기 일쑤인 나와 달랐다.

우리가 처음으로 탐사한 곳은 마리네리스 협곡*이었다. 협곡으로 가는 길은 깎아지를 듯한 비탈길이 이어졌다. 잠시라도 방심하면 한순간에 미끄러져 몸이 부서질 수 있었다. 실제로 나는 미끄러져 구르다 돌부리에 걸려 간신히 멈춘 적도 있었다. 돌부리가 내 몸을 지탱하지 못하고 바닥으로 떨어지려 하자, 4호가 조심스럽게 내 쪽으로 다가왔다. 목숨을 건 행위였다. 자칫하다가 우리 모두 죽을 수 있었다. 4호는 침착하게 다가와 나를 뒤에서 밀었다. 나와 4호는 무사히 그곳을 빠져나왔다.

"고마워. 4호야. 넌 정말 대단해. 나라면 무서워서 구하러 오지도 못했을 거야."

"무턱대고 달리지 말라고. 미끄러우니까."

4호는 무뚝뚝하게 말하곤 앞으로 향했다. 그때 보았다. 4호의 바퀴다리가 살짝 떨리고 있었다. 그는 침착하지 않았다. 무서움을 참

* 마리네리스 협곡 : 실제 화성 내 존재. 태양계 최대 크기의 협곡으로 길이 약8천 km, 깊이 약10km, 폭 500km에 달한다. 이는 미국 면적에 해당하는 크기이다

고 있었던 것이다. 4호가 더 고마웠다.

우리는 팔십 일 만에 협곡에 올랐다. 협곡 위에서 화성을 내려다 본 모습은…… 아름다웠다! 햇살에 모래 물결이 반짝반짝 빛났다. 부드러운 물결이 한없이 굽이치고 있다. 이것은 강물이 흐르던 자 국이 분명하다. 화성에 강이 있었다. 언제 강이 흘렀는지 모르겠지 만, 무슨 일로 강이 말라붙었는지 알 수 없지만 분명한 강의 모습이 었다. 우리는 마리네리스 협곡 풍경을 찍어 지구에 보내고도 한참을 떠나지 못했다. 벅찼다. 우리는 절벽 끝으로 사라지는 태양을 바라보 았다. 태양을 보내고 찾아온 밤은 신비로웠다. 셀 수도 없는 별이 하 늘에 총총히 박혀 있다. 별빛을 담은 협곡의 모래 물결이 은빛으로 출렁거렸다. 나는 4호 옆에 딱 붙어 앉았다.

"4호 너랑 함께 이 경치를 볼 수 있어서 참 좋아."

"과학자들은 사진으로만 봐선 절대 알 수 없을 거야. 여기가 얼마 나 아름다운지."

"우리 좀 멋지지 않냐? 이런 데를 다 와보고."

만날 퉁명스럽게 굴던 4호가 다리로 나를 툭 치며 웃었다. 4호가 그렇게 환하게 웃는 건 처음 본다.

"그걸 말이라고 하냐! 우린 화성을 탐사한 최초의 지구인, 아니 로 봇이라고!"

"맞다, 탐사 로봇 1·2호는 고장 나서 이틀 만에 지구로 돌아갔지."

"앗! 별똥별이야!"

4호가 가리키는 곳에 별똥별이 떨어지고 있다.

"어서 소원을 빌어. 3호야."

나와 4호는 마음속으로 소원을 빌었다. 우리는 서로에게 소원을 말하지 않았다. 소원은 비밀이어야 이루어질 수 있으니까.

마리네리스 협곡을 내려온 후, 우리는 다른 강물의 흔적을 찾았다. 사람의 얼굴 형상을 한 암석도 찾았고, 규사라는 새하얀 모래도 찾았다. 그리고 마침내 나는 올림퍼스 산꼭대기에서 빛나는 뭔가를 발견했다. 산 입구에서 모래 폭풍을 만나 죽을 뻔하긴 했지만.

이제 우리는 올림퍼스 산 아래에서 모래 폭풍이 그치기를 기다리고 있다. 모래 폭풍은 사흘쯤 지나자 잠잠해졌고, 산 정상에선 빛나는 뭔가가 모습을 다시 드러냈다. 이번에는 나만 본 게 아니라 4호도 보았다. 우리는 함께 산을 올랐다. 올림퍼스 산 위에는 마리네리스 협곡에서 본 것보다 훨씬 더 신비로운 풍경이 펼쳐져 있을지도 모른다. 우리는 떨리는 마음을 안고 정상을 향해 첫 걸음을 내디뎠다.

올림퍼스 산은 화성에서 가장 높은 산이다. 산은 오르고 또 올라도 정상이 보이지 않았다. 등반하는 도중에 내 바퀴다리가 날카로운 돌에 찔려 크게 휘어져 버렸다. 또 굴러떨어진 돌을 피하지 못해 현미경마저 부서졌다. 나는 휘어진 다리 때문에 예전만큼 빠르게 걸을 수 없었고, 현미경으로 주변의 돌과 모래 성분을 분석해 위험을 감지할 능력도 잃었다. 그래도 포기할 수 없었다. 올라온 거리만큼 내려가는 길도 험난할 테니까. 해가 뜨면 오르고, 바람이 강하면 숨고, 밤이 되면 쪽잠을 자고, 그렇게 99일 동안 산과 싸우다 마침내 정상에 다다랐다. 정상에는……, 빛나는 동굴이 있었다! 빛은 태양빛이 아닌 동굴 안에서 새어나오는 빛이었다. 그것도 아주 강하고 큰

빛이어서 사진을 찍어도 하얀 빛밖에 보이지 않았다. 4호는 빛나는 동굴을 보며 놀란 입을 다물지 못했다. 나는 기쁨에 차서 말했다.

"우리가 대단한 걸 찾았다. 어서 가보자, 빨리."

나는 급히 동굴로 향했다. 그러자 4호가 입을 다물고 재빨리 내 앞으로 다가왔다.

"함부로 들어갈 수는 없어."

"그렇다고 여기까지 와서 안 들어가? 어서 가보자."

내가 앞장서자 4호가 내 앞을 가로막았다.

"지금 네 꼴을 봐. 현미경은 망가졌고 다리도 예전만큼 빠르게 걷지 못해. 또 다친다면 정말 큰일 날 수 있어."

4호 말이 맞았지만 이런 멋진 곳을 탐사하지 않고 포기할 수 없었다. 내가 앞으로 가려 하자 4호는 못 가게 팔까지 휘둘렀다.

"좋아. 그럼 내가 먼저 들어갔다 올게. 넌 여기서 기다려."

"뭐? 그게 말이 되냐?"

"내가 너보다 훨씬 빠르고 현미경도 있어서 위험 물질을 금세 파악할 수 있다고."

"싫어. 같이 가."

4호가 한숨을 푹 쉬며 난감한 듯 나를 쳐다보았다. 그러고선 갑자기 나를 밀쳤다. 나는 뒤로 넘어져 버렸다. 넘어진 몸을 다시 일으키려면 복구 파일을 작동시켜야 해서 5분 이상 걸린다. 나는 버둥거리며 소리를 질렀다.

"야, 너 뭐야?"

"너 다시 일어설 때까지 갔다 올 테니까 꼼짝 말고 기다려."

4호는 동굴로 들어갔다. 동굴 속 환한 빛이 4호를 에워쌌다.

이미 5분이 지났다. 기다렸다. 6분, 7분, 10분, 15분……, 시간은 자꾸 가는데 4호는 아직도 돌아오지 않고 있다. 그 짧은 시간 동안 날씨는 급격히 안 좋아졌다. 바람이 거세다. 안 되겠다 싶어 동굴로 한 발자국 내디뎠다. 그때였다.

"우르르 쾅쾅!"

모래 폭풍이다! 하늘이 무너지듯 정신없이 바람이 휘몰아쳤다. 나는 흔들리는 땅 위에서 정신을 잠깐 잃었다. 그리고 일어났을 때 동굴은 보이지 않고 거대한 모래 언덕이 앞에 놓여 있었다. 마치 동굴이 없었던 것처럼.

"이게 바로 화성 탐사 로봇 4호가 보내온 마지막 사진입니다."

우주 탐사 연구소 강당에서 한 과학자가 발표를 하고 있다. 과학자가 가리킨 곳에는 올림퍼스 산을 담은 사진이 큼지막하게 걸려 있다. 과학자 앞에는 수십여 명의 기자가 앉아 있고, '화성 탐사 로봇 7주년 생존기'라고 적힌 플래카드도 걸려 있다. 한 기자가 물었다.

"4호의 마지막 사진이라면, 4호는 어떻게 된 겁니까?"

"네. 4호가 사진을 안 보낸 지 한 달이 넘어서……."

과학자는 잠시 주저하다가 말을 이어나갔다.

"4호는 시스템이 종료됐다고 추측하고 있습니다. 하지만 원래 3호와 4호의 예상 로봇 수명은 3개월이었습니다. 그런데 4호는 7년 4개월을 살았죠. 3호는 아직도 살아 있고요"

"어떻게 그렇게 오래 살 수 있었을까요?"

"우리도 이렇게 오래 활동할 줄은 예상 못했습니다. 아마도 3호와 4호가 함께 다니고 서로 도와주면서 7년을 산 게 아닐까 싶습니다."

기자들이 웅성거렸다. 그때 조수가 과학자 옆으로 왔다. 조수는 과학자에게 귓속말을 했다.

"4호의 사진 분석이 끝났답니다."

"그래? 그 하얀 빛의 정체는 뭐래?"

"그게……, 빛이 너무 밝아서 알기가 어렵답니다. 그런데 태양 빛은 분명히 아니랍니다."

과학자는 작게 한숨을 쉬었다. 실망한 표정이다.

과학자와 조수는 기자 회견을 마친 후 4호의 마지막 사진을 보았다. 기자들에게 보여 주었던 사진이 아니었다. 사방이 밝은 빛으로 가득 찬 사진이었다. 과학자가 답답하다는 듯 사진 속 빛을 가리켰다.

"이 빛이 뭘까? 4호가 죽기 전에 본 건 대체 뭘까?"

"왠지, 4호는 아직 살아 있을 것 같습니다."

"응?"

"예전에 3호랑 4호가 찍어온 별똥별 사진 기억나십니까?"

"그럼."

"네, 둘이 같이 별똥별을 보았죠. 둘은 언제나 함께였어요. 3호가 살아 있으니까 4호도 살아 있을 겁니다."

조수는 지난 7년간 3호와 4호의 화성 사진을 분석해왔다. 조수는 확신에 찬 표정으로 과학자를 보았다.

2014년 현재, 화성 탐사 로봇 3호는 아직 살아 있다.

〈이야기의 모티프가 된 화성 탐사 로봇에 대해서〉

2004년 화성 탐사 로봇 오퍼튜니티는 '메리니아니 평원'에서, 스피릿은 그 반대편인 '구세브 분화구'에 착륙해 각각 따로 활동을 시작했습니다. 오퍼튜니티와 스피릿은 3개월~6개월 정도 화성에서 탐사 활동을 벌일 수 있을 것이라는 예상을 뛰어넘어 스피릿은 7년을 활동했고, 오퍼튜니티는 지금까지도 화성을 탐사하고 있답니다. 현재 오퍼튜니티는 부품과 장비가 마모되어 사진의 화질과 이동 속도가 현저히 떨어진 노후 증상을 보이고 있습니다.

아동문학 부문 동상

나는 도둑이 아니다

조용미

어느 날 갑자기 남편 친구가 하늘로 갔습니다. 어린 두 딸과 심약한 아내만 남았습니다. 어린 두 아이가 살아갈 세상을 생각하니 가슴이 먹먹했습니다. 난 이 아이들에게 어떤 도움을 줄 수 있을까. 어떤 도움이 필요할까. 저는 좋은 어른이 되어야 겠다는 생각을 했습니다. 끝까지 들어주고 기다리고 많이 참아 주는 어른. 말과 행동이 같은 어른. 그 생각이 동화로 이끌었습니다. 슬플 때, 무서울 때, 앞이 캄캄할 때, 실수를 할 때에도 '괜찮아.'라고 말해주는 동화를 쓰고 싶었습니다. 부족한 재주에 상을 받게 되니 분에 넘치는 응원을 받는 것 같습니다. 좋은 어른이 되도록 노력하겠습니다. 감사의 인사로 소감을 대신합니다.

　동화의 입구를 몰라 서성거릴 때 자연의 이치와 사람의 도리를 먼저 공부하게 해주신 황선열 선생님께 참 감사합니다. 뒤처져 질척거리면 응원과 격려로 다독거려 주던 갈현도반 문우님들이 없었다면 한 편도 쓰지 못했을 겁니다. 또 제 마음속에 좋은 어른으로 자리하고 있는 김재원 선생님께도 감사의 마음을 전합니다. 아내를 위해 아침 밥상 차려주는 착한 남편, 적당히 까칠하게 굴며 아름다운 사춘기를 보내고 있는 딸 서현이, 멋지게 남자로 크고 있는 아들 주현이, 판타지에 속에 살고 있는 막내 민현이. 사랑하고 감사합니다.

　선생님이 상 탄다고 들떠서 기뻐하고 있는 우리 부산자유발도르프의 아이들, 사랑한다~.

　끝으로 투병 중에 있는 내 사랑하는 조카 현진이와 가족들에게 작은 위로가 되었으면 좋겠습니다.

　동서에서 시작하게 된 저의 글쓰기가 계속 도전으로 이어지기를 다짐해 봅니다.

나는 도둑이 아니다

조 용 미

실내화를 잃어버렸다. 분명히 내 사물함에 두었는데 사라졌다. 처음엔 경현이 장난일 거라고 생각했다. 아무리 다그쳐 물어도 아니란다. 꼬박 일주일 동안 범인을 찾아다녔지만 알 수가 없었다. 찾아낼 때까지 실내화 없이 버틸 생각이었다. 선생님이 붙여준 '맨발의 청춘' 별명도 싫지 않았다. 양말 바닥이 새까맣다고 엄마가 계속 혼내는 바람에 어쩔 수 없이 실내화 도둑 잡는 것을 포기하고 실내화를 사기로 했다.

여기서부터 내 비밀이 시작된다.

그날, '왔다 문방구'는 무척 붐볐다. 5학년 때 같은 반이었던 동찬

이가 자기 반 아이들을 우르르 데리고 와서 핫도그를 사주고 있었다. 왔다맨은 빨간 망토를 펄럭이며 핫도그 만드느라 정신이 없었다. 우리 학교 정문 앞에는 문방구가 세 개 있는데 왔다 문방구가 가장 장사가 잘된다. 왔다 문방구의 주인은 젊은 형인데 수퍼맨처럼 쫄쫄이 바지에 망토를 두르고 있어서 우리는 모두 그 형을 '왔다맨'이라고 부른다. 왔다 문방구에 늘 아이들이 북적이는 데는 그 형의 특이한 옷차림도 한 몫 한다.

나는 왔다맨에게 실내화를 달라고 했더니 벽 쪽 실내화 더미에서 찾아보라고 했다. 내 발에 맞는 것을 고르고 돈을 주었다.

"왔다맨, 여기 오천 원요."

"어, 어어."

왔다맨은 핫도그 만드느라 정신이 없었다. 그래서 핫도그 선반 위에 돈을 올려놓았다. 오천 원짜리 지폐를.

그때 어떤 여자아이의 화내는 소리가 들렸다. 아마 옷에 케첩이 묻은 것 같았다. 계속 신경질 내는 그 아이의 옷을 다른 아이가 닦아 주었다.

"아이 몰라. 이거 안 지워지잖아. 새 옷이란 말이야. 책임져."

케첩 얼룩이 지워지지 않자 고함을 쳤고 옷을 닦던 아이는 엉거주춤 서서 어쩔 줄을 모르고 있었다.

핫도그 빨리 달라는 아이. 케첩 묻었다고 악 쓰는 아이. 허둥지둥 케첩 닦는 아이. 비키라고 밀치는 아이. 정말 아수라장이었다. 난 거스름돈 이백 원을 받기 위해 묵묵히 기다렸다.

핫도그를 든 아이들이 빠져나가자 조용했다. 마치 폭풍이 지나간 것 같았다. 왔다맨은 아이들이 버리고 간 쓰레기를 치웠다.

"거스름돈 주세요."

"무, 무 무슨 돈?"

"실내화 고르고 오천 원 드렸잖아요. 이백 원 주셔야죠."

"나, 나 난 바 바, 받은 적이 어 없어."

머릿속으로 열이 확 올라왔다.

"아까 드렸잖아요. 얘기하고 여기 뒀다고요."

선반 위에는 아무것도 없다. 혹시 떨어졌나 싶어 선반 밑도 살폈다. 아이들이 버리고 간 휴지와 사탕 비닐 껍데기뿐이었다. 왔다맨은 돈주머니를 뒤졌다. 오천 원짜리는 한 장도 없었다. 정말 펄쩍 뛸 노릇이다. 난 분명히 줬는데 돈이 없다.

"아, 미치겠네. 내가 분명히 여기 뒀다고요! 봤잖아요."

"아 아 아 아니 모 모 못 봤어."

왔다맨은 원래 말을 더듬는다. 흥분하면 더 심해지는 것 같았다.

"그럼 내가 거짓말한다는 거예요?"

"바, 봐. 오 오 오천 원짜리가 어 없잖아. 너 너 네 차, 차 착각이야. 자 잘 차 찾아 봐."

내 주머니를 뒤져도 돈이 없다. 다시 바닥을 찾아봤다. 쭈그리고 앉아 휴지 쓰레기를 뒤졌다.

"미치겠네. 내가 왜 이걸 뒤져야 하냐고."

"내 내 내가 차 찾아보, 볼게."

왔다맨이 내 오천 원을 받고 나서 그 돈을 다른 사람에게 거스름

돈으로 꺼내줬을 지도 모른다. 내 생각은 점점 그쪽으로 굳어졌다.

"잘 생각해 봐요. 혹시 다른 사람한테 거스름돈으로 주고 기억 못하는 거 아니에요?"

왔다맨이 아주 기분 나쁜 얼굴을 했다.

"화 화 확실해. 나 나 난 안 받, 았, 어."

화가 나서 견딜 수가 없었다. 내가 고른 실내화를 실내화 더미에 던져버리고 바깥으로 나와 버렸다. 쌓여있던 실내화 더미가 우르르 무너지는 소리가 들렸다. 말 더듬는 소리가 오늘따라 아주 거슬렸다.

"야, 야! 휴우, 나 나 나 나쁜 녀 녀 녀석."

실내화도 못 사고 돈만 날렸다. 생각할수록 억울하고 분했다. 왔다맨이 그동안 보여준 건 다 쇼라는 생각이 들었다. 몸에 붙는 쫄쫄이 옷과 빨간 망토로 아이들의 마음을 홀리고 말 더듬으며 착한 척한 거다.

내가 "오천 원요."라고 말하면서 돈을 올려뒀는데 그걸 모를 리가 없다. 너무 억울해서 밤에 잠도 오지 않았다.

왔다 문방구를 지날 때마다 화가 치밀었다. 내 돈 오천 원을 돌려받아야 화가 풀릴 것 같았다. 그래서 결심했다.

딱 오천 원어치만 왔다에서 물건을 가져오는 거다. 이건 도둑질이 아니다. 내 돈 오천 원을 물건으로 돌려받는 것뿐이다.

왔다 문방구에 들어갔다. 왔다맨이 나를 알아봤다.

"너, 너. 어제 실내화. 도, 돈은 찾았어?"

"아뇨."

길게 말하기 싫었다. 그냥 돌려받으면 끝이니까. 난 아이들이 핫도 그를 사러왔을 때 몰래 지우개 하나를 숨겼다. 지우개보다 두근두 근 가슴 뛰는 소리를 먼저 들킬 것 같았다. 손에 쥔 지우개가 땀으로 미끌미끌 했다.

왔다 문방구에서 나오자마자 막 달렸다. 집에 와서 주먹을 펴보니 손바닥에 손톱자국이 패여 있었다. 누가 볼까 봐 지우개를 책상 서 랍 깊숙이 넣었다. 그리고 수첩에 적었다.

지우개 500원

다음 날 또다시 왔다 문방구로 갔다. 1학년짜리 아이가 물건마다 가격이 얼마냐고 묻는 통에 왔다맨은 다른 데 신경 쓸 수가 없었다. 가슴이 두근두근 뛰었다. 내 물건을 가져가는 거라고 몇 번이나 속 으로 말했지만 심장이 몸 밖으로 튀어나올 듯이 쿵쾅거렸다.

'그만둘까?'

잠깐 고민했지만 내 손이 이미 미니 책을 주머니에 넣었다. '공포의 계곡'이라는 아주 작은 미니 책이다. 무서운 이야기가 몇 편 실려 있 는데 아이들한테 아주 인기가 좋다.

집에 와서 수첩에 적었다.

미니 책 500원

체한 것같이 속이 답답했다. 기분도 좋지 않아 친구들을 불러 자전거를 타기로 했다.

제일 친한 친구 은태, 준혁이와 함께 아파트 주변을 돌았다.

"지우야, 너 오늘 무지하게 달린다."

친구들이 헐떡거리며 뒤따라왔다.

"좀 답답해서."

"엄마한테 혼났냐?"

"아니. 왔다맨 때문에. 왔다맨이 내 돈 오천 원을 꿀꺽했어."

"왔다맨이? 설마."

"왔다맨이 얼마나 착한데. 누구든지 돈이 모자라면 다음에 가져오라고 해. 작년에 아버지 돌아가신 형이 있었는데 가난했나 봐. 졸업할 때까지 돈 안 받고 준비물을 다 챙겨 줬대."

나도 들은 적이 있다. 그래서 아이들은 다른 문방구보다 왔다에 자주 간다. 꼭 우리 편 같은 생각이 들었다. 그런데 지금은 아니다. 화가 풀리지 않는다.

"내 오천 원을 꼭 찾고 말 거야."

친구들은 내 얘기를 듣고도 왔다맨을 의심하지 않았다. 아까는 두근거리고 속이 울렁거렸는데 지금은 친구들 때문에 속이 터질 것 같았다.

세 번째, 네 번째로 가져온 물건은 나한테 전혀 필요 없는 것들이었다. 떼룩떼룩 눈알이 구르는 인형 눈알이랑 휴대폰 고리. 그걸 가져올 마음은 없었지만 그날따라 왔다 문방구에 아이들이 없었다. 왔다맨의 눈을 피하려니 구석에 있는 것들을 가져 올 수밖에 없었다. 휴대폰도 없고 인형 만들 일도 없다. 그냥 책상 서랍에 처박아 두었다. 오늘 가져온 물건을 수첩에 쓰려는데 손이 마구 떨렸다. 수첩을 덮었다.

'난 절대 도둑이 아니야.'

수백 번 말한 것 같다. 자꾸자꾸 말해도 기분이 쓰레기통이다. 난 도둑이 아니지만 들키지 않아야 하기 때문에 도둑같이 행동해야 한다. 정말 맘에 안 든다. 이 일이 끝나면 왔다 문방구 근처도 안 갈 거다.

왔다 문방구에 들어가니 키가 껑충 크고 비쩍 마른 여자 아이가 머리끈을 보고 있었다. 어디선가 본 듯한 아이였다. 난 전에 찍어 둔 샤프펜슬이 있는 쪽으로 갔다. 그 여자 아이가 나를 보는 게 느껴졌다. 머리가 쭈뼛 섰다. 들고 있던 샤프펜슬을 떨어뜨렸다.

"뭐, 뭐 찾아?"

왔다맨이 다가와 물었다.

"친구 생일 선물 고르는 거예요."

거짓말도 늘었다. 왔다맨은 다시 컴퓨터를 봤다. 왔다맨을 살피다가 껑충키 여자아이와 눈이 마주쳤다. 그 아이는 깜짝 놀라더니 내 눈을 피했다. 기분 나쁘다.

'혹시 내가 물건 가져가는 것을 봤나?'

등에 식은땀이 나고 손이 떨렸다. 그냥 나올까 하다가 전에 가져갔던 것과 똑같은 지우개를 집었다.

"이거요."

"오, 오, 오백 원. 지, 지, 지우개 선물 최, 최, 최고."

왔다맨이 친하게 굴었다. 이제 와 친하게 굴어도 소용없다. 지우개를 사갖고 나오는데 그 여자아이가 계속 쳐다보는 게 뒤통수에 느껴졌다.

집에 돌아와 그동안 가져온 물건을 꺼냈다. 제일 처음 가져온 지우개를 손에 쥐어 봤다. 주먹을 꼭 쥐고 집까지 단숨에 달렸던 기억이 떠올랐다. 주먹에 다시 땀이 났다. 두근두근 쿵쿵. 속이 울렁거렸다. 얼른 물건들을 안 보이게 서랍 안으로 던져 넣었다. 배가 아프고 속이 메스꺼웠다.

그 후로 나흘 동안 왔다 문방구에 가지 못했다. 모둠별 숙제 때문에 시간이 없었기 때문이다. 그동안 오천 원을 잊을 수 있었다. 책상 속에 물건들이 떠오르면 불안해서 애써 잊었다. 신기하게도 메스꺼운 울렁증이 사라졌다.

월요일. 1교시가 수학이다. 정말 최악의 시간표다. 월요일 1교시부터 수학 문제를 풀어야 한다는 것은 벌 받는 것과 같다. 원의 둘레와 넓이를 풀어야 하는데 정말 헷갈린다.

'원의 둘레는 지름 곱하기 3.14', '원의 넓이는 반지름 곱하기 반지름 곱하기 3.14.'

얼마나 외웠는지 잠꼬대까지 할 지경이다. 그런데 계산할 때 자꾸 실수를 한다. 틀리고 또 틀리고. 지우고 쓰고 지우고 쓰고. 얼마나 지웠는지 수학 익힘 책이 너덜너덜해졌다. 한번만 더 지웠다가는 찢어질 것 같았다. 종이를 살살 달래가며 지우려니 갑갑증이 났다.

"에이, 짜증나."

"이거 빌려줄까? 진짜 잘 지워져."

짝이 지우개를 빌려주었다. 지우개를 받는 순간, 가슴이 쿵 내려앉았다. 손이 부들부들 떨렸다. 크기, 감촉. 이건 분명 그 지우개와 똑같은 거다. 가만히 주먹을 펴 보았다.

맞다. 왔다에서 처음 가져왔던 그 지우개!

지우개를 그만 떨어뜨리고 말았다. 다시 속이 울렁거리고 메스꺼웠다.

"야, 너 왜 그래? 선생님, 지우 아픈가 봐요."

"얼굴이 창백하네."

선생님이 걱정스레 내 이마를 짚었다. 선생님의 관심이 불편했다. 그냥 나를 저 구석에 처박아 두었으면 좋겠다. 땅으로 꺼지든가.

"열은 없는 것 같은데……. 보건실에서 좀 쉴래?"

"저, 화장실 좀……."

선생님의 허락이 떨어지기도 전에 푸다닥 뛰쳐나왔다. 구역질을 참을 수가 없었다.

다 토해냈다. 속이 텅 빈 것 같았다. 머릿속도 텅 비었으면 좋겠는데 지우개가 또 생각났다. 다시 화장실로 갔다. 노란 쓴 물이 나왔다. 한동안 사라졌던 울렁증이 지우개를 보자마자 다시 살아났다.

수업을 마치고 학교를 나서는데 저 앞에 그 여자아이가 보였다. 유난히 긴 팔다리로 휘청휘청 걷는 게 꼭 문어 같았다. 그 아이는 힘없이 걸어오다가 나와 눈이 마주치자 눈이 접시만 해졌다. 그리고 허둥지둥 뒤돌아 뛰어갔다. 머릿속에서 뭔가 떠오르기도 전에 내 발이 움직였다. 난 우리 학교에서 달리기 1등을 놓친 적이 없다. 단숨에 그 아이를 잡았다.

"너 날 보고 도망간 거 맞지."

여자아이는 숨이 가빠서 답을 못하는 건지, 대답할 말이 없는 건지 알 수가 없다.

"너 왔다에서 나 봤지."

숨을 헐떡거리는데 아주 살짝 고개가 흔들렸다. 끄덕끄덕.

"아후, 나 난……."

여자아이 앞에서 발가벗은 것 같다. 이번엔 내가 도망가야겠다.

"난, 난 도둑이 아니야. 도둑이 아니라고."

있는 힘을 다해 달렸다. 바보같이 눈물이 났다. 눈앞이 흐려서 길이 보이지 않았다. 넘어져 무릎이 심하게 아팠지만 계속 달렸다.

집으로 돌아오자마자 책상 서랍을 뒤엎었다. 색종이, 딱지, 다 먹은 초콜릿 비닐, 카드, 잡동사니가 수북했다. 그 가운데 왔다에서 훔친 물건들이 눈에 선명하게 들어왔다. 이상한 것은 똑같은 지우개인데 내가 돈을 주고 산 것과 훔친 것을 분명하게 구별할 수 있다는 거다. 훔친 물건들을 다 챙겼다. 메스껍고 가슴이 아팠다. 종이 가방에 그것들을 넣어가지고 집을 나왔다. 빨리 되돌려 놓고 싶었다. 오천 원 사건 전으로 돌아가고 싶었다.

왔다 문방구 앞에 오자 물건을 처음 훔쳤을 때보다 더 떨렸다. 오줌이 마려웠다.

‘그냥 돌아갈까? 이제부터 안 하면 되잖아.’

메스꺼운 울렁증이 다시 생겼다. 크게 숨을 쉬고 문방구 문을 열었다.

"왔다맨, 할 말이 있어요."

종이 가방을 먼저 내밀었다. 왔다맨은 종이 가방을 받아서 지우개와 인형 눈알, 미니 책을 꺼냈다. 왔다맨은 이미 다 알고 있는 것 같은 얼굴이었다. 나를 보고 빙그레 웃었다.

그때 껑충키가 들어왔다. 얼굴이 눈물범벅이었다.

"미안해요. 일부러 가져간 건 아니에요. 엉엉엉. 케첩을 닦았는데 훌쩍, 휴지랑 돈이 섞여 있었어요. 훌쩍."

엉거주춤 서서 친구 옷에 묻은 케첩을 닦아주던 여자아이가 떠올랐다.

껑충키는 꼬깃꼬깃해진 오천 원짜리 지폐를 내밀었다. 왔다맨도 이건 몰랐던 모양이다.

껑충키는 계속 울었다.

"돌려주려고 했는데 그게, 엉엉엉. 미안해, 미안해요. 엉엉엉."

왔다맨이 나를 보고 말했다.

"너, 괘 괘 괜찮아?"

"음, 네!"

"너, 너, 너희들, 하, 핫도그 머, 머, 머 먹을래?"

빨간 망토를 휘날리며 핫도그 만드는 왔다맨이 오늘은 슈퍼맨처럼 보였다.

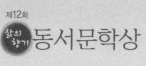

제12회
삶의 향기 동서문학상

제12회
삶의향기 동서문학상
수상자 명단

시

수상명	부문	수상자	작품명
대상	시	최분임	매조도梅鳥圖를 두근거리다
은상	시	김효숙	이사한 후-앉은뱅이책상
은상	시	안현숙	그물을 깁다
동상	시	고은수(고은주)	숲
동상	시	김경민	개기월식
동상	시	박소영	사내승진기(社內昇進記)
가작	시	김양희	태어나기
가작	시	김은희	소스코드
가작	시	박정분	연필 쥔 손으로 커피를 마신다
가작	시	백복현	삼계탕
가작	시	성영희	나무들의 외래어
가작	시	엄경순	고래
가작	시	원기자	노량진의 솟대들
가작	시	이미희	터
가작	시	정춘아	손빨래
가작	시	하채연	상어 횟집
입선	시	김은미	노모의 빈 상자
입선	시	박은화	풀숲에서
입선	시	송지영	어머니
입선	시	오영숙	결속
입선	시	윤경애	민들레 꽃씨는 어디에 터를 잡는가

제12회 삶의향기 동서문학상 수상자 명단

수상명	부문	수상자	작품명
입선	시	윤현숙	선녀탕에서……
입선	시	정호순	오징어 풍장
입선	시	조진희	개미, 길을 잃어버리다
입선	시	차영자	아버지의 풍차
입선	시	최덕순	안개의 휘장
맥심상	시	강미희	그리움
맥심상	시	강성애	무엇을 튀겨드릴까요
맥심상	시	고명숙	아침 풍경
맥심상	시	공도환	담쟁이
맥심상	시	곽선주	엄마의 빨래
맥심상	시	곽예안	하직의 계절
맥심상	시	곽월규	아카시아 봄을 훔치다
맥심상	시	구기순	들길에서
맥심상	시	금혜정	마늘, 꽃이 되다
맥심상	시	김건화	소파
맥심상	시	김경란	가위질
맥심상	시	김미경	태양속의 삼족오
맥심상	시	김미경	인자
맥심상	시	김미선	식은 꿈
맥심상	시	김미정	천불의 자화상
맥심상	시	김서영	치매(癡呆)

시

수상명	부문	수상자	작품명
맥심상	시	김성은	그늘의 빛에 대하여
맥심상	시	김숙	나는 문득 보았다
맥심상	시	김숙자	물총새를 날리는 시간
맥심상	시	김숙희	겨울 산에 오르며
맥심상	시	김영옥	흰머리
맥심상	시	김은옥	폐선의 삶
맥심상	시	김은정	아버지의 엇박자
맥심상	시	김정례	더 이상 펄럭일 수 없는 깃발
맥심상	시	김정숙	꽃의 혀
맥심상	시	김종희	바람의 노래
맥심상	시	김지나	거울미로
맥심상	시	김현숙	살구나무 이야기
맥심상	시	김현재	목요일은 추어탕
맥심상	시	김호숙	무반주 첼로 소나타
맥심상	시	노정남	꽃이었음을 기억하다
맥심상	시	마혜경	콜라에 대하여
맥심상	시	문경희	봄동
맥심상	시	문혜정	철거촌에서 길을 잃다
맥심상	시	박단영	머나먼 낙타 —시는 사막이다—
맥심상	시	박민례	여인의 바다
맥심상	시	박소연	시클라멘으로부터

제12회 삶의향기 동서문학상 수상자 명단

수상명	부문	수상자	작품명
맥심상	시	박순덕	가을(허수아비)
맥심상	시	박순자	무당벌레의 꿈
맥심상	시	박은숙	희망 세탁소
맥심상	시	박인옥	별
맥심상	시	박정옥	초록둥지
맥심상	시	박주아	냉장고개론
맥심상	시	박진경	배롱나무에게
맥심상	시	박춘남	묵집의 시간
맥심상	시	배미숙	백합 조개의 건축학
맥심상	시	배미자	비단실
맥심상	시	배정훈	詩가 내게로 왔다.
맥심상	시	서기묵	내일에 들다
맥심상	시	설정미	자전거
맥심상	시	성지수	구름의 뼈
맥심상	시	소영숙	돌절구
맥심상	시	송은지	장롱의 뒷문
맥심상	시	송은하	소
맥심상	시	신미정	고구마佛
맥심상	시	신복순	아버지의 물꼬
맥심상	시	신영순	찔레꽃
맥심상	시	신정복	벚꽃 무덤

시

수상명	부문	수상자	작품명
맥심상	시	신진숙	고고
맥심상	시	신화정	어머니 낮달이 나를 경작한다
맥심상	시	안명희	베고니아의 이중창
맥심상	시	양순승	세월의 악보
맥심상	시	오숙희	낡은 기억속의 파편
맥심상	시	오은주	꽃의 기억
맥심상	시	윤나라	여자가 그쳤다
맥심상	시	윤영인	구두 한 짝
맥심상	시	윤종영	상사화
맥심상	시	윤현희	청자 상감 운학문 매병
맥심상	시	이동소	마디진 어머니 사랑
맥심상	시	이문자	누에나방 −silk Mother−
맥심상	시	이선민	서툰 젊음
맥심상	시	이숙희	독도 이야기
맥심상	시	이순금	아직도 미운 일곱 살
맥심상	시	이순영	사막의 여자
맥심상	시	이영탁	고흐의 자화상 −파이프를 물고 귀를 싸맨 자화상
맥심상	시	이영희	잘 웃는 그녀
맥심상	시	이점옥	그늘의 무게
맥심상	시	이지안	시트 한 장
맥심상	시	이현숙	무화과

제12회 삶의향기 동서문학상 수상자 명단

수상명	부문	수상자	작품명
맥심상	시	이희연	스마트폰
맥심상	시	이희영	초승달
맥심상	시	임영남	흑백사진의 뒷면
맥심상	시	임희라	그 남자가 사는 법 1
맥심상	시	장안숙	뜨개질하는 여자
맥심상	시	전순복	호랑나비 저울
맥심상	시	정은선	사막
맥심상	시	정은주	연탄 별빛
맥심상	시	정현미	양파
맥심상	시	조옥연	이별여행
맥심상	시	조재일	넘실거리는 가시
맥심상	시	지수빈	내 잘못이 아니다.
맥심상	시	채혜주	그리운 사북
맥심상	시	최종숙	고고한 유산
맥심상	시	최희명	길을 누비다
맥심상	시	하지민	여름은 짧았다
맥심상	시	한명희	자전거
맥심상	시	허유미	외딴 마을
맥심상	시	허이영	이끼

소설

수상명	부문	수상자	작품명
금상	소설	이소(이소현)	백야(白夜)
은상	소설	김정현	그냥, 좀 아는 사람
은상	소설	하연(김하연)	모닝콜
동상	소설	김미영	스타니슬라프스키에게 메소드 연기를 배우다.
동상	소설	이선우	비보호 좌회전
동상	소설	현정원(현금순)	유리산누에나방
가작	소설	김경림	손님
가작	소설	김선영	리베라 탱고
가작	소설	김혜정	엘리베이터
가작	소설	박숙자	밀물
가작	소설	박해동	침묵
가작	소설	박현숙	퇴행에 관한 보고서
가작	소설	신상진	다큐 사례 A
가작	소설	한경화	종점에서
입선	소설	강혜원	브라더 홍
입선	소설	김은정	당신의 얼굴은 누구의 것입니까
입선	소설	나현숙	만월에서 길을 잃다
입선	소설	소이로	개 소리
입선	소설	안은주	푸른 자유
입선	소설	윤향란	사람들 사이에 섬이 있다. 그 섬에 가고싶다.
입선	소설	이경순	타인의 이방인

제12회 삶의향기 동서문학상 수상자 명단

수상명	부문	수상자	작품명
입선	소설	이지연	당신의 친한 친구
입선	소설	조수빈	빙하여인
입선	소설	한상희	바람이 분다.
맥심상	소설	강명자	외딴집 그여자
맥심상	소설	강부연	비를 듣는 여자
맥심상	소설	강지연	구두와 운동화
맥심상	소설	강희숙	물안의 강대나무
맥심상	소설	고경숙	꽃다지 필 무렵
맥심상	소설	고문희	오므라이스
맥심상	소설	고은혜	메멘토 모리
맥심상	소설	고주연	금요일의 여인
맥심상	소설	구민지	달야
맥심상	소설	권분자	바람이 오므리는 입술에서 궤나 소리가 들렸다
맥심상	소설	권은희	면회
맥심상	소설	김경순	뻐꾸기 둥지
맥심상	소설	김구회	필연의 조건
맥심상	소설	김나경	아프리카
맥심상	소설	김버들	춤추는 빛
맥심상	소설	김보배	도둑
맥심상	소설	김보영	그녀의 방
맥심상	소설	김상아	페도 부인과 아이들

소설

수상명	부문	수상자	작품명
맥심상	소설	김소연	루시드 드림
맥심상	소설	김순복	슈가 포인트
맥심상	소설	김유라	꽃담배
맥심상	소설	김은정	나비의 집
맥심상	소설	김은주	못
맥심상	소설	김은희	복사꽃 그늘 아래 눕다
맥심상	소설	김정은	달고기
맥심상	소설	김지민	뒷박전
맥심상	소설	김지현	첫사랑
맥심상	소설	김해숙	사소한 일거리
맥심상	소설	김혜연	모여라 꿈동산
맥심상	소설	김호정	마망
맥심상	소설	박가비	보일락 말락 라일락
맥심상	소설	박은지	덩그러니
맥심상	소설	박은희	가족
맥심상	소설	박인혜	창백한 겨울, 서른아홉을 물들이다
맥심상	소설	박화덕	다섯콩이
맥심상	소설	방은지	혼(魂)
맥심상	소설	백승아	방
맥심상	소설	서지숙	늪
맥심상	소설	성가영	노크소리

제12회 삶의향기 동서문학상 수상자 명단

수상명	부문	수상자	작품명
맥심상	소설	송서현	움직이지 마
맥심상	소설	송외순	박쥐들의 꿈
맥심상	소설	송현정	부재 (不在)
맥심상	소설	신선자	예보
맥심상	소설	신찬비	봉변
맥심상	소설	심수영	거짓말 안 해도 돼
맥심상	소설	안미정	웃는 얼굴
맥심상	소설	안영미	섬
맥심상	소설	양하나	해빙
맥심상	소설	오유경	붉은 문
맥심상	소설	오지홍	쇠비름
맥심상	소설	원소영	어디에도 없는 그녀
맥심상	소설	유혜진	추억을 팝니다
맥심상	소설	윤남희	네버엔딩 스토리
맥심상	소설	윤지영	명태를 잡으러
맥심상	소설	윤혜진	언더더씨 (Under the Sea)
맥심상	소설	이교희	두 여인
맥심상	소설	이귀순	불루문
맥심상	소설	이누리	금니
맥심상	소설	이새롬	에스프레소
맥심상	소설	이서율	영도

소설

수상명	부문	수상자	작품명
맥심상	소설	이숙희	운전교습
맥심상	소설	이영옥	내부순환선
맥심상	소설	이욱영	밤의 무지개
맥심상	소설	이은경	흑조 아다지오
맥심상	소설	이지영	당신의착각
맥심상	소설	이채민	개집
맥심상	소설	이현주	당신이 모르는 지고쿠다니(地獄谷)
맥심상	소설	이혜재	연희, 춤추는 밤
맥심상	소설	이효원	여행
맥심상	소설	이후남	레테 2004
맥심상	소설	임다해	다정한 어깨
맥심상	소설	임승민	껍질
맥심상	소설	장현정	겨울 동백꽃
맥심상	소설	정명화	어느 여름에 생긴 일
맥심상	소설	정선은	흉터
맥심상	소설	정승아	벨
맥심상	소설	정율리	이벤트
맥심상	소설	정은희	잠
맥심상	소설	제갈현자	소통의 시간
맥심상	소설	제성은	타임 마사지
맥심상	소설	조경아	외로움증폭장치

제12회 삶의향기 동서문학상 수상자 명단

수상명	부문	수상자	작품명
맥심상	소설	주선미	B03호 불청객
맥심상	소설	지명숙	양자
맥심상	소설	차옥길	외출
맥심상	소설	채진영	타인의 위로
맥심상	소설	최유윤	고래의 숨
맥심상	소설	최진숙	정임씨와 고추밭.
맥심상	소설	하상미	도자기 파편
맥심상	소설	한동순	호미
맥심상	소설	한승애	효자동 그 집
맥심상	소설	한유정	화살나무
맥심상	소설	홍옥주	바람
맥심상	소설	황규연	심해수족관
맥심상	소설	황성영	가을날

수필

수상명	부문	수상자	작품명
금상	수필	최선자	몽당연필
은상	수필	김미향	다리
은상	수필	이혜경	포대기
동상	수필	정지우	고리
동상	수필	최영선	날개
가작	수필	권정숙	만두를 빚으며
가작	수필	김미경	파피리
가작	수필	김보성	선물
가작	수필	남정림	눈 먼 자의 풍요
가작	수필	성윤숙	아버지와 모란
가작	수필	송주형	물 항아리
가작	수필	안영숙	아버지의 그림자
가작	수필	안해영	마당
가작	수필	이병애	아버지의 무늬
입선	수필	김화숙	브룬펠지어 자스민
입선	수필	박정순	235mm의 행복론
입선	수필	백서현	틈
입선	수필	안유정	생의 불꽃
입선	수필	오경숙	개구멍
입선	수필	윤복순	무궁화를 심었다.
입선	수필	윤영순	아름다운 선물

제12회 삶의향기 동서문학상 수상자 명단

수상명	부문	수상자	작품명
입선	수필	임남순	둥근 선인장
입선	수필	정애경	어머니의 꽃상여
입선	수필	정재순	꽃분홍 브래지어
맥심상	수필	강지영	너를 읽다
맥심상	수필	강현자	생인손
맥심상	수필	권정희	참깨
맥심상	수필	금은주	말더듬이 지변
맥심상	수필	김경애	아침 바다
맥심상	수필	김계화	스마트폰
맥심상	수필	김나연	그녀의 마지막 고백
맥심상	수필	김덕임	망초꽃
맥심상	수필	김미경	그녀의 눈물
맥심상	수필	김민선	세수의 미학
맥심상	수필	김민정	어느 날 아침에
맥심상	수필	김보배	낭만적 권태에 대하여
맥심상	수필	김봉연	나는 지금도 낙타고개를 넘는다
맥심상	수필	김선영	애견유감
맥심상	수필	김선재	열쇠
맥심상	수필	김영숙	발품을 팔다
맥심상	수필	김영애	유씨의 미루나무
맥심상	수필	김옥한	대 (代)

수필

수상명	부문	수상자	작품명
맥심상	수필	김유미	부산행
맥심상	수필	김윤정	타인처럼
맥심상	수필	김은하	오늘도 마주친 그대
맥심상	수필	김인경	격물
맥심상	수필	김정미	그 해 겨울, 납골당
맥심상	수필	김정화	겨울 자작나무
맥심상	수필	김종순	도요새, 날개짓하다
맥심상	수필	김현지	숨비소리
맥심상	수필	김혜순	장 담그는 날
맥심상	수필	노금화	느낌
맥심상	수필	노윤경	내가 서른 살 너머까지 살아있을 줄 알았더라면
맥심상	수필	노혜옥	미라클 사우나
맥심상	수필	민병희	아버지의 레시피
맥심상	수필	박민자	된장 이야기
맥심상	수필	박석지	장아찌
맥심상	수필	박옥경	혼자, 길 찾기
맥심상	수필	박월지	황혼
맥심상	수필	박윤희	아버지와 달력
맥심상	수필	박지영	엄마와 동갑입니다
맥심상	수필	박혜균	담쟁이
맥심상	수필	박혜자	동령이가 내게 오던 날

제12회 삶의향기 동서문학상 수상자 명단

수상명	부문	수상자	작품명
맥심상	수필	배경숙	버리지 못하는 일기장
맥심상	수필	배영미	삼광(三光)이 된 아버지
맥심상	수필	백정희	막순네
맥심상	수필	서민경	방귀도 못 뀌는 여자
맥심상	수필	손지영	뭐 어쩜 세상이 이래?
맥심상	수필	송원	도미노
맥심상	수필	송태옥	초상
맥심상	수필	신정준	본능
맥심상	수필	심정현	책임지는 사랑
맥심상	수필	안윤진	감나무
맥심상	수필	양지희	책을 마시는 시간
맥심상	수필	엄선애	사람의 향기
맥심상	수필	염정금	물의 집에 대한 단상(斷想)
맥심상	수필	유연숙	슬픈 약속
맥심상	수필	윤숙현	석쇠
맥심상	수필	윤여선	봉덕각시
맥심상	수필	윤정미	아버지의 결혼식
맥심상	수필	윤정숙	델몬트 오렌지 주스
맥심상	수필	윤혜원	녀석의 하루
맥심상	수필	은은희	고리
맥심상	수필	이경화	바지랑대

수필

수상명	부문	수상자	작품명
맥심상	수필	이도원	어느 날 갑자기
맥심상	수필	이미경	다크 초콜릿
맥심상	수필	이보배	발
맥심상	수필	이수진	어른아이
맥심상	수필	이순미	개미의 여름
맥심상	수필	이순희	봄날의 섬진강변 소묘
맥심상	수필	이용란	길 위에서
맥심상	수필	이원예	풋감
맥심상	수필	이은영	나의 의미
맥심상	수필	이은옥	우리들의 아름다운 육체
맥심상	수필	이은정	그들만의 이사
맥심상	수필	이은화	참 따뜻한 책
맥심상	수필	이지혜	할 수 있는 일
맥심상	수필	이진희	무이네 바다
맥심상	수필	이창희	나방파리
맥심상	수필	이태숙	화엄벌 달포행
맥심상	수필	이현주	행복한 자화상
맥심상	수필	이희라	어머니의 담장
맥심상	수필	정말심	커피 한 잔
맥심상	수필	정영란	까막눈
맥심상	수필	정옥경	동화 일러스트

제12회 삶의향기 동서문학상 수상자 명단

수상명	부문	수상자	작품명
맥심상	수필	정정자	생명의 고리
맥심상	수필	조현순	상고머리
맥심상	수필	진순희	대암산 용늪
맥심상	수필	채복례	아들의 궁전
맥심상	수필	최수니	보석상자
맥심상	수필	최윤정	아버지의 머리맡
맥심상	수필	최인정	식물인간
맥심상	수필	최재영	못
맥심상	수필	탁옥엽	염색
맥심상	수필	한경남	우산
맥심상	수필	한경희	58년 개띠
맥심상	수필	한민령	아버지
맥심상	수필	한초롬	이방인
맥심상	수필	홍민지	계단을 오른다는 것 – 생활 속의 작은 '성취감'
맥심상	수필	홍양순	감꽃은 피었다가 지고

아동문학

수상명	부문	수상자	작품명
금상	아동문학	박미정	프레셔스, 넌 하이에나가 아니야
은상	아동문학	김희동	풍물놀이
은상	아동문학	최혜련	독서용 안경
동상	아동문학	변선아	내 인생의 내비게이션
동상	아동문학	이윤미	화성 탐사 로봇 3호·4호
동상	아동문학	조용미	나는 도둑이 아니다
가작	아동문학	길정남	책마녀 샤샤의 신기한 서점
가작	아동문학	김도영	녹색 손
가작	아동문학	신현자	바람의 선물 토토
가작	아동문학	양지영	바다를 품은 금고래
가작	아동문학	윤동희	할머니의 더블클릭
가작	아동문학	이태경	공책 연못
가작	아동문학	전은숙	작은 별 이야기
가작	아동문학	전자윤	달팽이의 집
가작	아동문학	정영주	길 위의 참새 세 마리 그리고
가작	아동문학	최인옥	코딱지 파다 웃으면
입선	아동문학	권순화	양파와 외할머니
입선	아동문학	김은선	이상한 오후
입선	아동문학	김지영	매일 매일 내생일
입선	아동문학	김현신	아주 똑똑한 보리
입선	아동문학	박선정	쓰레기통 속의 비밀

제12회 삶의향기 동서문학상 수상자 명단

수상명	부문	수상자	작품명
입선	아동문학	설은주	애벌레
입선	아동문학	오현희	이제, 하나야
입선	아동문학	이서현	뺄셈 추위
입선	아동문학	이진숙	가시 뽑기
입선	아동문학	최빛나	참새 할머니
맥심상	아동문학	강경숙	잠꾸러기 고양이
맥심상	아동문학	강보미	복숭아나무, 도윤이나무
맥심상	아동문학	고은영	꽃과 하늘
맥심상	아동문학	구아름	아랫집 혜정이
맥심상	아동문학	권명은	손가락 온도계
맥심상	아동문학	권은정	헌책방 아이
맥심상	아동문학	김근혜	엄마의 목소리
맥심상	아동문학	김명옥	소나기
맥심상	아동문학	김명희	주인 찾는 집
맥심상	아동문학	김생혜	다로의 행복한 날들
맥심상	아동문학	김수빈	사피와 풀잎피리
맥심상	아동문학	김수희	가을이 누고 간 똥
맥심상	아동문학	김영선	금요일은 외할머니
맥심상	아동문학	김영숙	말매미
맥심상	아동문학	김예은	동그라미와 네모의 마을
맥심상	아동문학	김예지	상보다 소중한 것

아동문학

수상명	부문	수상자	작품명
맥심상	아동문학	김우정	수수부꾸미와 쑥개떡
맥심상	아동문학	김은경	검은 고양이 양꼬
맥심상	아동문학	김은경	내 집은 어디일까
맥심상	아동문학	김은혜	우리나라 꽃
맥심상	아동문학	김주연	할머니 속마음
맥심상	아동문학	김주희	꽃분이 할머니
맥심상	아동문학	김창인	행복한 나무
맥심상	아동문학	김현례	두꺼비 아빠
맥심상	아동문학	김현정	나도 벌레?
맥심상	아동문학	김후자	맛있는 연주
맥심상	아동문학	노경자	달팽이 엄마
맥심상	아동문학	노화순	쌔기가 날았어요
맥심상	아동문학	박경옥	마법에 걸린 할머니
맥심상	아동문학	박미라	무스타파의 피자
맥심상	아동문학	박미향	엄마 생각
맥심상	아동문학	박선애	참
맥심상	아동문학	박순옥	양현기는 어디 있니?
맥심상	아동문학	박옥자	우리 집 가을
맥심상	아동문학	박은영	키우는 손
맥심상	아동문학	박은정	거북 경주대회
맥심상	아동문학	박지숙	하얀별

제12회 삶의향기 동서문학상 수상자 명단

수상명	부문	수상자	작품명
맥심상	아동문학	박진아	붕어빵
맥심상	아동문학	박해경	빈집
맥심상	아동문학	배은영	그건 안 돼!
맥심상	아동문학	성주희	느림보 반찬가게
맥심상	아동문학	신초롱	꿈결
맥심상	아동문학	안정은	돼지 꼬리가 땡땡!
맥심상	아동문학	안현경	종이학
맥심상	아동문학	양연이	이상해요
맥심상	아동문학	양해자	구름성의 아기 천사
맥심상	아동문학	양혜진	에코도시
맥심상	아동문학	엄상미	초모랑마
맥심상	아동문학	여지현	세라−가출하다
맥심상	아동문학	오남희	은영이
맥심상	아동문학	오슬기	할 수 있어
맥심상	아동문학	유정미	운석이 떨어졌다
맥심상	아동문학	유화란	엄마의 엄마와
맥심상	아동문학	윤은경	마음의 키
맥심상	아동문학	윤혜정	내 짝꿍 관태
맥심상	아동문학	이간란	물방울이 돌아왔다
맥심상	아동문학	이경순	일회용 가족
맥심상	아동문학	이도은	하늘나라 파란 우체부 아저씨

아동문학

수상명	부문	수상자	작품명
맥심상	아동문학	이명순	21일째의 비밀
맥심상	아동문학	이병숙	할머니의 낙서
맥심상	아동문학	이서림	엄마가 운다
맥심상	아동문학	이선이	가정환경 조사서
맥심상	아동문학	이선주	곶감 커튼
맥심상	아동문학	이슬민	자전거의 꿈
맥심상	아동문학	이윤희	감자 캐는 날
맥심상	아동문학	이은비	할아버지의 수상한 그림
맥심상	아동문학	이은정	오억이의 외출
맥심상	아동문학	이정은	숲속의 작은 무도회
맥심상	아동문학	이주미	레돈도 해변의 비밀
맥심상	아동문학	이지현	깜찍한 쌍둥이
맥심상	아동문학	이진영	하늘 극장 의자
맥심상	아동문학	이태정	홍시
맥심상	아동문학	이현숙	행복한 자전거
맥심상	아동문학	이현주	키아와 포리
맥심상	아동문학	이희영	도깨비가 가르쳐준 주문
맥심상	아동문학	임순옥	뱅뱅이가 돌아가면
맥심상	아동문학	임연화	빗살무늬토기는 타임머신
맥심상	아동문학	장현자	하품
맥심상	아동문학	장흥진	옷이 열리는 나무

제12회 삶의향기 동서문학상 수상자 명단

수상명	부문	수상자	작품명
맥심상	아동문학	전선희	뚱보새
맥심상	아동문학	정미영	신기한 요요
맥심상	아동문학	정민아	딸꾹질
맥심상	아동문학	정아람	박스를 접고
맥심상	아동문학	정용채	수돗물
맥심상	아동문학	정은희	반딧불이의 모험
맥심상	아동문학	정혜정	보물 창고
맥심상	아동문학	조수현	몰래산타
맥심상	아동문학	조현아	토끼 눈 가족
맥심상	아동문학	조혜림	주의사항
맥심상	아동문학	채희순	내 동생은 연주자
맥심상	아동문학	최미정	할아버지와 알사탕
맥심상	아동문학	최양이	아빠와 망원경
맥심상	아동문학	최은정	일기
맥심상	아동문학	최인정	달달 볶기
맥심상	아동문학	최현숙	풍선초
맥심상	아동문학	한귀옥	모래성
맥심상	아동문학	한미선	천둥이 가져 온 선물
맥심상	아동문학	허윤	짝짝이 축구화
맥심상	아동문학	홍은경	나비장군의 꿈
맥심상	아동문학	황영주	엄마의 말 주머니

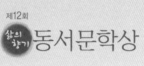

제12회
삶의 향기 동서문학상

동서문학상
연혁

동서문학상 연혁

수상	수상자	작품명	부문
1973년 주부에세이 공모			
대상	김근숙	커피와 행복	수필
1989년 제1회 동서커피문학상 제정(시·수필 2개 부문 공모)			
대상	유춘희	찻집에서	시
금상	김순남	滿船을 기다리며	시
금상	이준봉	직녀와 베틀과 커피	수필
1994년 제2회 (시·수필·콩트 3개 부문 공모)			
대상	박종운	커피의 내력	시
금상	진순효	사랑	시
금상	윤태희	사색하는 약	수필
금상	허은진	새벽연가	콩트
1996년 제3회 (시·산문 2개 부문 공모)			
대상	조윤희	풀 내음이 있는 커피 한잔	산문
금상	한소운	차를 끓이며	시
금상	신영미	충청도 커피	산문

수상	수상자	작품명	부문

1998년 제4회 (시·산문 2개 부문 공모)

수상	수상자	작품명	부문
대상	노현희	미장원에서	산문
금상	문정운	어느 가을날 부르는 희망의 노래	시
금상	안윤주	나무의 視線	산문

2000년 제5회 (시·소설·수필 3개 부문 공모)

수상	수상자	작품명	부문
금상	이영옥	우편함 속의 새	시
금상	유헬레나	솜저고리	수필
금상	최옥정	원의 중심	소설

2002년 제6회 (시·소설·수필 3개 부문 공모)

수상	수상자	작품명	부문
대상	이미경	청수동이의 꿈	소설
금상	이선남	풍선	시
금상	전계숙	엄마의 저금통장	수필
금상	박영미	호랑나비 한 마리가 꽃밭에 앉았는데	소설

동서문학상 연혁

수상	수상자	작품명	부문

2004년 제7회 (시·소설·수필 3개 부문 공모)
대상과 금상, 〈월간 문학〉 등단 특전

수상	수상자	작품명	부문
대상	이은희	검댕이	수필
금상	조혜경	바느질	시
금상	김정혜	아랑이 내게 남긴 건	소설

2006년 제8회 (시·소설·수필 3개 부문 공모)
대상과 금상, 〈월간 문학〉 등단 특전

수상	수상자	작품명	부문
대상	황춘자	산수유 그늘 아래	소설
금상	정명옥	주전리 바다	시

2008년 제9회 (시·소설·수필·아동문학 4개 부문 공모)
대상과 금상, 〈월간 문학〉 등단 특전

수상	수상자	작품명	부문
대상	박인숙	침엽의 생존방식	시
금상	구자인혜	어머니의 정원	소설
금상	구본석	연경 침선장	아동문학

수상	수상자	작품명	부문

2010년 제10회 (시·소설·수필·아동문학 4개 부문 공모)
대상과 금상, 〈월간 문학〉 등단 특전

수상	수상자	작품명	부문
대상	김경희	코피 루왁을 마시는 시간	소설
금상	허이영	바지랑대	수필
금상	오희옥	택배를 출항시키다	시
금상	김현경	하나새가 준 선물	아동문학

2012년 제11회 (시·소설·수필·아동문학 4개 부문 공모)
대상과 금상, 〈월간 문학〉 등단 특전

수상	수상자	작품명	부문
대상	전성옥	늙은 뱀 이야기	소설
금상	임미형	모시옷 한 벌	시
금상	김경희	스타킹	수필
금상	이영아	하늘에 닿은 종이비행기	아동문학

동서문학상 연혁

수상	수상자	작품명	부문

2014년 제12회 (시·소설·수필·아동문학 4개 부문 공모)
대상과 금상, 〈월간 문학〉 등단 특전

수상	수상자	작품명	부문
대상	최분임	매조도梅鳥圖를 두근거리다	시
금상	이소현	백야(白夜)	소설
금상	최선자	몽당연필	수필
금상	박미정	프레셔스, 넌 하이에나가 아니야	아동문학

삶의 향기가 문학이 됩니다.

제12회
삶의
향기 동서문학상

초판 1쇄 2014년 11월 18일

지은이 최분임 外
발행인 김재홍
기획편집 박상아, 안리라
디자인 고은비
마케팅 이연실

발행처 도서출판 지식공감
등록번호 제396-2012-000018호
주소 경기도 고양시 일산동구 견달산로225번길 112
전화 02-3141-2700
팩스 02-322-3089
홈페이지 www.bookdaum.com

가격 12,000원
ISBN 979-11-5622-055-8 23800